書下ろし

萌《もゆる》

蛇杖院《じやじよういん》かけだし診療録

馳《はせ》月《つき》基《もと》矢《や》

祥伝社文庫

目次

駒形長屋
浅草寺
東本願寺
吾妻橋
源森川
小梅村
業平橋
蛇杖院
中之郷
三笠町
長崎町
望月湯
浅草見附
（浅草御門）
両国広小路
馬喰町
回向院
竪川
横川
日本橋米沢町
大黒屋
織姫屋
小名木川
佐賀町
大川
深川
燕屋
北
西
東
南

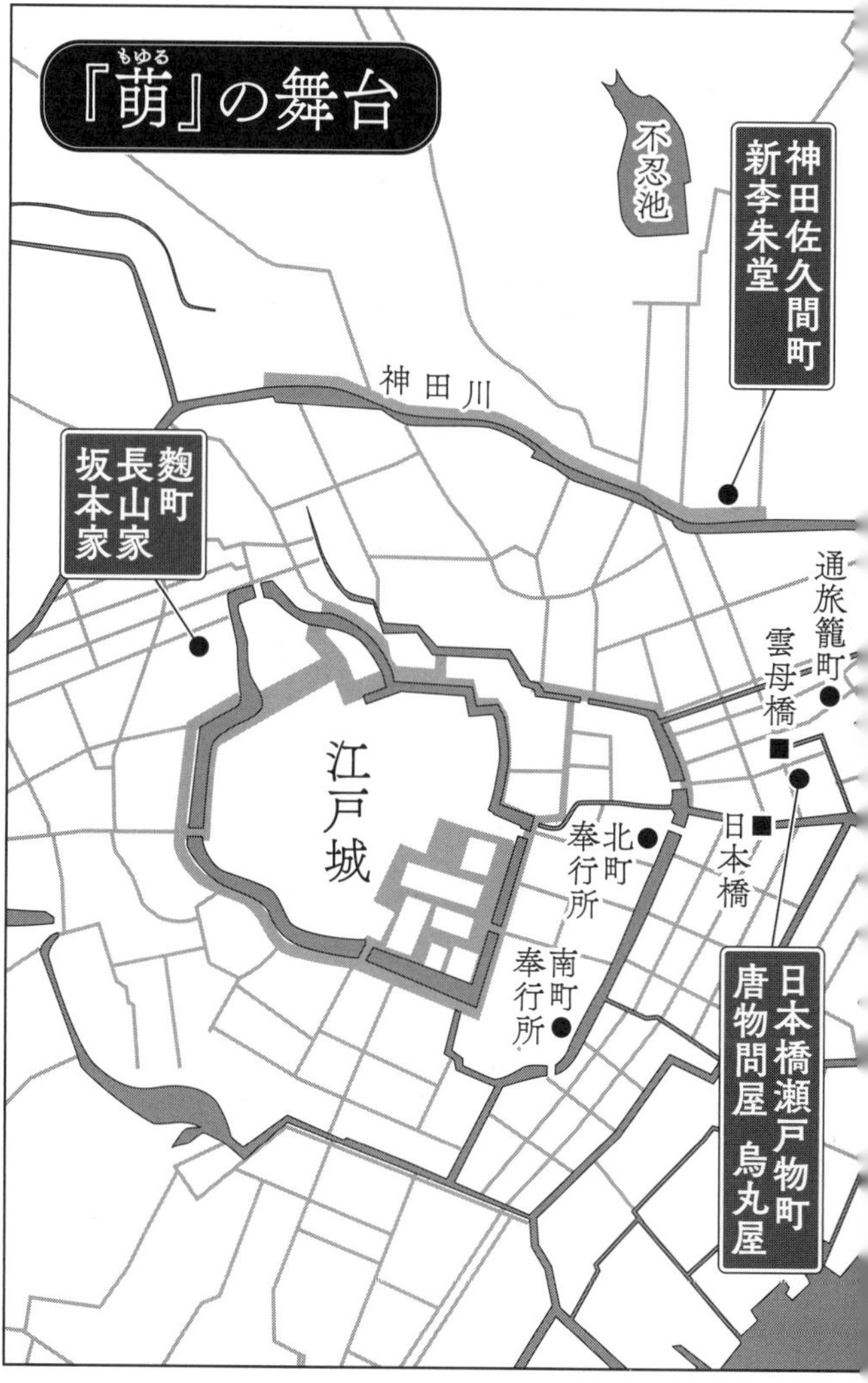
『萌《もゆる》』の舞台
不忍池
神田佐久間町
新李朱堂
神田川
麹町
長山家
坂本家
通旅籠町
雲母橋
江戸城
北町奉行所
日本橋
南町奉行所
日本橋瀬戸物町
唐物問屋 烏丸屋

『萌』主な登場人物

長山瑞之助……旗本の次男坊。「ダンホウかぜ」で生死を彷徨い蛇杖院に運ばれる。堀川真樹次郎らの懸命な治療に感銘を受け、医師になることを目指している。

堀川真樹次郎……蛇杖院の漢方医。端整な顔立ちながら気難しく、それでいて面倒見はよい。瑞之助の指導を任されている。

鶴谷登志蔵……蛇杖院の蘭方医。肥後、熊本藩お抱えの医師の家系ながら、勘当されている。剣の腕前も相当で、毎朝、瑞之助を稽古に駆り出す。

桜丸……蛇杖院の拝み屋。小柄で色白。衛生部門も差配する。遊女の子で花のように美しい。

玉石……蛇杖院の女主人。長崎の唐物問屋・烏丸屋の娘。蘭癖（オランダかぶれ）で、蛇杖院も、道楽でやっていると思われている。

船津初菜……産科医。ごく幼い頃から、産婆である祖母の手伝いの傍ら、新李朱堂系列の漢方医の父から医術を教わっていた。

岩慶……僧、按摩師。「天眼の手」と呼ばれるほど、手指の技に優れる。六尺五寸の大男。朗らかな性格。旅暮らしが長く、野生動植物を使う薬膳に詳しい。

巴……患者の世話をする女中の中では、中心的存在の働き者。なぜか、瑞之助には厳しく当たる。

地図作成／三潮社

序

救いを求めるように伸ばされた女の手を、とっさに握った。

「先生……先生、あたしの赤ん坊は、まだ……？」

女は荒い呼吸の合間にささやく。涙を浮かべた目が、産屋《うぶや》にともされた明かりを映して、きらきらと輝いた。

先生、と呼ばれている。

はっと胸をつかれる思いがした。

そうだ、わたしは医者なのだ。医者として招かれて、この産屋に詰めている。産婆《さんば》ではなく、男の医者でもない、わたしだからこそ必要とされたのだ。

しっかりしなくては、と己《おのれ》を叱咤《しった》した。目の前の二つの若い命を、母子どちらとも、ちゃんと守り抜くために、気を引き締めてかからねばならない。

女の掌《てのひら》は汗ばんでいる。その手を両手で包むと、女に微笑《ほほえ》みかけた。

「赤ちゃんの様子、診《み》ますからね。今、痛みは少し和《やわ》らいでいますね？」

「はい」

医者は女の手首の脈をとった。妊婦の脈は特別だ。せわしなくも力強い。その脈におかしなところはない。上気した顔も、汗ばんだ体の熱も、健《すこ》やかな妊婦のそれだ。変な出血もない。

女の腹を掌で按《あん》じ、胎児の位置と様子を調べる。清めた手指を使って、子宮の口が十分に開いているのを確かめる。汗や血とは違う、独特の匂いを感じる。

そろそろだ。

「大丈夫ですよ。赤ちゃんはもうすぐ出てきてくれます」

「ほ、本当？」

「ええ、もちろん。さあ、今のうちに息を整えましょう。ゆっくり吸って、吐いて。次に痛みの波が来たら、赤ちゃんが出てこようとしている合図です。痛みに合わせて、いきんでみましょう」

「わかりました……あと、少し、ですよね？」

「そうです、あと少しです」

「でも、先生、あたし怖い……っ」

「大丈夫、きっと大丈夫ですから。ゆっくり息を吸って、吐いて」

女の母は、医者に託された娘の手を、己の両手で押し包んだ。姑《しゅうとめ》は、実の母よりも不安げに涙ぐんで、女の額《ひたい》や首筋の脂汗《あぶらあせ》を拭《ぬぐ》ってやった。

日が沈んだ頃、兆《きざ》し程度であった陣痛は、分娩《ぶんべん》のときの訪れを告げるものへと変わった。

女にとって初めてのお産である。この激しい痛みがいつまで続くのかと不安がる女に、医者は説き聞かせた。

強い痛みは波のように訪れる。痛みと痛みの間合いはだんだんと短くなっていく。だが、苦しくとも、まだ焦《あせ》ってはならない。いきむことをせずに痛みを逃がしながら、子宮の口が開き切るのを待つのだ。

苦しみ悶《もだ》える女の髪や着物は、とうに乱れている。だが、痛みのあまり声を上げそうになるたび、女は手ぬぐいをきつく嚙《か》んで耐えた。

母や姑は女の背中や腰をさすってやり、言葉少なに励ました。女が痛がるのがどれほど不憫《ふびん》でも、代わってやることはできないのだ。

女の体の中で、刻一刻とお産の段取りが進んでいる。この様子なら、きっと、朝日が昇るより前に産声《うぶごえ》を聞くことができるはずだ。

どうかこのまま無事に成し遂げられますように。

医者は胸の内で祈る。

新しい命が生まれようとする産屋では、死の影もまた、そこここに潜んでいる。その恐ろしいものがどうか牙《きば》を剝《む》きませんようにと、ただ祈りながら、時が満ちるのを待っている。

こんなふうに産屋にこもって懸命に生きようと挑むすべての母と子を、あらゆる死の恐れから守ってあげることができたらいいのに。

不意に、女の息遣いが変わった。

「あッ……！」

「痛みが来ましたか」

女は歯を食い縛《しば》り、がくがくとうなずいた。

真の山場はここからだ。

女は浅い呼吸を繰り返したと思うと、うッ、と呻《うめ》いた。女の全身に力がこもる。

「そう、いいですよ。もう一度、息を整えて。吸って、吐いて、吸って……力を入れて！」

医者の言葉に従って、女はいきむ。ぎゅっと閉じた目の端から涙がこぼれる。

それでも女は声を上げない。乱れた髪が、汗に濡《ぬ》れた額に張りつく。

もう少し、あと少しだから、どうか持ちこたえて、耐えて、成し遂げて。

十月十日《とつきとおか》の間あなたがおなかの中で育《はぐく》んできた赤子と、母になったあなたの健やかな笑顔を、皆が心から待ち望んでいるから。

医者は、宙を掻《か》く女の手を取った。

女は医者の手を強く握り返した。ただ救いを求めるばかりではなく、苦難に自ら打ち勝とうとするかのような、強い力だ。

新しい命が生まれようとしている。

夜明けは遠くない。

第一話　春雷の頃

一

「その娘さんの手をお放しなさい！」

凛《りん》とした女の声が、人混みのにぎわいを貫《つらぬ》いた。

長山瑞之助《ながやまみずのすけ》は足を止め、振り向いた。

正月五日、昼四つの両国広小路《りょうごくひろこうじ》はごった返している。

いまだ年越しの浮かれ気分を引きずった者もいれば、もう仕事始めを迎えた者もいるようだ。晴れ着の者も仕事着の者も、白い息を吐きながら、せわしなく行き交っている。

再び女の声が聞こえた。

「娘さんが嫌がっているではありませんか。乱暴はおやめなさい！」

瑞之助は伸び上がって、声のするほうを見た。

若い男が五人ばかり、女二人を取り囲んでいる。こちらを向いた男のにきび面《づら》には、いやらしいにやにや笑いがある。男たちは派手な着物をぞろりと着崩して、やさぐれた感じがする。

先ほどから声を上げているのは、旅装の女だ。年の頃は、二十二の瑞之助より少し上、といったところだろうか。晴れ着姿の若い娘が、旅装の女の傍《かたわ》らで、怯《おび》えた目をして縮《ちぢ》こまっている。

人混みは、川の流れが岩を避けるかのように、騒ぎのところだけぽかりと隙間《すきま》ができていた。おかげで、並みの男よりいくらか背の高い瑞之助には、人の頭越しに騒ぎの様子がうかがえる。

男たちは長ドスや匕首《あいくち》を帯びている。

瑞之助は眉をひそめた。

「捨て置けないな」

医者らしい儒者髷《じゆしやまげ》を結《ゆ》っているとはいえ、瑞之助は生まれも育ちも侍だ。かつての剣術の師には、この剣は弱き者を守るためのものである、と教えられた。

今の剣術の師もまた、破落戸《ごろつき》がふざけた真似をしやがるそばでぼさっとしてんじゃねえ、と瑞之助の背中を蹴飛《けと》ばすだろう。

瑞之助は人混みに逆らって動き出した。助けに入るにも声を掛けるにも、ここからでは遠い。

旅装の女はきりりと柳眉《りゅうび》を吊《つ》り上げている。その腕にすがる娘の髪に簪《かんざし》の飾りがぴらぴらと揺れ、日の光をちらちらと跳ね返している。

「きれいな姉《ねえ》さんがたよぅ、ちょいと愛想よくしてくれてもいいじゃねえか。新年早々、かりかりするもんじゃねえだろう」

男たちは猫撫《ねこな》で声で旅装の女に絡んでいる。

旅装の女は、肩のほうに伸びてきた男の手を払いのけた。

「やめてください。そこをどいていただけますか」

旅装の女が言い放つと、男たちはわざとらしく目を見合わせ、げらげらと下品な笑い声を上げた。

「つれねえなあ。こうして出会えたのも何かの縁だろう？　仲良くしようや」

旅装の女は胸の前でぎゅっと拳を握っている。めかし込んだ娘は、救いを求めるようなまなざしを周囲に投げかけた。

そのまなざしをまっすぐ受け止めようとする者はいない。道行く人々は、厄介《やっかい》事《ごと》には首を突っ込むまいと、顔を背けて通り過ぎていく。

瑞之助はただ一人、騒ぎのほうへ歩を進める。

そうする間にも、旅装の女は男たちとやり合っている。

男たちの声の調子が変わり始めた。旅装の女のつっけんどんな態度に、そろそろ苛立《いらだ》ち始めた者がいる。

「よう、姉さん。お高くとまるもんじゃねえぞ。女は愛敬《あいきょう》って言うだろうが」

「あなたがたのように無礼な破落戸を相手に、にっこり笑ってみせろとでも？ふざけないでいただけます？　色街《いろまち》で働く女でさえ、嫌いな相手に笑顔と愛想を向けてやるためには、お代をもらうのですよ」

「ああ？　何言ってやがんだよ、生意気な女が。よく見りゃ顔に傷があるじゃねえか。そんなんじゃ嫁のもらい手もねえだろう。哀れだなあ。だから俺らがかわいがってやるっつってんだよ！」

声を荒らげた男が、旅装の女の肩に手をのせた。

「痛い、放してください！」

「騒ぐんじゃねえよ。おとなしくしてりゃ優しくしてやる」

「嫌、近寄らないで！」

切羽詰まった声に、男たちの下品な笑い声が重なった。

瑞之助はやっとのことで人混みを抜けた。

旅装の女は、左右の腕を別々の男につかまれている。大声を上げようとする口まで男の手でふさがれそうになったところで、

「お待ちください。無理強《じ》いはいけません」

瑞之助が割って入った。

男たちと女二人の間に、瑞之助は強引に体をねじ込んだ。たちまち、男たちから強烈な悪意のまなざしを突き立てられる。

「何だ、てめえは。この女の知り合いか？」

とっさの方便が口をついて出た。

「そ、そうです。待ち合わせをしていて……」

旅装の女が鋭い目をして瑞之助を睨《にら》んだ。新手《あらて》が現れたとでも思われてしまったろうか。

瑞之助は人混みに視線を巡らせた。

両国広小路で待ち合わせをしていたことは本当だ。が、瑞之助が真に待ってい

た相手は、まだここには到着していない。

あの人はずば抜けて目がよく、勘がいい。瑞之助が待ち合わせの場所から少々離れていても、すぐに見つけてくれるはずだ。そして、この急場をどうにかしてくれるに違いない。

早く来てくれないか。

派手な彫り物を腕に施した男が、瑞之助の胸倉《むなぐら》をつかんだ。

「どこ見てやがんだ？　てめえ、人の女に手ぇ出しやがって、何さまのつもりだよ。ああ？」

凄《すご》んでみせる顔つきも声音《こわね》も、ついさっきまでとはがらりと違う。苛立ち紛《まぎ》れに旅装の女を脅《おど》していたが、あれでもずいぶん手加減していたようだ。

まいったな、と瑞之助は思った。何をどうすればよいものやら、わからない。

男たちは長ドスや匕首を身につけ、あるいは凝った彫り物をしていたりと、格好だけは張り切っている。とはいえ、武術の嗜《たしな》みがあるようには見えない。しかも油断して、隙だらけだ。打ち倒すのはたやすいだろう。

だが、そうやって騒ぎを大きくしてしまってもよいのだろうか。

旗本のお坊ちゃん育ちの瑞之助は、喧嘩《けんか》の間合いというものがわからない。胸倉をつかまれてしまったが、これは先に手を出されたと判じてよいのか。やり返しても咎《とが》められないだろうか。

瑞之助は、ぐいと押しのけられた。よろめいたところに足を出され、尻もちをつく。

嘲笑《ちょうしょう》が降ってきた。

「残念ながら、野郎にゃ興味ねえんだよ。腰抜けはさっさと帰って、おっかさんのおっぱいをしゃぶってな。さて、嬢ちゃん、待たせたなあ」

腕をつかまれた娘が悲鳴を上げる。

「放しなさい！」

旅装の女が思いっきり男を突き飛ばし、娘を救い出す。思わぬ抵抗に、男たちはむしろ楽しそうだ。げらげら笑いながら、旅装の女につかみかかろうとする。

「おお、活《い》きがいい。おもしれえ女だ。泣き顔を見るのが楽しみだなあ、おい」

瑞之助は、ぱっと立ち上がった。

さすがにもうやり返していい頃合いだろう。

「人の嫌がることをしてはなりませんよ」

瑞之助は腰を沈めた。膝《ひざ》をしなやかに使い、踏み込む勢いで、手近な男に当身《あてみ》を食らわせる。

旅装の女に手を出そうとしていた男は、あっけなく吹っ飛んだ。

瑞之助はさらに一歩踏み込んで、二人目の男もたやすく当身で弾き飛ばす。

「この野郎！」

三人目の男が瑞之助の腕をつかんだ。

「えいッ！」

瑞之助は、つかまれた腕をつかみ返してひねった。男は、ひねりの軸に体を持っていかれ、くるりと宙を舞って地べたに伸びた。

瑞之助があっという間に三人の男を打ち倒すと、まわりの雰囲気も変わってくる。知らんぷりをしていた人々が、野次馬根性を見せ始めたのだ。

男の一人が匕首を抜き、旅装の女に手を伸ばす。

「来い、このあま！」

そうはさせじと、瑞之助は割って入った。旅装の女を片腕で抱き寄せ、匕首の男を牽制する。

「刃物はよしてください」

「うるせえ！」

男が匕首を振るう。びゅっ、と荒々しい音がする。

瑞之助は余裕を持って匕首を躱《かわ》していた。野次馬たちがどよめく。

と、匕首を持った男の腕が、あらぬ方向へひねり上げられた。

「はいはい、そこまで。へたくそが刃物を扱うなってんだ。けがしても知らねえぞ」

飄々《ひょうひょう》とからかう声がした。いつの間にか、登志蔵《としぞう》が男の背後に立って動きを封じ、匕首まで取り上げている。

「登志蔵さん、遅いですよ！」

瑞之助は声を弾《はず》ませた。

儒者髷に十徳《じっとく》という医者らしいいでたちだが、腰には黒一色の拵《こしらえ》の剛刀を差している。蘭方《らんぽう》医の鶴谷《つるや》登志蔵は、奪った匕首を男の頬にぴたりとくっつけた。

「正月から喧嘩ってのも派手でおもしれえが、兄さんたちよ、勝てねえ喧嘩で新年早々けちがつくのは縁起が悪いぜ」

「うるせえ、ちくしょう」

「あっという間に三人吹っ飛ばされたよなあ。こいつ、なかなか強いだろう？こいつに剣術や体術を教えてんのは俺だ。つまり、俺のほうがもっと強いってことさ。どのくらい強いかって？　一丁、その身で試してみるかい？」

登志蔵の声はからりと明るく、往来でもよく通る。

わあっと、歓声が上がった。

登志蔵はまるで歌舞伎《かぶき》の花形役者のごとく生き生きとした美男子だ。年の頃は、まさに男盛りに差し掛からんとする二十八。勢いのよい登志蔵の口上に、野次馬たちは沸《わ》き立った。

男は登志蔵の腕を振りほどいた。

「くそ、覚えていやがれ！」

捨て台詞《ぜりふ》を吐いた男がきびすを返したのを合図に、地に転がされた者も唖然《あぜん》として突っ立っていた者も、足早に去っていく。

登志蔵は、手元に残された匕首を頭上に掲げた。

「おおい、忘れものだぞ！　番所に届けておくから、大事なもんなら後から取りに行けよ。ま、行かねえんだろうがな。おお、よく見たら、けっこういい刀じゃねえか。派手な小乱れの、洒落《しゃれ》た刃文《はもん》だ。おまえ、ひょっとして盗品か？」

迷子にでも語りかけるように、登志蔵は匕首に優しげな目を向けた。

瑞之助は、ほっと肩の力を抜いた。

「どうなることかと思いました。登志蔵さんが来てくれて助かりました」

登志蔵は、懐《ふところ》から取り出したふろしきで手早く匕首をくるみながら、にやりと笑った。

「格好よかったぞ、瑞之助。しかし、往来でそう大胆な振る舞いをするもんでもねえだろう。おまえの腕の中のご婦人、困ってるぜ」

言われてようやく思い至った。さっき、とっさに旅装の女を抱き寄せたはよいものの、そのままになっていたのだ。

瑞之助は旅装の女に向き直った。

目と目で見つめ合ってしまう。旅装の女の顔は、今や真《ま》っ赤《か》に染まっていた。紅潮したせいで、眉間から左頬によぎる白い傷痕が目立つ。柳眉は逆立ち、唇はわなわなと震えている。

ああ怒られる、と瑞之助は察した。

瑞之助の腕の力が緩《ゆる》んだ途端、旅装の女は瑞之助の胸を突いた。すかさず、瑞之助の頬をひっぱたく。

ぱしん！

乾いた音がよく響いた。叩かれた瑞之助よりも、おもしろがっていた登志蔵のほうが仰天《ぎょうてん》して、えっと声を上げた。

　旅装の女は早口でまくし立てた。

「ならず者の手から救っていただいたことには感謝いたします。ですが、女が生来持ち得ない力を、身を以《もっ》て女に知らしめるような振る舞いをするならば、あなたとて、ならず者と大差ありません」

　打たれた頬に、乾いた風が触れた。容赦《ようしゃ》なしの一発だったようだ。頬はじんじんと熱を持ち始めている。

　何も言えない瑞之助に、旅装の女は畳みかけた。

「肝に銘じてください。女にとって、男の大きく重い体も強い力も、恐ろしいものなのです。振る舞いにはどうぞお気をつけください」

　恐ろしいと口にしてみせながらも、旅装の女のまなざしに怯えの色はなかった。宿敵に立ち向かう若武者のような、挑みかかる強さがある。そして、憎しみにさえ見えるほどの強烈な嫌悪の念もうかがえる。

　旅装の女はぷいと顔を背け、縮こまるばかりの娘のほうに向き直った。

「大丈夫？　けがはありませんか？」

　問う声の柔らかさは、瑞之助に対するときとはまるで違っていた。

娘は涙声で、大丈夫ですと答えた。これから友達と買い物に出掛けるつもりだったが、すっかり肝を潰《つぶ》してしまった。もう家に帰りますと言う。

旅装の女は娘に付き添ってやるらしい。娘は瑞之助にぺこりと一礼すると、旅装の女と一緒に立ち去っていった。

登志蔵が瑞之助の頬をつついた。

「こりゃまた盛大にやられたな」

「腫《は》れていますよね」

「指の形がくっきりだ。おまえなら避《よ》けることもできただろうに」

「そんなことをすれば、きっとますます怒らせてしまいましたよ。男である私のほうが力が強いことを見せつける振る舞いだと、また思わせてしまったでしょう」

「違いねえな」

「先ほどのご婦人、男に恨みがあるのでしょうね。ただの悪意ともまた違う、ひどく切羽詰まったものを感じました」

「化粧してねえのに、目を惹《ひ》くような美人だったもんな。顔に傷痕が見えたが、あれもわけありかねえ」

「何か嫌な目に遭ってきたんでしょうか」

「きっとそうだろう。ありふれた話だが、かわいそうにな。阿呆な男の思い上がりや勘違いってやつは、醜《みにく》くてどうしようもねえ」

瑞之助は、打たれた頰を撫《な》でた。

もう二度と会うこともあるまいが、あの女の顔を忘れることはないだろう。きりりと強く、燃えるように輝くまなざしが、瑞之助の胸に焼きついていた。


おおい、と聞き慣れた声が呼んでいる。そろそろ声変わりに差し掛かったところの、少年の声だ。

「登志蔵さん、瑞之助さん、いつまで油を売ってるんだよ」

年が明けて十二になった泰造《たいぞう》が、一人でしこたま荷を担《かつ》ぎ、腕にも抱えて、こちらへやって来る。

登志蔵が、ぺしっと己の額を打ってみせた。

「ああ、すまんすまん。瑞之助が妙なことに首を突っ込んでいるのが見えたんで、泰造に荷を任せて、こっちに飛んできたんだ」

瑞之助と泰造は、登志蔵に誘われ、今年最初の買い物に繰り出してきた。柳原《やなぎわら》土手《どて》の古着屋で入り用のものを購《あがな》った。その帰り際、それぞれの用事を済ませるため別々になったところで、瑞之助があの騒ぎに気づいたのだった。

瑞之助は泰造から荷を受け取った。

「重たかっただろう。持たせてしまって、すまなかったね」

「いいよ。俺の着物がいちばん多いんだから。着物を買うなんて初めてで、すごくわくわくした。登志蔵さんも瑞之助さんも、連れてきてくれてありがとう」

年の割に大人びた笑顔で、泰造は応じた。近頃はもう、自分のことをおいらとも呼ばない。下総《しもうさ》のお国訛《なま》りも出なくなった。

泰造は昨年の秋から蛇杖院《じゃじょういん》に住み着いている。瑞之助と登志蔵が人買いの手から救い出し、蛇杖院に連れてきたのだ。

蛇杖院に来たばかりの頃、泰造はもっと子供っぽく意地っ張りだった。おいらは一人で生きていけるんだと、大人の手を突っぱね、幾度《いくど》か勝手に出ていこうともした。

当時、泰造は蛇杖院を疑っていたのだ。蛇杖院の連中は、人買いと大差ないような悪人かもしれない、と。

泰造が疑ったのも無理はなかった。蛇杖院は江戸《えど》で悪名高いのだ。

いわく、蛇杖院は診療所の看板を掲げているが、そこへ担ぎ込まれた者は二度と戻ってこない。

いわく、蛇杖院には毒草が植えられ、怪しげな医者が毒薬を作り、哀れな病者に飲ませている。

いわく、蛇杖院の女主《あるじ》は夜な夜な、若く麗《うるわ》しいおなごの生き血をすすり、美しさを保っている。

蛇杖院にはそうした噂が絶えない。しかも、蛇杖院に住まう医者は皆、癖《くせ》の強いへそ曲がりばかりだ。妙な噂を耳に入れても、平然として捨て置く者あり、むしろおもしろがる者ありといった具合で、誰ひとりとして火消しに回らない。

お使いに出た泰造は、悪《あ》しざまに言われることがしばしばだったようだ。すり傷を増やして帰ってきたこともあった。誰かに突き飛ばされたりしたのだろう。

瑞之助は、同じ下男の仕事を預かる者同士、泰造と仲良くなろうとした。何かにつけて話しかけ、湯屋に誘ったり菓子を分けてやったりした。それでも泰造は頑《かたく》なだった。

結局のところ、泰造が蛇杖院の医者を信頼するようになったのは、冬の初めの出来事がきっかけだった。

毎年必ず子供が襲われる、腹痛と下痢《げり》と嘔吐《おうと》の疫病。いまだ流行が消え去ったわけではない、たちの悪いダンホウかぜ。二つの疫病による病者が、冬の初めのある日、同時に蛇杖院に担ぎ込まれた。

あのとき、蛇杖院は一人の死者も出さなかった。瑞之助が腹痛で一日だけ寝込んだのを除けば、病者の世話にあたる者が病みつくこともなかった。

それがどれほど目覚ましいことか、下総の貧しい村に育った泰造は、ひどく身に染みたという。泰造は生意気そうに胸をそらして宣言した。

「毒を食らわば皿まで言うもんな。おいらも蛇杖院の医者のおかげで命を拾っちまったんだ。人に何と罵《ののし》られたって、腹を括《くく》って蛇杖院に居着いてやるさ」

瑞之助と泰造、どちらが先に一人前になるだろうか。そんなふうに蛇杖院の皆は言う。どちらが先であってもかまわないが、さっさと育ってほしいものだ、という一言もおまけにつく。

瑞之助も泰造も修業中の身だ。瑞之助は、幼子の命を救うための医者として。泰造は、力仕事から病者の世話まで何でもこなす下男として。

下男と呼びはするものの、それは言葉の上での都合に過ぎない。医者が一人いるだけでは、病《やまい》やけがの治療において十分とは言えない。医者を支え、病者やけが人に寄り添う下働きがあってこそ、蛇杖院の療治は優《すぐ》れているのだ。

瑞之助が蛇杖院に住み着いたのは、泰造より半年ほど早かった。

ことの初めは去年の春二月である。瑞之助はダンホウかぜをこじらせて肺を病み、蛇杖院に担ぎ込まれた。

自分でもあきらめた命だったが、蛇杖院の皆の看病によって持ち直した。とりわけ漢方医《かんぽう》の堀川真樹次郎《ほりかわまきじろう》の献身に心を打たれた。瑞之助は真樹次郎に、弟子入りさせてほしいと頼み込んだ。

真樹次郎も、蛇杖院の女主である玉石《ぎょくせき》も、初めは瑞之助の申し出を突っぱねた。

病者の前では優しく微笑《ほほえ》む真樹次郎は、実は仏頂面《ぶっちょうづら》の偏屈《へんくつ》者だった。人と親しく関わるよりも、医術を究《きわ》めるべく書物に埋もれていたいのだ。

玉石は侍嫌いだ。裕福な旗本である長山家から十分なお代をもらっていたため瑞之助の面倒を見たものの、本心ではさっさと縁を切りたい様子だった。

それでも瑞之助が麹町《こうじまち》の屋敷に返されることなく蛇杖院に居座ることができたのは、下働きの務めを果たすと申し出たからだ。

下働きの仕事を束ねる女中のおけいが、瑞之助を使ってみようと言った。旗本のお坊ちゃんがどこまでついてこられるか、試してやろうというのだった。

朝は水汲《く》みから始まり、掃除に洗濯、薬草の手入れに畑の草取り、病者やけが人の世話と、瑞之助はさまざまな仕事をこなした。手が空いているときに限り、医術を学ぶことを許された。

そんなふうにして九月《ここのつき》ほど修練を積んだ瑞之助は、正月一日に玉石が課した試験に見事及第した。試験とは、漢方医術の基本の書である『傷寒論《しょうかんろん》』『金匱要略《きんきようりゃく》』『黄帝内経《こうていだいけい》』の内容を確かに身につけたと明らかにするためのものだった。

晴れて医者見習いとして認められた瑞之助だが、相変わらず朝の水汲みは続けている。年明け早々、掃除も洗濯もした。診療に手が必要なときは優先してそちらの手伝いに回ることだけは、きちんと約束されている。

しかし、実のところ、瑞之助はこれからどう立ち回るべきだろうかと迷っていた。今までの暮らしを鑑《かんが》みるに、下働きのほうにこそ手が必要なときも少なからずあるだろう。

給金の額は下男のときのままだ。医者として独り立ちできるまでは据え置きだと、玉石は言った。瑞之助もそれに異論はない。

真樹次郎や登志蔵は、病やけがを診《み》たお代をすべて玉石に納める一方で、玉石から月々決まった額の給金を渡されているらしい。その額は、瑞之助が得ているものよりずっと高い。

「それほどの医者に、私もなれるだろうか。なれるとしても、それは一体、いつになるんだろう」

瑞之助は、あれこれ思い悩みがちなところがある。試験には及第したのに浮かない顔をしていたようで、登志蔵に誘われた。

「買い物に行こうぜ。たまには息抜きも必要だ。正月祝いに、着物を見繕《みつくろ》って買ってやるよ。古着だけどな」

ついでに日の出を拝むことにもなったから、今朝は少し早起きをして、江戸の町に繰り出した。両国橋の真ん中に立って日の出を待ったが、東の空は灰色の雲に覆われ、ご来光は望めなかった。

今もまだ、空は曇っている。降ってくる様子はないが、吐く息は白い。年が明けてもなお、冬めいた寒さが続いている。

登志蔵は、瑞之助と泰造の顔をのぞき込んだ。

「さて、瑞之助はちょいとけちがついちまったが、気晴らしにはなっただろう。

そのへんで飯を食って、蛇杖院に帰ろう。改めて、今年もよろしく頼むぜ」

泰造は、己の胸をとんと叩いた。

「俺のほうこそ、今年もよろしく。俺、去年よりもっと役に立ってみせっからな」

瑞之助は、師を前にしたときの折り目正しさで、登志蔵と泰造に礼をした。

「私は今年から医者見習いとしての修業に入ります。主たる師は真樹次郎さんですが、登志蔵さんにもぜひ学びたいと思っています。泰造さんからも教えてもらうことがいろいろとあるでしょう。今年もどうぞよろしくお願いします」

二

蛇杖院は小梅村《こうめむら》にある。江戸の北東の外れに架かる業平橋《なりひらばし》を渡って東へ行った、すぐのところだ。

江戸の町並みはびっしりと建物が軒を連ねているが、小梅村では、どの屋敷も寺も稲荷《いなり》でさえも、広々とした敷地を構えている。中でもとりわけ大きな屋敷が蛇杖院である。

蛇杖院の門をくぐると、初めに行き当たるのが南の棟《むね》だ。平屋造りの館《やかた》には、東西南北の四つの棟があって、中庭を囲んでいる。

瑞之助たちは、館とは別に建つ長屋に住んでいる。一の長屋が医者の住まい、二の長屋が下働きの者の住まいだ。二棟の長屋には、それぞれ六つの部屋がある。

下働きから始まった瑞之助は、二の長屋に部屋をもらった。正式に医者見習いと認められたとき、一の長屋に移るかと問われたが、今までの部屋をそのまま使い続けることにした。まだきちんとした医者ではないし、すでにこの部屋に愛着を覚えてもいる。

一の長屋には、漢方医の堀川真樹次郎、蘭方医の鶴谷登志蔵、拝み屋の桜丸《さくらまる》が住んでいる。ほかにもう一人、僧の岩慶《がんけい》という人がいるらしい。が、岩慶はずっと江戸を離れており、瑞之助はまだ会ったことがない。

蛇杖院は、四年ほど前に玉石が開いた診療所だ。ここには、玉石の眼鏡《めがね》にかなう腕利きで男前の医者が集まっている。そんな面々を揃えているのは何のためかといえば、玉石いわく、道楽のためである。

玉石は日本橋瀬戸物町《にほんばしせともの ちょう》にある唐物《からもの》問屋、烏丸屋《からすまや》の娘だ。烏丸屋は長崎に本店を構え、長州《ちょうしゅう》の馬関《ばかん》や京や大坂にも店があって、日《ひ》の本《もと》屈指の羽振りのよさを誇っている。蛇杖院という道楽を玉石が続けられるのも、金が唸《うな》るほどにあればこそである。

蛇杖院に通ってくるのは、近くに住む貧しい者が多い。薬礼を払えぬ者からは取り立てないのが、蛇杖院のやり方だ。ただで施しを受けたくない者には、蛇杖院の下働きの仕事を割り振っている。

下働きの者のうち、住み込みは六人いる。

七十を超えてなおぴんしゃんしている、女中頭のおけい。瑞之助と同い年で二十二の女中、巴《ともえ》。もとは武家の奥さまだったらしい四十いくつかの満江《みつえ》と、その側仕えだったらしい三十ほどのおとらは一つの部屋に住んでいる。下男は、四十絡みの朝助《あさすけ》と十二の泰造である。

住み込みのほかに、通いの女中も数人いて、皆で毎日忙しく働いている。

年末から、蛇杖院には心配事が一つ浮上していた。

通いの女中の一人、渚《なぎさ》が姿を見せないのだ。

今年でちょうど三十の渚は、中之郷《なかのごう》に住む御家人の妻だ。渚の夫は小普請《こぶしん》入りしており、禄高は五十俵。ご公儀のお役に就けず、職人仕事を請け負うなどして銭を稼いでいる。渚も蛇杖院で働いて、暮らしの足しにしている。二人の間には子はいない。

瑞之助は渚の生い立ちをさほど詳しく知らない。ただ、渚は下働きの仕事にずいぶん慣れている。小柄な体でくるくるとよく働くのだ。武家の奥さまといっても、麴町の屋敷に住む母や兄嫁とはまるで違うのだなと、初めは少し驚いた。

その働き者の渚が、なぜだか蛇杖院に来ない。もしや体を壊しているのだろうか。それとも、やはり武家ならではのしがらみやあれこれで、暮れや年の初めは慌ただしいのだろうか。

「誰か今日の夕刻にでも、渚の住まいまで様子を見に行ってくれないか」

玉石が物干し場に現れてそう告げていったのは、正月五日の昼下がりである。

女中の巴が、それならあたしが、と手を挙げた。

その夕刻が迫った頃である。

渚が久しぶりに蛇杖院を訪れた。

「こんにちは。遅ればせながら、明けましておめでとうございます。すっかりご無沙汰してしまいましたね」

瑞之助はそのときたまたま門前にいた。七つになったばかりの幼い女中、おうたと一緒に掃除をしていたのだ。

渚がすっかりくたびれ果てた顔をしているので、瑞之助もおうたも慌てて駆け寄った。

「どうしたんですか、渚さん。何があったんです？　皆で心配していたんですよ」

力なく渚は笑った。

「ごめんなさいね。毎日てんてこまいだったんですよ。暮れの二十八日から顔を出せませんでしたよね。やるべきことに追われるうちに、気づけば外が真っ暗になっていて、あとはもう何をする気も起きないの。そのくらい大変なことになってしまって」

渚の声を聞きつけたらしく、巴が館のほうから飛んできた。

巴は、かつて剛力と巨体で名を馳せた力士の娘だ。背丈は瑞之助と同じくらいあり、力は瑞之助よりも強い。気も強いが、かといって男っぽいわけではなく、肉づきのよい体つきは、時に目のやり場に困るほど女らしい。

「渚さん、来たのね！　心配してたんだから。今日これから訪ねていこうと思っていたところよ。やだ、何だかやつれちゃって。熱でも出した？」

「違う違う。体の具合は平気よ。旦那も元気。ただ、ちょっといろいろ大変だったんだよね」

「あらぁ、それじゃ、旦那さんが離してくれなかったのかしら？」

「そんなの、いつものことよ。顔はあっさりしてるくせに、あっちのほうはしつこいんだから。わたしがこんなにくたびれてておかまいなし。もう大変よ」

「まあ、お熱いことで。ご馳走《ちそう》さまだわ」

巴と渚はくすくすと笑い合った。げっそりしていた渚の顔に、明るさがいくぶん戻ってくる。

木枯らしが吹き抜けた。蛇杖院の門前は風の通り道だ。横川《よこかわ》の冷気を巻き上げた風が、びゅうと吹きつける。

おうたは両手で耳を押さえてしゃがみ込んだ。風が吹くたび、耳が冷たくてじんじんと痛むらしい。

瑞之助は皆に声を掛けた。

「ここは冷えますから、中に入りましょう」

そうね、と巴がうなずいた。

「そろそろ待合部屋の火鉢をしまおうとしていたところよ。もう誰もいなくなったから、待合部屋へ行きましょ」

渚はうなずき、両手をこすり合わせて息を吹きかけた。

南の棟は暖かく、誰もいなかった。

患者が引けて静かになったのは、ようやくのことだ。病やけがに暮れも正月もない。熱を出した子供や腰を痛めた年寄りが次々と担《かつ》ぎ込まれ、寝正月を邪魔された真樹次郎も、買い物から戻ったばかりの登志蔵も、ひどく忙しそうだった。

火鉢のそばに陣取ると、巴は改めて渚に尋ねた。

「それで、一体どうしたの？　渚さんが何も言わずに仕事を休むなんて、よっぽどのことでしょ」

「よっぽどのことではあるわね。おめでたいことなんだけど」

「あら、それってもしかして、そういうこと？」

巴のまなざしが渚の腹に向けられた。渚はぱたぱたと手を振った。

「そういうことじゃなくて」

「旦那さんとは仲良くしてるんでしょ？」

「いちゃいちゃすれば必ず子供を授《さず》かるってものでもないのよ。わたしはもう三十だし」

「遅すぎることもないいんだろうけど、ままならないんだね」

巴の嘆息《たんそく》に、渚は困ったような笑みを返した。

「おめでたはわたしではなくて、妹の旭《あさひ》よ。二人目ができたみたいなの。巴さんは覚えてるでしょ。一人目のとき、つわりが大変だったこと」

巴の顔が心配げに曇った。

「覚えてる。薬を届けに行ったこともあるもの。またなの？」

「またなのよ。起きられなくなっちゃって。あんな様子じゃ、おめでとうとも言ってやれやしない」

渚も巴も声をひそめ、眉根を寄せている。

瑞之助は意味がわからず、おずおずと問うた。

「あの、子供ができたのでしょう？　なぜ重い病のことを話すような暗い顔をしているんです？」

巴は屹《きっ》と眉《まゆ》を吊り上げた。

「瑞之助さん、あんた、幼い子供を診る医者を目指していながら、赤ん坊のことを何もわかっていないのね。女が赤ん坊を身ごもるというのは、本当に大変なことなの。つわりというものを知ってる？」

「つわり、ですか？」

「医術の本には悪阻《おそ》と書かれているのだったかしら。よくあるのは吐き気ね。飯を炊く匂いだとか、酒の匂いや汗の匂い、草の匂い、そういうちょっとした匂いが気持ち悪くて、吐き気をもよおすの。赤ん坊ができたらそういうふうになるって、聞いたことない？」

瑞之助は黙り込んだ。

本当は昨年のうちに産科の医書を読み始めておくつもりだった。瑞之助が目指しているのは、幼子の命を守るための医者だ。生まれたばかりの赤子も診てやれるようになりたい。そのために学ぶべきは、産科の医書である。

しかし、玉石に本を借りたはよいものの、試験まで間がなかったし、日々の仕事に追われてもいた。結局、産科については何も学べぬまま今に至っている。

おうたが瑞之助の袖を引っ張った。

「おなかに赤ちゃんがいるときはね、具合が悪くなるんだって。差配さんのところのおすみ姉《ねえ》さんは、おなかの赤ちゃんのせいで寝込んじゃったのよ。うた、とっても心配したから、よく覚えてる」

医書でわざわざ学ばずとも、おうたのように長屋育ちならば、身近に妊婦がいるものだろう。おうたの姉で、今年十三になったおふうは、おうたが生まれる前のことを覚えているかもしれない。

瑞之助の身のまわりには、子をなした女はいなかった。姉が姪《めい》の喜美《きみ》を孕《はら》んだときも、生まれる直前になって知らされた。

姪の誕生の少し前に、母に連れられて姉を見舞った。姉の腹が満月のように大きくなっていて、瑞之助は驚かされた。人の体の形があんなふうに変わるとは、この目で見てもなお、信じられないような思いだった。

口をつぐんでしまった瑞之助の鼻先に、巴は人差し指を突きつけた。

「少しはしっかりしてきたかと思ったけど、まるで駄目ね」

「……面目ないことです」

「男ってどうしようもないわ。女がどんな苦労をして子を産むのか、ちっとも知らずに、あっけらかんとして、子供がほしいとだけ言うの。旗本のお坊ちゃんなんて特にそう。何も知らないお坊ちゃんの妻になる女の人は大変だよね」

渚が苦笑した。

「巴さんは相変わらず、瑞之助さんに手厳しいわね」

「だって、この人、二十二なのに子供なんだもの。あたしと同い年とは思えない」

「男はそんなものよ。うちの人だって、わたしと同い年だけど、びっくりするほど抜けてるんだから。そういうところも全部ひっくるめて、この人を受け入れてあげたいって思えるくらいでないと、夫婦ってものはうまくいかないわ」

巴は、ふぅん、と歌うような節回しで唸って、瑞之助を横目で睨《にら》んだ。

瑞之助は旗本の次男坊である。父はすでに亡く、九歳上の兄が家督を継いでいる。

次男坊というのは頼りないものだ。兄がいる以上、ご公儀のお役に就くことはかなわない。跡取りのいない家に養子として迎えられるという幸運に恵まれなければ、部屋住みの厄介者《やっかいもの》として一生を過ごすことになる。

瑞之助の立場はずっと宙ぶらりんだった。瑞之助は、何者にもなれない己の境遇が疎《うと》ましかった。

だから去年の春、病の癒《い》えた瑞之助は、そのまま蛇杖院に居座った。蛇杖院の医者になりたいと心の底から望んで、この道を選んだのだ。以来、麹町の実家には一度も帰っていない。

渚は言った。

「瑞之助さん、つわりの重さは人によって違うんですけど、わたしの妹は人一倍つらい思いをしているんですよ。年の暮れが近づいてきた頃から吐くようになって、ここ数日はめまいもきついらしく、ほとんど起きられなくなってしまったの」

渚は息をついた。瑞之助が聞いているのを確かめると、言葉を続けた。

「妹には、三つになったばかりの男の子がいるんです。生まれてから、ちょうど一年半。まだ一人では何もできないんですよ。それでわたしが妹の看病をしながら甥っ子の面倒を見て、うちと妹のところの家事をこなしていたの」

おうたが目を真ん丸にした。

「とっても忙しかったのね。だから、渚さん、蛇杖院のお仕事をお休みしてたんだ」

「そうなの。年越しも元旦もあったものではなかったわ。知らせに来るのが遅くなってしまって、ごめんなさいね」

「ううん、どんなお仕事よりも、苦しんでいる人のお世話のほうが大事よ。おっかさんも赤ちゃんも心配よね」

たった七つのおうただが、たまにこうして大人びたことを言う。おうたの母は労咳《ろうがい》を病んでおり、体が弱い。甘えたい年頃のおうたも、わがままな気持ちをぐっと抑えて、いつもいい子で過ごしている。

巴は不安げに、渚の顔をのぞき込んだ。

「渚さんも痩せちまったわ。ちゃんと食べてるの？」

「一応食べてる。甥っ子のためにあれこれ作ってあげて、その味見や残り物をね」

「そんなの、食べてるうちに入らないよ。旦那さんに何か買ってきてもらいなさいよ。夜は夜で旦那さんにかまってやんなきゃならないんだし、精がつくものを食べなけりゃ、渚さんまで倒れちまう」

「そうねえ。まったくもう、あの人が家の仕事をやってくれるんなら、いくらか楽になるんだけど」

「今、旭さんはどうしているの？」

「あの子の旦那さまに見てもらってる。今日はちゃんと家にいてくれるはずよ。叱り飛ばしてやったんだから。仕事納めだ、年忘れの宴《うたげ》だ、年始のあいさつだって、外に出てばっかりなんだもの」

「旭さんの旦那さんは忙しい人なんだね」

「勘定所に勤めてるの。まだ二十三よ。小普請入りの家に生まれたけど、頭の出来が違うの。二年前に筆算吟味《ひっさんぎんみ》に受かって、すぐに出世して。でも、仕事はできても、ほかのことがてんで駄目。言ってやらなけりゃ何も気づかない」

「今まで姉さん女房の旭さんに頼りっきりだったのね。それで、旭さんが倒れちまったら、看病もできないし、家事なんか一つもわからないし、子守りもろくにできやしない。そうなんでしょ？」

「大当たり。悪く言うつもりなんてないんだけどね。人柄は本当にいいし、頭がいいのを鼻にかけることもないし。でもねえ、こたびはちょっと我慢できなくなって、いい加減におし！　なんて大声上げちゃった」

「そのくらいでいいんじゃない？　武家の男って、大事なときに頼りにならないわよねえ」

　巴はじろりと瑞之助を見やった。

　瑞之助は首をすくめた。もしも瑞之助が旭の夫と同じ立場だったら、似たようなものだろう。蛇杖院で下働きの仕事をこなすようになって、ずいぶんましにはなった。が、まだまだ半人前だと思い知らされることはしょっちゅうだ。

気を取り直し、瑞之助は言った。

「玉石さんに相談しましょう。今のままでは、渚さんも倒れてしまいますよ。渚さんや旭さんの力になれるよう、玉石さんに知恵を借りましょう」


蘭癖《らんぺき》家の玉石が住まう西の棟は、まるで異国だ。

窓には色鮮やかなガラスがはめ込まれ、目隠しと防寒のための天鵞絨《ビロード》がかけられている。天井から吊られているのは、真鍮《しんちゅう》とガラスでできた豪奢《ごうしゃ》な燭台《しょくだい》だ。扉に机、洋灯《ランプ》、花模様の壁紙に至るまで、すべてが舶来品《はくらいひん》である。

西の棟に入れるのは、玉石から特別に許された者に限られている。この棟の薬庫には危険なものも収められているため、幼いおうたは入れない。

「うた、おふう姉さんの手伝いに行くね」

おうたは聞き分けよく、裏庭へ駆けていった。

瑞之助は、巴と渚の後に続いて西の棟の廊下を歩んだ。一面に敷かれた毛足の長い絨毯《じゅうたん》が、足音を呑み込む。

玉石は書庫で読書に没頭していた。艶《つや》やかな黒髪を垂らして、じれった結びにしている。髷《まげ》を結うと寒いそうだ。結城紬《ゆうきつむぎ》の袷《あわせ》の襟元《えりもと》は、毛皮の襟巻《えりまき》で覆われていた。

日和丸《ひよりまる》が瑞之助たちを歓迎した。日和丸は、一尺ほどの長さの小さな蛇だ。黄金色の鱗《うろこ》肌に、七本の黒い帯を巻いた模様が洒落ている。

玉石が常に書庫を暖めているおかげで、南国生まれの日和丸も、この部屋にいる限りは元気いっぱいだ。瑞之助が手を差し出すと、日和丸は嬉々として這い上ってきて、袖の内側にぬくぬくと収まった。

革の装丁の本から目を上げもせず、玉石はくすりと笑った。

「日和丸、この浮気者め。寒くなってからというもの、主であるわたしを差し置いて、瑞之助にくっついてばかりだ」

巴が腰に手を当てた。

「それは玉石さまのお体が冷えがちだからですよ。瑞之助さんのように体を鍛《きた》えている男は肌が温かいから、日和丸は居心地がいいんでしょう」

「苦手な登志蔵に好き放題にさわられても、じっと我慢して暖をとっているくらいだからな」

登志蔵の名を聞いた日和丸が、ぴくりと震えた。蛇の頭に耳らしきものは見て取れないが、日和丸は人の声を聞き分け、言葉を解してもいる。

玉石はようやく本を閉じ、こちらに向き直った。

「渚の顔をこのところ見ていないと、皆で案じていたんだぞ。渚、何があった？　困っているのなら力になろう」

男のような話し方をする玉石は、浮世離れした風格がある。今年で三十五というが、堂々とした立ち居振る舞いは、もっと齢《よわい》を重ねた者のようにも見える。

渚は、すっと背筋を伸ばして口を開いた。

「妹の旭が身ごもりまして、上の子のときと同じように、つわりで苦しんでいます」

玉石は顔をしかめた。

「ひどいつわりは、本当にどうしようもないな。体に現れた証《しょう》ごとに薬を処方する手立てはあるが、ただ沸かしただけの湯の匂いにさえ、吐き気をもよおす者もいる。確か、旭もそうだったな」

「ええ。ありとあらゆる匂いが障るようで、すぐに吐くんです。無理やり水を飲み下しても、胃が膨《ふく》れる感じがまた気持ちが悪いと言って、吐いてしまいます」

「そんな具合では、食道や喉《のど》が胃液で焼け、荒れてしまっているだろう。さて、困ったな。前のときは、ふかしただけの芋《いも》や豆、出汁《だし》醤油《じょうゆ》をかけただけの茄子《なす》を好んで食べていたか」

「はい。畑のものに火を通しただけの、あまり手を加えない料理ならば、少しずつ口にできていました。でも、こたびはそういったものすら受けつけません。寒さにやられて、かぜもひいているようで」

「一人目の子のときより、つらそうなのか」

「そうみたいです。日頃から源弥《げんや》に振り回されてくたびれていましたから、あれこれ重なって、体を損ねてしまっているのだと思います」

源弥というのが、旭の子の名であるらしい。

瑞之助は口を挟んだ。

「幼子を見てくれる乳母《うば》や子守りはいないのですか？」

渚は、困ったように眉尻を下げて笑った。

「妹夫婦は本所《ほんじょ》に屋敷を持ってはいるのですが、女中も下男もおらず、親も他界して、きょうだいはわたしだけ。旭は一人きりで源弥を育てているようなものなんです」

巴が肘で瑞之助を小突いた。

「侍がみんな瑞之助さんのご実家みたいな暮らしを送っていると思わないでちょ

うだい。日々の暮らしに苦労している家だって多いんだから」

渚は苦笑した。

「うちの小普請屋敷は隣近所もみんなこぢんまりして、低い生け垣越しにおしゃべりしたり、困ったときは助け合ったりって感じなんですけどねえ。妹のほうはもっときちんとしていて、垣根も高くて。まあ、それが本来の侍らしい暮らしなんでしょうけど」

玉石は腕組みをして唸《うな》った。

「渚は、旭の体がよくなるまで、家の仕事を代わってやるといい。蛇杖院の仕事については気にするな。こちらは何とかなる」

「はい。お言葉に甘えさせていただきます」

「旭のところへ行っている間も、蛇杖院で働いているぶんの給金は出そう」

渚は目を丸くした。

「そんな。そこまでしていただいては、心苦しゅうございます」

玉石は髪を肩越しに払った。

「何を言うか。蛇杖院の主たる、この玉石が決めたことだ。病者の面倒を見ることに長《た》けた渚を、つわりによる不調を抱える妊婦のもとに遣わして身辺の世話をさせる。給金を払うに値する仕事だ」

　渚は深く頭を下げた。

「ああ、ありがとうございます、玉石さま。ご配慮に感謝いたします」

「普通のつわりであれば、一月《ひとつき》ほどで山を越える。しかし、長丁場になることもあるから油断はできんぞ」

「ええ。実は、母も伯母も難産のために体を壊して、そのまま亡くなったのです。似なくてよいところが似てしまったようで、わたしは子ができませんし、妹はあまりにもつわりが重くて」

「そうか。ならば、なおのこと、旭に無理をさせてはならんな」

「こうもあれこれ重なると、お産というものが恐ろしく、疎ましくすら感じられてしまいます。妹のおめでたを祝ってやろうという気が起こりません」

　渚は言葉を吐き出してしまってから、恥じ入るようにうつむいて付け加えた。

「女として生まれた者が、このようなことを口にするものではありませんね。いえ、わたしなど、この腹に子を宿すこともできずにいる。女として、妻としての役割が果たせない。それなのに妹は、と妬《ねた》む気持ちもございます。わたし、ひどいことを言っていますね」

玉石はかぶりを振った。

「女であれば必ず健やかな子を産み育てられるというものではない。渚、そう思い詰めるな」

「はい」

「しかし、どうしたものかな。誰かが旭の具合を診るべきだろうが、あいにくと、真樹次郎も登志蔵も産科には詳しくない。わたしが行くのがましだろう。明日にでも、旭を見舞ってもよいか？」

「もちろんでございます」

「まあ、わたしは医書を読み漁《あさ》っただけに過ぎず、日頃は診療などすることもないのだから、医者と名乗るには心もとないが」

「いいえ、玉石さまに案じていただけることだけで、十分な薬となります。大変心強うございます」

「旭が口にできそうなものを揃えておく。一口でも食べることができれば運がよいと思おう」

渚は感じ入った様子で、唇を結んで頭を下げた。

巴が、はたと思いついた顔をした。

「旭さんの息子さん、源弥ちゃんだっけ。旭さんと渚さんで面倒を見るのが大変なら、昼の間だけでも、ここで預かるのはいかがでしょうか？　蛇杖院には人手があるから、子守りができると思うんだけど」

渚が顔を明るくした。

「もしできるのでしたら、ぜひお願いします。旭も、誰かに頼りたいと申しておりました」

玉石もうなずいた。

「おけいや満江もいるし、おふうや泰造は年下の子供のお守りに慣れている。それに、瑞之助もいるしな」

瑞之助は目を丸くした。

「私ですか？」

「おまえは幼子の命を守る医者になりたいと言う。ところが、おうたや泰造に慕われてはいるものの、自分では子育ても子守りもやったことがない。それではいけないだろう？　こたび、源弥に学ばせてもらうといい。幼子の命を預かるのだ。大任だぞ」

瑞之助がぽかんとしているうちに、とんとん拍子に話がまとまっていった。

齢《よわい》三つの源弥は、明日から蛇杖院に来るらしい。

三

多くの赤子は生まれて一年ほどで、己の二本の脚で立つようになる。言葉の覚えはまちまちで、立つよりも先に「まんま」「だっこ」と言い始める子、文を組み立ててしゃべる子もいれば、いまだ拙《つたな》い喃語《なんご》ばかりの子もいる。背丈の伸び方や目方の増え具合、髪の多さや歯の生え方もまた、一人ひとり大いに異なる。当然ながら、飲み食いする量も、体の育ち方によって違ってくる。

宮島《みやじま》家の長男坊、源弥は、齢三つ。生まれて一年半になる子を育てたことのある女中の満江は、渚の腕に抱かれた源弥に、あらと目を見張った。

「三つにしては、ちょっと体が小さいかしら。血筋かもしれないわね。伯母さんの渚さんも小柄ですもの」

桜丸の婆やだったおけいは、ふんと鼻を鳴らした。

「ちょいと小さいくらい大丈夫さ。桜丸さまだって小さかったからね」

源弥は訝《いぶか》しげな様子で、満江やおけいの顔を眺めている。

日頃、源弥は母の旭と伯母の渚としか接していない。初乳を含ませてくれた乳《ち》付《つけ》親との結びつきも、形ばかりのものになっているそうだ。

渚は源弥の丸い頬をつついた。

「人見知りかしらね。源ちゃん、皆さんにごあいさつは？　どうして固まっちゃってるの。人に囲まれるのが初めてだからかしら。ねえ、めったに外にも出ないもの」

瑞之助は源弥の顔をのぞき込んだ。目を合わせようと試みたが、ぷいとそっぽを向かれてしまった。

源弥は今日からしばらくの間、蛇杖院で過ごすことになっている。昼四つ頃に渚が源弥を蛇杖院へ連れてくる。暮れ六つ頃に夕餉《ゆうげ》を食べさせて、瑞之助が源弥を宮島家へ送っていく。

「瑞之助さん、幼子の抱き方はわかります？」

渚は源弥を瑞之助に受け渡そうとした。ところが、源弥はひしと渚にしがみついた。あらあらと、渚は困ったような笑い顔になる。

瑞之助はたどたどしく源弥の脇に手を差し入れた。

「ほら、源ちゃん。こっちにおいで」

猫撫《ねこな》で声にもなりきれない、半端に上ずった声でなだめてみるが、源弥は耳を貸すそぶりもない。どうしましょう、と瑞之助は渚に目で問うた。

渚は、ぐいっと源弥を自分から引き離した。

「はいはい、源ちゃん。お利口にしてね。瑞之助さんが源ちゃんと遊んでくれるわよ」

渚は源弥を瑞之助に託した。押しつけた、と言うほうが正しい。瑞之助は慌てて源弥を抱き止めた。

思わず息を呑む。

源弥の体は妙に温かい。そして柔らかい。七つのおうたの体も軽くてしなやかで骨が細くて、体術の稽古《けいこ》でぶつかり合うときの男の体との違いには、ちょっと驚いてしまうものだ。しかし、おうたよりさらに幼い源弥は、また一段と手ざわりが違う。

「あー？」

源弥が声を上げた。二つの黒い目が、じっと瑞之助を見据える。もみじのような手が、瑞之助の頬にぺちんと触れた。

渚は、そろりと離れていく。

　源弥は渚を振り向いた。じっくり考えるような間を置いて、おもむろに口を開ける。小さな体で、思い切り息を吸う。

「ぅあああぁぁーっ！」

　源弥は大声で泣き出した。ぐいと体をそらし、両手をばたばたと振り回す。

「わっ、危ない」

　瑞之助は焦《あせ》った。源弥を取り落とさないよう、力を加える。いや、加えてよいのか？　誤って源弥の体を痛めてしまったりはしないだろうか？

　だが、源弥が暴れる力は、思いがけないほど強い。顔を打たれた瑞之助が怯《ひる》んだ隙に、源弥はするりと逃げ出した。瑞之助の体をうまいこと伝い降りると、脱《だっ》兎《と》のごとき勢いで渚のほうに向かおうとする。

「駄目だよ」

　瑞之助は源弥を後ろからつかまえて抱き上げた。泣きわめく源弥の頭が、ごつんと瑞之助の顎《あご》に当たる。痛い。が、放すわけにはいかない。

「よろしくお願いしますね」

　渚は頭を下げ、素早く去っていった。

登志蔵が遠くから瑞之助を眺めている。

「おお、すげえ。ばったばったと、よく跳ねるもんだ。活《い》きがいい鰹《かつお》みたいだな」

「登志蔵さん、どうしましょう?」

「俺が知るもんかよ。俺も瑞之助と同じで、乳母や女中に囲まれて育ったくちだ。男がどうやって子守りをするのか、思い描いたこともないぜ」

玉石が門のところまで出てきた。今日もまた髪を結っておらず、分厚い西洋風の外套《がいとう》を引っ掛けている。

「渚と話したかったが、一足違いになってしまったか。まあいい。旭のところで顔を合わせるだろう」

玉石は瑞之助と源弥を見やった。おもしろがるような顔をしている。

源弥は一度、ぴたりと泣き止んで玉石を見た。玉石は黙って源弥を見返した。我慢比べのように見つめ合う。

やがて源弥は、むぅっとしかめっ面《つら》をした。大きく息を吸うと、また泣き出してしまう。

玉石は笑った。

「こうして泣き叫べば、旭か渚が来てくれる。それがわかっているから、あえて泣き叫ぶんだ。瑞之助、少し辛抱して、泣き止むのを待てばいい。旭も渚もいないと認めると、そのうちけろりとおとなしくなるだろう」

瑞之助の袖を、おうたがちょいと引いた。

「物干し場に行きましょ。日なたは暖かいから、源ちゃんと土遊びができるよ。それとも、駆け比べのほうがいいかしら」

「こんなに小さな子供でも、おうたちゃんみたいに遊ぶかな？」

「きっと遊ぶよ。暴れるくらい元気なんだもの。ほーら、源ちゃん。うたと一緒に行きましょ。ね？」

おうたは背伸びをして、瑞之助が抱えた源弥の顔をのぞき込もうとした。瑞之助はそれにつられて、源弥を抱えたまま屈《かが》んだ。

源弥は、目の高さが変わったせいか、おうたの顔を見たからか、すっとおとなしくなった。よくよく見れば、源弥の頰に涙はない。玉石が見破ったとおり、あの泣き声は芝居だったらしい。

瑞之助は源弥を地面に下ろした。源弥はしっかりと自分の両脚で立った。

小さすぎる源弥と比べると、七つになったばかりのおうたが、ずいぶんお姉さんに見える。

おうたは源弥に手を差し出した。

「さあ、源ちゃん、うたと一緒に行くよ。蛇杖院には、危ないものもたくさんあるからね。一人でうろうろしちゃ駄目よ」

源弥はおうたを見つめている。うなずいたり返事をしたりしないから、源弥がおうたの言葉をきちんと聞き分けているのかどうか、ちっともわからない。

おうたが歩き出すと、手をつないだ源弥も、ちゃんと一緒に歩き出した。

と思うと、源弥は勝手に駆け出した。それが案外、素早い。おうたは、振りほどかれかけた手を、ぎゅっと握り直した。

「あはは、源ちゃん。走るのが好きなのね。いいねえ」

源弥は答えず、振り返りもせず、おうたの手を引っ張って走っていく。瑞之助は慌てて二人を追いかけた。

玉石が瑞之助の背中に声を掛けた。

「源弥のための昼餉《ひるげ》は、渚に聞いたとおりに、おけいに支度させた。半刻《はんとき》ほど庭で遊ばせたら、東の棟の隅の部屋に源弥を連れておいで。部屋を暖めておくから、そこで昼餉を食べさせ、昼寝をさせるといい」

瑞之助は振り向いた。

「ありがとうございます。助かります。玉石さんも幼子に慣れているんですね」

玉石はちょっと目を見張り、すぐにその目を伏せた。

「慣れてはおらん。昔、ほんの少しの間だけ、赤子が身近にいた。それだけだ」

瑞之助は足を止めた。

玉石は瑞之助を追い払うそぶりで、ひらりと手を振った。


おうたと源弥は、洗濯物を干す裏庭で遊び始めた。

今の時季はちょうど、裏庭の薬園には何も植わっていないから安心だ。蛇杖院で育てる草花は薬効があるものばかりで、源弥が口に入れたりなどすれば危ない。

瑞之助は少し離れたところで、おうたと源弥を見ている。戸惑うばかりの瑞之助に、おうたが笑ってみせたのだ。

「うたに任せて。うたが先に源ちゃんと仲良くなるから、瑞之助さんは後で真似《まね》したらいいよ」

源弥は一人遊びを好むようだ。黙々と土いじりをしている。おうたが話しかけても返事をせず、自分の手元にばかり目を向けている。

おうたは源弥の返事がないのを怒るでもなく、のんびりと話しかけ続けている。

「源ちゃん、おてて、冷たくない？　土遊びは楽しいねえ。いいねえ。今はまだ寒いから、虫さんがいないの。源ちゃんは虫さん好き？」

おふうが、濡《ぬ》らしてよく絞《しぼ》った手ぬぐいを持ってきた。おふうはおうたの姉だ。まだ十三だが、働き者でよく気がつく。

「おうた、源ちゃんが土を口に入れないように、よく見ているのよ。顔が汚れたら、この手ぬぐいできれいにしてあげて」

「うん、わかった」

おふうはくるりと振り向いて、瑞之助に告げた。

「瑞之助さんも、しっかりそばについて、見てあげてくださいね。源ちゃんはまだ、言葉で言い聞かせても、わかったりわからなかったりするでしょう。駄目なときは駄目って、手をつかんだり抱き上げたりして、止めてあげなけりゃならないんですよ」

「そうか。そのとおりだね」

井戸へ水汲みに行く途中の泰造が、ひょいと身軽に寄ってきた。しゃがみ込んだ源弥をまたぐように立って、源弥の顔をのぞき込む。

「おう、おまえが源坊か。会うのを楽しみにしてたんだぞ」

源弥は泰造を見上げた。

泰造はにかっと笑うと、源弥の両脇に手を差し入れ、勢いよく抱え上げた。

「そぉら！」

抱えられた源弥の体は、いちばん高いところで一瞬ふわりと浮く。泰造は二度、三度と繰り返し、源弥を抱え上げ、ふわりと放っては受け止める。

ずいぶん荒っぽい扱いだ。瑞之助は度肝を抜かれたが、源弥は、きゃっきゃっと声を立てて笑っている。

源弥を土の上に転がし、腹をたっぷりくすぐってやってから、泰造は源弥を解放した。源弥はけらけら笑って、すっかりご機嫌である。

「すごいな、泰造さん」

瑞之助が感心すると、泰造は照れくさそうに鼻の下をこすった。

「このくらい、大したことないって。源坊くらいの年の子から見ると、俺もまだ子供の仲間なんだ。だから怖がられない。でも、瑞之助さんはちょっと難しいかもな。小さい子供は、大人の男を嫌ったり怖がることが多いんだ」

「へえ。言葉が交わせないくらい幼い子供にも、そういう好き嫌いはあるんだね」

　おふうが横から口を挟んだ。

「幼い子供が男の人を怖がるのは、慣れていないからだわ。男の人って、子守りの仕事を女の人に任せっきりにするでしょう」

　源弥は、頭上で自分のことが話題になっていることに気づいているようで、泰造とおふうを交互に見やっていた。

　泰造は空っぽの桶を持って、水汲みの仕事に戻っていった。おふうは厨《くりや》の手伝いである。源弥の世話は、瑞之助とおうたに任された。

　とはいえ、瑞之助が困り果てることはなかった。

　蛇杖院で働く者たちが、代わる代わる、源弥の様子を見に来たのだ。瑞之助に対しては手厳しい女中たちも、源弥の前ではとろけた顔になる。

　遠くから様子をうかがうばかりで近寄ってこないのは、拝み屋の桜丸と下男の朝助だ。

　桜丸は今年で十八になった男だが、若い娘と見紛《みまが》うほどに、あでやかで美しい。花の模様の小袖をまとい、絹のような黒髪を背に流している。目元に紅を刷くだけの化粧が何とも色っぽい。

瑞之助は初め、源弥を男に慣らすために、男とも女ともつかない風体の桜丸に手伝ってもらうことを考えた。

しかし、桜丸は頑として源弥に近づこうとしない。白皙《はくせき》の美貌を強張《こわば》らせて、耳に心地よいはずの声さえ細かに震わせて、後ずさりしてしまう。

「嫌です。恐ろしゅうございます。七つまでは神の内といって、七つを迎えぬ幼子の魂は、いつこの世から離れてしまってもおかしくありませぬ。幼ければ幼いほどに、体と魂の結びつきは弱い。そのありさまが恐ろしくて、わたくしは、幼子に触れられぬのです」

瑞之助が源弥を抱いて近づくと、桜丸は裾をからげて逃げていってしまった。

下男の朝助は、顔に大きなあざを持つ男だ。そのあざのために人に厭《いと》われてきた過去があるらしい。

「手前のような顔をした男が近寄れば、源坊は怖がるに決まっていますから」

朝助は寂しそうに笑って、源弥との鉢合わせを避けている。それでも、源弥にけがないようにと、ずいぶん案じているようだ。水浸しになりがちだった井戸のまわりが、一晩のうちにすっかりきれいになっていた。

蘭方医の登志蔵はもともと留守がちだが、今日もまた、さっさと出掛けてしまった。源弥の世話に関わるつもりはないらしい。

漢方医の真樹次郎は、瑞之助とおうたが源弥を連れていくと、途方に暮れた顔をした。

「その子供を俺にあまり近づけるな。泣かれてしまう」

「源ちゃんは案外泣きませんよ」

「めったに泣かないような子供にも泣かれるんだ、俺は。薬くさいせいか辛気《しんき》くさいせいか知らんがな」

おうたがにこにこした。

「それはね、いつも真樹次郎さんが会うのが病気の子供だからよ。小さな子供は、熱があって苦しくても、おなかが痛くても、言葉で話すことができなくて、泣くしかないんだもの」

真樹次郎は虚《きょ》を突かれた様子で、切れ長な目を見張った。絵に描いたように静《せい》謐《ひっ》で端整な見目の真樹次郎だが、ちょっと驚いた顔や照れたように笑う顔は、二十七という年よりも若く見える。

咳払いをした真樹次郎は、しゃがみ込んで源弥の顔を正面から見た。が、話しかける相手は源弥ではなく、瑞之助だった。

「後で昼寝をさせるんだろう。源弥がおとなしくしているうちに脈を調べておけ。体のぬくさがどのくらいのものか、それも覚えておくといい」

「はい。わかりました」

「大人の背丈の半分にも満たんような幼子が病になれば、俺が身につけてきた医術では太刀打ちできん。力になってやれず、泣かせてばかりだ。だから、俺は幼子が苦手なんだよ」

「幼子の前でそんなことを言うものではないでしょう」

瑞之助がつい咎《とが》めると、真樹次郎はにやりとした。

「ほう、瑞之助も俺にそんな口を利くようになったか」

「すみません。でも」

「わかっている。まあ、俺はこんなふうだから、人に好かれないんだ。気が回らん男で、すまんな」

謝る相手は源弥だった。真樹次郎は手のひらでぽんぽんと源弥の頭を優しく叩くと、立ち上がった。

「真樹次郎さん、手が空いたら様子を見に来てくださいよ」

「そうしたいところだが、どうだろうな。今しがた駕籠《かご》で着いた病者がいてな。俺はそっちに手を取られるかもしれん」

「駕籠で？　裕福な人ということですか」

「ああ。深川《ふかがわ》の料理茶屋の若旦那か何からしい。珍しいよな。近所の貧しい者ならともかく、駕籠《かご》まで雇って蛇杖院を訪ねてくる物好きがいるとは。厄介事《やっかいごと》でなければいいんだが」

ため息をつくと、真樹次郎は、病者を待たせている南の棟へ行ってしまった。

大人たちの中でいちばん力になってくれたのは、女中の巴だった。旭のところにお使いに行ってきた巴は、源弥のお気に入りの玩具《おもちゃ》を預かっていた。

それは、鮮やかな色をした毬《まり》である。ころころと転がしてやると、源弥は夢中になって追いかけた。不器用な仕草で放り投げては、転がる毬を追いかけ、笑い声を上げる。

瑞之助は、危ないほうへ毬が転がらないよう見張りながら、巴に言った。

「男の子も毬で遊ぶんですね。毬つきは女の子の遊びだと思っていました」

巴はむっとした顔だ。

「あたしは子供の頃、そんじょそこらの男の子より、凧揚《たこあ》げもこま回しも上手《じょうず》だったわ。そういう遊びが好きで、たくさん稽古《けいこ》したもの。楽しく遊べるんだったら、女の子の遊びだとか男の子の遊びだとか、いちいち分ける必要もないでしょ」

瑞之助は、すみません、と首をすくめた。

去年、蛇杖院に居着いたばかりの頃、瑞之助は巴に下働きの仕事をみっちり仕込まれた。出来がよい教え子とは言いがたく、さんざん手間をかけさせてしまったものだ。それ以来、瑞之助は巴に頭が上がらない。

源弥をたっぷり外で遊ばせると、大人たちの昼餉より一足早く、源弥にお昼を食べさせることになった。

玉石が朝に言っていたとおり、東の棟の隅の部屋は、源弥のために暖められていた。

源弥の昼餉の飯は柔らかめに炊かれていた。細かく刻んで柔らかく煮た野菜や豆が、飯の上に散らしてある。源弥が口をやけどしないよう、ほどよく冷ましてあった。

おうたは源弥に木の匙《さじ》を持たせた。

「はい、源ちゃん。お匙よ。上手に使えるかしら？」

源弥はしかし、一向に食べ始めようとしない。握った匙をしげしげと見ていたが、いきなり振り回した。

かつん。硬い音を立ててお盆が鳴った。

源弥は目を輝かせた。その音を気に入ったらしい。さらに匙を振り回す。

かつんかつんかつん。

瑞之助ははらはらしながら見ていた。つい手が出かけていたが、それが幸いした。

「危ない！」

源弥が振り回す匙が、椀の縁に引っ掛かった。

ひっくり返りかけた椀を、すかさず瑞之助が支える。一瞬ほっとしたのもつかの間。かつんかつんと鳴る音をさえぎられた源弥が、不機嫌な声を上げた。

「あーもっ」

源弥は足をばたつかせ、お盆を蹴飛ばした。椀が飛び跳ねて中身がこぼれる。

「ああ、ごはんが……」

おうたが残念そうな声を上げた。瑞之助の着物にもべったりと米粒がくっつい
た。
源弥が唇を尖《とが》らせた。
「あーも、あーもっ！」
声の調子が不穏だ。ぎゅっと眉をしかめている。
瑞之助は源弥と目が合った。源弥は顎を引き、瑞之助を睨んだ。
次の瞬間、源弥は大声で泣き出した。顔を真っ赤にし、涙を流しながらの大泣
きだ。気を惹くための小芝居とは、泣き方がまるで違う。
瑞之助はこぼれた椀の中身を片づけながら、途方に暮れた。
源弥は何かが気に入らないらしい。何が嫌なのかわからないが、とにかく嫌だ
という気持ちだけは、はっきりと伝わってくる。
おうたが一生懸命、源弥をなだめにかかる。
「源ちゃん、どうしたの？　びっくりしたの？　怖くないよ、ね？」
巴がため息をついた。
「代わりのごはんをもらってきてあげるわ。旭さんからも、源ちゃんにごはんを
食べさせるのは骨が折れるって聞いてるの。気長にいきましょ」

「源ちゃんは腹が減っていないんでしょうか?」

「旭さんが言うには、源ちゃんはきっと、おなかがすいたってことをわからないんだって。わけがわからないのに調子が悪くなるから、いらいらして泣いちまうの」

「不思議ですね。そんな当たり前のことさえ、一つひとつ、人は学んで身につけるんですね」

感心する瑞之助の手から椀を取ると、巴はさっと立って台所へ向かっていった。

大人が話をしている間に泣き止んだ源弥は、おうたと一緒に毯で遊び始めた。たちまち機嫌はもとどおりになる。

おうたは源弥のふっくらした頬をつつくと、瑞之助に言った。

「新しいごはんが来たら、源ちゃんのお口に運んで食べさせてあげましょ。ばたばたすると、またこぼしちゃうから、瑞之助さんが源ちゃんの椅子の代わりになって、しっかりつかまえてあげるの。それで、うたや巴さんが源ちゃんに食べさせる」

「わかった。おうたちゃんの言うとおりにやってみよう。頼りになるね、おうたちゃん」

　おうたはにこにこしてうなずいた。

「差配さんのところのおすみ姉《ねえ》さんが、そんなふうにしてるの。赤ちゃんを抱えるのはおとっつぁんの仕事で、おっかさんが赤ちゃんにごはんを食べさせる。だから、今日は瑞之助さんがおとっつぁんの役ね」

「おうたちゃんがおっかさんの役？」

　ちょっと笑いながら瑞之助が問うと、おうたはかぶりを振った。

「うたは、姉さんの役。おっかさんは巴さん。そうしたら、ちょうどつり合いがとれるでしょ？」

　瑞之助は絶句した。

　巴はがみがみと厳しくて恐ろしい相手だ。が、情が厚く気配りが細やかでもある。匂い立ちそうなほど女らしい体つきに、うっかり惹かれることがないとは言えない。

「そ、そうか。巴さんは頼りになるからね」

「うたねえ、巴さんは、とってもいいおっかさんになると思うの。瑞之助さんもそう思うでしょ？」

おうたの言葉に深い意味はあるまい。勝手にうろたえ、へまなどしてしまえば、また巴に叱られるだろう。

瑞之助は、何となく熱くなっている頰を、こっそり平手で叩いた。


「源ちゃんに昼餉を食べさせるのは、大変でしたよ。ごはんを前にして匙を持たせても、自分ですくって食べようとしないんです。ごはんをすくった匙を口元に持っていくと、嫌がらずに口に入れてくれるんですが。食べることにあまり関心がないみたいでしたね」

二の長屋の瑞之助の部屋である。湯屋にも行ってきて、あとは寝るばかりになった夜四つ、真樹次郎がふらりとやって来たのだ。やはり源弥のことが気になっていたらしい。

瑞之助は、源弥と接しながら気づいたことを言葉にしている。

今話していることを後で文にして残しておこう、とも思った。初めて知ることばかりだった。書き残しておけば、いずれきっと役に立つはずだ。

真樹次郎は、ふむ、と顎《あご》を撫でた。

「ずいぶん暇《ひま》をかけて飯を食わせていたが、そういうことか。ひと匙ずつ食わせてやらねばならんとはな」

「源ちゃんがすぐに飽きてしまって暴れようとするので、三人がかりで挑みましたよ。私が源ちゃんを膝の上に置いて、おうたちゃんが歌いながら手遊びをして気を惹いて、その隙に巴さんがごはんを口に入れてやるんです」

おうたが瑞之助と巴が夫婦の役だと言ったせいでどぎまぎしていたのも、初めだけだった。余計なことを考えるゆとりなどなかったのだ。

押さえつけるわけにはいかないが、暴れさせずに昼餉を食べさせねばならない。その力加減がわからず、瑞之助はひやひやしどおしだった。

巴も匙を口元に運んでやりながら、加減がわからずに苦労していた。次から次へと口にごはんが入ってくるのを、源弥は嫌がった。嫌がるあまり、頬張っていたものを勢いよく噴き出したりもした。

おうたはそのとき源弥の真ん前にいて、ごはんをまともに浴びてしまった。だが、泣きもせず、あーあと言って笑いながら、姉さん役を務め上げた。

真樹次郎が慨嘆した。

「もとは母の旭が一人で源弥の世話をしていたんだろう？　一人で三人ぶんの働きを、食事のたびにやっていたというわけだ。大したものだな」

「まったくです。しかも、一事が万事、こんなふうですよ。おまるで用を足させるときもひと騒動ありました。病者の世話をするので汚れ物に慣れてきたとはいってても、まあ、大変は大変ですよね」

「源弥くらいの年頃になれば、とっくに襁褓《むつき》は当てていないだろう？」

「初めからほとんど襁褓を使わなかったらしいんですよ。源ちゃんが生まれたのは六月で蒸し暑かったから、襁褓を当てると肌がかぶれてしまった。それで、襤褸《ぼろ》を敷いた上に寝かせたり、もよおしてきたら盥《たらい》をあてがったりと、工夫して乗り切ってきたと聞きました」

お乳を飲ませると、それをきっかけに、赤子はおしっこやうんちをすることが多い。旭は源弥に乳を含ませながら、おまる代わりの盥を抱えていたそうだ。つというとうとして盥をひっくり返したこともあったらしい。

そういうあれこれについては、渚から聞かされている。源弥が使い慣れたおまるも預かっているが、初めはきっとしくじるだろうとも言われていた。

「源ちゃんは、おまるで用を足すのにはもうだいぶ慣れているらしいんですが、今日は駄目でした。自分からおまるのところに行くことができず、私たちも察してやれなくて」

「瑞之助が昼間から湯を使っていたのは、そういうことか」

「便が少し緩かったせいもあって、あちこち汚れてしまいました」

真樹次郎が表情を変えた。医者の顔である。

「便が緩かったのか。色は？」

「おかしな具合には見えませんでしたよ。少し黄色っぽい程度でした。腹を冷やしてしまったか、旭さんの不調を受けて源ちゃんも不安を感じているか、そのあたりでしょう」

「なるほど。ひどく腹を下すようなら俺が診るが、ひとまずは様子見かな」

「はい。源ちゃんの便の色や形には気をつけておきますね」

瑞之助はあくびを嚙み殺した。びっくりするほどくたびれている。しかし、今日一日の苦労を思い返せば、おのずと笑いが込み上げる。

「大変だったようだが、明るい顔をしているぞ。楽しかったんだな」

「はい、楽しかったです。何が何だかわからないうちに一日が終わったようなものでしたが、朝に心配したよりは源ちゃんが懐《なつ》いてくれたので、助かりましたよ」

「よかったな。ところで、それは何を作っているんだ？」

真樹次郎としゃべりながら、瑞之助の手は動き続けていた。木彫り細工である。小刀を使って形を整えるのはもう終わり、やすりで磨いているところだ。

「源ちゃんの口の大きさに合う匙を作っているんです。今日、昼餉を食べさせるのに手こずったのは、匙が大きすぎたせいもあったんですよ。明日までにこれを作ってしまおうと思っていて。もうほとんど出来上がりです」

瑞之助は、行灯《あんどん》の明かりに匙をかざしてみた。

「相変わらず器用だな。職人になれそうだ」

「なれませんよ。ちょっとくらい手先が器用でも、職人として技を究《きわ》めるには、私の気持ちは半端ですから。何もかもなげうつ覚悟でその道に入ろうと思えたのは、医者の仕事だけです。真樹次郎さんの働きを見て、そう思ったんですよ」

真樹次郎は斜《はす》を向き、むずむずと口元を動かした。微笑もうとしてうまくいかなかったときの顔だ。病者を前にしていれば頼もしげな笑みを浮かべてみせるくせに、素顔の真樹次郎はいくぶん不器用である。

瑞之助は医者を目指している。蛇杖院の皆はそれを知っているし、認めてくれている。

実家の母にも認めてもらうべきだろう、と瑞之助は思う。去年、蛇杖院に住み着いたばかりの頃には、何度も母に手紙を書いた。医者になりたいという思いを、きちんと綴《つづ》った。

しかし、どれほど言葉を尽くしても、母は瑞之助の決意を認めようとしなかった。瑞之助が働く姿を見に来ることもなかった。

母の手紙には、蛇杖院の悪評が書き連ねられていた。母はただ、愚《おろ》かなことはやめて早く帰って来なさいと頭ごなしに説くばかりだった。

瑞之助が母への手紙を書かなくなったのは、確か秋が深まる頃からだ。寒さが増すにつれ蛇杖院を訪れる病者が増え、瑞之助も仕事が忙しくなった。それを言い訳に、筆を執らなくなった。

母もだんだん熱意を失ってきたようで、この頃は手紙が届くのも間遠になっている。月に三度といったところだ。

たまたま今日届いた手紙には、麴町の若者たちのことが書かれていた。かつて瑞之助と一緒に手習いや剣術を教わっていた若者たちが、今どういう暮らしをしているのか。お役に就いた者、養子に出された者、厄介者のまま妾《めかけ》に子を産ませた者と、いろいろいるようだ。

瑞之助の親友だった坂本陣平《さかもとじんぺい》については、何も書かれていなかった。ただ、陣平の兄の名は記されていた。この二年ほどの間にぐんぐん出世しているらしい。

母がなぜ医者の道を認めてくれないのか、瑞之助にはわからない。瑞之助の知人たちの近況をあれこれと書き連ねて寄越したのは、おまえもこんなふうに旗本の子息らしい暮らしをしなさいと言いたいのだろうか。それとも単なる当てこすりだろうか。

瑞之助は、はあ、と大きく息をついた。母から手紙が届いた日は、いつもぐったり疲れた心地になる。

気持ちを切り替えよう、と瑞之助は思った。

「ところで、真樹次郎さんのほうはどうでした？　朝から駕籠で来た人、蛇杖院で療養することになったんですよね？」

途端に真樹次郎の顔が曇った。

「かぜだ。いくらか熱があるが、大したことはない。わざわざここで面倒を見てやるほど重い病《やまい》ではないんだが」

「それなのに、帰らないんですか。家に帰れないわけでもあるんでしょうか？」

「どうだろうな。深川で流行《はや》っている料理茶屋、燕屋《つばめや》の放蕩《ほうとう》息子なんだ。九郎兵衛《くろべえ》といって、年は二十九。もともと燕屋を継ぐはずだったが、商いの才がない上に奇行を繰り返すんで、若旦那の座から外された。燕屋は姉夫婦が仕切っているらしい」

「そんなに変わった人なんですか」

「春とは名ばかりのこの寒さの中、急に思い立って、大川《おおかわ》で舟遊びをしたらしい。まるで真夏のように屋根船を繰り出して、一人で酒盛りをしたそうだ。それで、体を冷やしてかぜをひいてしまった」

「それはまた、ずいぶん寒かったでしょうに。九郎兵衛さんは何を考えているんでしょうか?」

真樹次郎は疲れを覚えた様子で、眉間をつまんで揉みほぐした。

「俺が今話したことも、本人の口から聞いたわけじゃあない。九郎兵衛はへらへらするばかりで、まともに話をしないんだ。埒《らち》が明かないんで、玉石さんに頼んで烏丸屋の者を使って調べさせた」

「困った人なんですね。東の棟に部屋をこしらえて、そこで療養してもらっているんでしょう?」

「ああ。朝助をそばにつけておいた。しかしまあ、九郎兵衛は手のかかる男だぞ。飯の給仕をしろ、体を拭《ふ》け、着替えを手伝え、厠《かわや》に行くのは寒いから尿瓶《しびん》を持ってこいと、朝助はてんてこまいだった。一時は満江とおとらまでそっちに手を取られてな」

「渚さんが来られないし、源ちゃんを預かっている上に、九郎兵衛さんまでいる。明日も大変ですね」

真樹次郎はため息をついた。面倒がって儒者髷を結うこともあまりしない。顔に掛かったこぼれ毛が、ため息に吹かれてふわりと舞った。

「九郎兵衛には、さっさとかぜを治して帰ってもらわんといかんな。まったく、気が滅入る」

心底うんざりしている顔だった。

四

源弥を預かるようになって、五日が過ぎた。

瑞之助は毎日あたふた走り回りながら、少しずつ源弥の世話に慣れてきた。源弥を遊ばせるときや昼寝させるとき、食事を与えるときは、おうたが手を貸してくれる。巴やおふうや泰造も、よく手伝ってくれる。

源弥の目方は二貫三斤（九・三キロ）といったところだ。その源弥をしょっちゅう抱え上げなければならない。源弥を背中に括《くく》ったまま、水汲みや洗濯物の取り込みをすることもある。言うまでもなく、なかなかの力仕事である。

「子育ては女の仕事と、誰が定めたんだ？　剣術稽古よりよほど体を使うぞ」

源弥を預かるようになってからというもの、きつい稽古の翌日のような体の痛みが抜けない。木刀を振るうときとは違うところの肉がじわじわと痛むのだ。腰も疲れて強張っている。

忙しいのは、九郎兵衛が蛇杖院に居座っているせいでもある。瑞之助とおうたが源弥につきっきりなのを除くと、ほかは皆、九郎兵衛のわがままに振り回されている。

その九郎兵衛は今日、朝からずっと厠《かわや》にこもっている。腹を下したというのが九郎兵衛の言い分である。

真樹次郎は胡乱《うろん》な顔をしたが、初めは一応、九郎兵衛の言葉を信じ、厠の表から声を掛けたりなどしていた。しかし、受け答えはのらりくらりとしたもので、腹が痛んで仕方ないようにはうかがえなかった。

昼過ぎになると、真樹次郎はしびれを切らして声を荒らげた。

「おい、ふざけるのもいい加減にしろよ！」

「やだねえ、かっかしないどくれよ」

人の怒りを何とも思っていない様子の、間延びした返事が来た。

真樹次郎は九郎兵衛を見放した。

「厠に落っこちろ」

子供のような捨て台詞を吐いて、診療部屋に戻った。

しかし、朝助は、九郎兵衛をほったらかしにできなかった。寒い中、立ちっぱなしで待ち続け、瑞之助が気づいたときにはすっかり冷えて青ざめ、今にも病を発しそうな具合だった。

真樹次郎は、九郎兵衛に対するのよりもずっと丁寧に朝助の体を診てやり、滋養の薬を煎《せん》じてやった。

「あんなやつはさっさと放り出してしまいたいんだが、困ったことに玉石さんが、金払いがいい客だから好きなだけ泊まらせてやれ、なんて言うんだ。自分だって金は唸るほど持っているのに、金持ちからはむしり取りたがる。そういうのを楽しんでいる」

真樹次郎がため息をついたとき、部屋の戸が開いた。

現れたのは、登志蔵である。今日は外へ出掛けず、西の棟に詰めている。舶来の書物にでも没頭しているのだろう。

「おう、瑞之助にお真樹。お揃いだったか」

「誰がお真樹だ。ふざけた呼び方をするなと常々言っているだろう」

「常々言われても、毎度忘れるんだよなあ。そろそろあきらめてくれ。ちょいと朝助に尋ねたいんだが、今いいかい？」

瑞之助は、おや、と思った。登志蔵が刀を帯びているのだ。

九州は熊本生まれの登志蔵は、肥後《ひご》の剛刀と名高い同田貫《どうだぬき》の大小を相棒と呼んで大事にしている。外に出るときはむろん必ず腰に差すのだが、蛇杖院で過ごすときはその限りではない。部屋にしつらえた刀掛けに置いている。

今日の登志蔵は、蛇杖院でもとりわけ暖かい西の棟に居座っているから、羽織も身につけず、動きやすい稽古着のままだ。その腰に、わざわざ大小の刀を差している。いくぶんちぐはぐに思えた。

瑞之助のまなざしに導かれるように、瑞之助が抱っこした源弥が、登志蔵の刀のほうへ手を伸ばした。

登志蔵が源弥の動きに気づいて、身を引きながら腰を屈め、源弥と目の高さを合わせた。

「この刀は、おまえにはちょいと早いかな。まあ、おまえも侍の子だ。いずれ自分の刀を持つことになるさ」

「だーぁ。うむぅ」

「おう、何て言ってんだ？　悪いが、俺は日の本の言葉と漢文とオランダ語とアンゲリア語と肥後訛りしかわかんねえんだ」

登志蔵は、からかうようにひらひらと、源弥の顔の前で手を振ってみせた。源弥は登志蔵の指をつかもうとして手を伸ばす。

初めは源弥の世話から逃げた登志蔵だが、幼子が嫌いなわけではないのだ。朝助にしても、源弥が顔のあざを気にしないとわかると、逃げ隠れしなくなった。

やはり皆、幼子の命を預かることへの気負いが強かったのだろう。とりわけ登志蔵は、生まれてまもない頃の妹を病で喪《うしな》っている。

登志蔵は、朝助に問うた。

「昨日までのうちに、九郎兵衛とどんな話をした？　身の上話でもしたか？」

「いえ、そういうことは何も。ただ、蛇杖院の造りについて、料理茶屋の造りを引き合いに出しながら、あれこれ問うてきました。それで、手前にわかることは答えました」

「じゃあ、館の造りは四合院《しごういん》という唐土《もろこし》風の建て方だっていう話をしたんだな。異国風にしたがるのは玉石さんの好みで、西の棟は蘭癖丸出しの装いになっている、と」

「話しました。ガラスの窓が風変わりですから、西の棟のことは真っ先に訊かれました」

「そうだろうな。北の棟のことも話したか？　蘭方医が外科手術をおこなう部屋があるって」

「はい。それから、蛇杖院には医者が幾人いて下働きが幾人いるのか、何を得意とする者がいるのかと、そういうことも問われ、答えました。九郎兵衛さんは、珍しいものや新しいものが好きだからいろいろ訊くんだ、と言っていました」

「なるほどな。あの傍迷惑な野郎の世話は、俺が焼いといてやる。朝助はゆっくり休みな」

登志蔵はそれだけ言って、さっさと長屋を後にした。向かった先は、九郎兵衛がいまだに立てこもっている厠ではなく、西の棟だった。

翌日、源弥が来る前にと、瑞之助はできる限りの水汲みや掃除をした。気が急《せ》いてしまうが、慌ててはならない。詰めの甘い仕事をすれば、おけいや巴に叱られる。

おうたが源弥の手を引いて、瑞之助を呼びに来た。

「瑞之助さん、源ちゃん来たよ」

連日一緒に過ごしているので、源弥はもう瑞之助とおうたにしっかり馴染《なじ》んでいる。渚と別れるときも、初めの日のように泣き出すことはなくなった。

瑞之助は、おうたと源弥を二人まとめて抱え上げた。

「さあ、今日は何をしようか。曇ってはいるけれど、まだ降ってはこないみたいだから、外で遊ぼうね」

源弥を外で遊ばせていれば、東の棟の掃除ができる。巴が引き受けてくれるはずだ。瑞之助は源弥を見ながら、水汲みや洗濯物干しなど、外でできる仕事をすることになる。

体はくたくただが、声を掛け合い励まし合って働くのは、瑞之助にとって楽しい。

惜しむらくは、源弥を預かるようになってからというもの、医術修業がちっとも進まないことだ。日中は真樹次郎や登志蔵の診療の手伝いができない。源弥を宮島家に送っていった後は、明かりをともして医書を読もうとしても、結局そのまま眠ってしまう。

いつまで源弥を見てやることになるのだろうか。瑞之助の胸に、ちらりと不安がよぎった。ずっとこの暮らしでは、医者になる日が遠ざかってしまう。

時がかかろうとも、どうにかして医者になれたとしよう。そのときに瑞之助が診るのは、源弥のような幼子だ。そうなれば、こんなふうに振り回されるのはきっと毎日のことだろう。昼も夜もあるまい。

「私の身には過ぎた願いなんだろうか。幼子の命を救う医者になりたいだなんて」

瑞之助はつい、ぽつりとこぼした。

幼い子供はかわいい。源弥のように一人で何もできないほどの幼子も、おうたのようにたどたどしいながらしっかりした子も、皆好きだ。

去年の冬の初め、おうたが腹の疫病にかかり、今にも死んでしまいそうになった。七つに満たない幼子の命はもとより危ういものなのだと、桜丸は言った。

瑞之助は、そういうものだとあきらめることに耐えられなかった。苦しんでいるおうたを前に、祈ることしかできず、足手まといにさえなった自分の無力さが、歯がゆくてならなかった。

だから、幼子の命を救う医者になりたいという願いを持った。

途方もなく大きな願いだ。源弥という、たった一人の幼子を預かるだけでもいっぱいいっぱいなのに、この先、瑞之助はその願いを本当に果たせるのだろうか。どのくらい果たしていけるのだろうか。


突然のことだ。

西の棟で男の悲鳴が上がった。

皆、びくりとして手を止めた。

「何だ?」

瑞之助は桶を井戸端に置くと、源弥を抱えておうたの手を引き、西の棟のほうへ向かった。厨から、おけいと巴が飛び出してくる。玉石と桜丸は中庭のほうから姿を見せた。

西の棟の扉が内側から勢いよく開いた。行儀悪く足で扉を蹴り開けたのは、稽古着の腰に刀を差した登志蔵である。登志蔵は九郎兵衛を担いで、意気揚々と表に出てきた。

「よう、皆の衆。お集まりだな」

桜丸が汚いものを見る目で九郎兵衛を見やった。

「先ほどの聞き苦しい悲鳴は、その者の声でしたか。その者、こたびは何をやらかしたのです？」

登志蔵は九郎兵衛を地面に下ろした。

九郎兵衛のほうが登志蔵より上背がある。痩せぎすとはいえ、決して軽くはないだろう。が、登志蔵の体術の妙技はいっそ仙術めいている。男ひとりを担いだり投げ飛ばしたりなど、造作もなくやってのけるのだ。

登志蔵は一瞬のうちに刀を抜き放ち、切っ先を九郎兵衛の鼻先に突きつけた。

「瑞之助、こいつの身ぐるみを剝《は》ぐのを手伝ってくれ」

「この人が何かしたのですか？」

「ああ。九郎兵衛さんよ、せっかくだから皆の前でお披露目《ひろめ》しようぜ」

おふうと泰造がそれぞれ、おうたと源弥の手を取った。瑞之助は進み出て、九郎兵衛の傍らに膝をついた。

九郎兵衛の袖口から、細長いものがこぼれ落ちた。黄金色の地に、黒い帯の模様である。紐のように見えたが、そうではない。

瑞之助は息を呑んだ。

「日和丸！　九郎兵衛さん、どうしてこんな寒い外へ日和丸を連れてきたんですか！」

南方育ちの日和丸は寒さに弱い。体がすっかり冷えてしまうと起きていられなくなり、そのまま二度と目覚めなくなる。

瑞之助は、ひんやりとした日和丸の体をすくい上げ、両手でそっと包んだ。瑞之助の指先よりも小さい頭を撫でる。黒い目は焦点を結んでいない。

さすがの玉石も顔色を変えている。

「瑞之助、日和丸は無事か？」

「心ノ臓は動いています。でも、動きが鈍い。すぐに温めてあげてください」

「わかった」

桜丸が白い手を差し伸べた。

「玉石さまのお手は冷たすぎましょう。わたくしが日和丸を預かります」

瑞之助は、桜丸に日和丸を渡した。桜丸は小さな蛇の体を手に包み、懐手をして、胸元で温める。

玉石は、地べたにひっくり返った九郎兵衛の首筋に両手を添えた。

「さて、お客人。立ち入りを禁じたはずの西の棟で何をしておいでだったのか。皆の前で白状していただこう」

玉石の手の冷たさのためか、首を絞められそうな恐ろしさのためか、九郎兵衛は震え上がった。

登志蔵が瑞之助に告げた。

「九郎兵衛の身ぐるみを剝いでやれ。あれこれ懐に突っ込んだところは俺が見た。盗んだものが残らず出てくるまで、全部剝ぐんだ」

「皆の目がある前で、ですか？」

「もちろんだ。日和丸がぐったりしてんのは、こいつのせいだぞ。ものを盗るだけじゃなく、日和丸まで袂《たもと》に隠していたとはな。そいつに気づいてりゃあ、問答無用で丸裸にして縛《しば》り上げて、門の外に放り出してたさ」

登志蔵の頰には、普段と同じく飄々とした笑みがある。だが、目はまったく笑っていなかった。

桜丸が憎々しげに吐き捨てた。

「手癖が悪い人であることは初めから存じておりました。蘭癖家で、目についた珍品があれば、自分のものにせずにはいられぬとか。この寒中に舟遊びをしてかぜをひき、蛇杖院に入り込んだのも、玉石さまの蒐集《しゅうしゅう》品を狙ってのことだったのですね」

玉石が瑞之助に命じた。

「盗んだ品をすべて出させろ。褌《ふんどし》ひとつ残さずむしり取って調べるんだ」

「わかりました。九郎兵衛さん、失礼しますね」

瑞之助は九郎兵衛の帯に手をかけた。登志蔵に刀を突きつけられ、玉石に睨まれている九郎兵衛は、ろくに身動きがとれない。

着膨れしているように見えた懐から、分厚い本が現れた。袂からは、羅針盤に地図、鼈甲《べっこう》細工の置物、ガラスの風鈴、からくり時計のためのねじ、羽のついた洋筆と、次から次に玉石の蒐集品が現れる。

初めはいくらか心苦しさを覚えていた瑞之助だが、褌を剝ぎ取る頃には、情けをかけるつもりもまったくなくなっていた。

「盗んだ品の値打ちは、十両では利きませんよ。お金で十両以上を盗んだら打ち首という定めくらい知っていますよね？」

登志蔵は、九郎兵衛の胸元に下がる象牙《ぞうげ》のロザリオを同田貫の大鋒《おおきつさき》に引っ掛け、奪い返した。

「これで全部だな？　まさか腹の中にまで隠して盗もうっていう根性はないと思うが、玉石さん、どうするかい？　俺の外科手術の腕なら、ちょいと開いて中を確かめるのもたやすいぜ」

九郎兵衛はぶるっと震え、慌てて這いつくばった。

「は、腹の中になんて隠してやしません。そんなこと、思いつきもしませんでした」

「そうかい？　出島《でじま》行きの遊女はどこぞの穴に玉《ぎよく》や石を隠して持ち出し、しかるべきところで売り捌《さば》くんだって噂は、蘭癖家のおまえなら知ってるだろう。まさか真似してねえだろうな？　疑いを晴らすためだ。尻を出せ」

瑞之助は口を挟んだ。

「登志蔵さん、そのくらいにしましょう。おふうちゃんもおうたちゃんもいるんですから」

おふうはすでに、おうたと源弥の目をふさいで、こちらに背中を向けている。

巴が、さも嫌そうに顔をしかめて泰造に告げた。

「泰造さん、大八車を持ってきて。その男、とっとと捨てちまいましょ」

「いいね。俺が深川まで運んでってやるよ。いや、それとも、八丁堀《はっちょうぼり》の旦那のところに突き出すほうがいいかな？」

九郎兵衛はさらに這いつくばって頭を下げた。

「後生ですから、見逃してください。もう二度と、金輪際《こんりんざい》、このようなことはいたしません」

玉石は鼻を鳴らした。

「お黙り。舌の根も乾かぬうちに、また繰り返すくせに。町方に突き出したところで、親がしゃしゃり出てきて、金でことを済ませてしまうんだろう。まったく、くだらん。こんな盗人《ぬすっと》のために懇意《こんい》の旦那がたの手を煩《わずら》わせるのも申し訳ない」

九郎兵衛は、たちどころに顔を輝かせた。

「では、見逃していただけるので？」

「おまえの手癖の悪さは、ある種の病だな。興を覚えて様子を見ようと思ったが、おまえのせいで日和丸の命が危うくなった。他の品々ならまだ許してやれるが、日和丸の命となると、話は別だ。おまえの顔は二度と見たくない」

玉石はきびすを返した。日和丸を懐に抱えた桜丸が後に続く。

振り返りもせず、玉石は言い渡した。

「その不届き者を深川佐賀《さが》町の燕屋の前に捨ててこい。体面を気にした燕屋が金を包むはずだ。全額しっかりもらっておいで」

登志蔵と泰造が張り切って、がってん承知と返事をした。泰造が大八車を取りに走る。辛うじて着物を身につけた九郎兵衛に、登志蔵は蓑《みの》を着せ、その上から縄でぐるぐる巻きにした。

「これで温かいだろ？　さあ、車の到着だ。こいつに乗りな。あいにくと、蛇杖院には駕籠の用意がないんでね」

もたもたしている九郎兵衛を、泰造が荒っぽい手つきで大八車に押し上げた。

登志蔵と泰造は意気揚々として大八車を引いていった。がたごとと運ばれていく間、九郎兵衛はさぞかし情けない思いをすることだろう。

「こんなことをするから、蛇杖院は恐ろしいところだと言われてしまうんだろうな」

瑞之助は苦笑した。そして、苦笑で済ませてしまう自分に、蛇杖院の者らしくなってしまったものだと思った。

源弥がおふうの手を逃れて、あーあーと大声を上げ始めた。ほわほわした眉をぎゅっと寄せ、唇を尖らせている。飽きてしまって、機嫌が悪くなったのだろう。

いや、機嫌が悪いのは、おなかがすいてきたせいだろうか。

おうたが、はっとした様子で源弥をつかまえた。

「わあ、源ちゃん、うんちしようとしてるでしょ。ここじゃ駄目。おまるまで我慢して。すぐ連れていくから！　あーっ！」

おうたが甲高い声で嘆いた。

間に合わなかったようだ。

源弥はうんちが体にくっついて気持ち悪いらしく怒り出し、興奮のあまり泣き出してしまった。あらあら、と大人たちが声を上げる。身の軽いおふうがすかさず、源弥の着替えを取りに走っていく。

汚れたままの源弥が寄ってきて、瑞之助にだっこをせがんだ。ほったらかしにすれば泣き続けるだろう。そんなことはできない。

「ほら、源ちゃん。泣かないで」

瑞之助は源弥を抱き上げた。腕に馴染んだ重みだ。源弥が泣きながら瑞之助にくっついてくる。なかなかの悪臭がする。

曇り空を仰げば、どこか遠くから春雷の唸りが聞こえてきた。

「今日も洗濯が大変だな。降らないでくれると、ありがたいんだけど」

瑞之助は、どっと疲れた心地がした。

こういうときはもう、笑うしかない。

第二話　見えざる切り傷

一

「どういうことです？」

船津初菜《ふなつはつな》は思わず訊き返した。

父と同年配の医者、堀川総右衛門《ほりかわそうえもん》は、淡々と言い渡した。

「船津初菜どの、これ以上は新李朱堂《しんりしゆどう》の門下の医者に関わらんでもらいたいのだ。あらぬ噂が立っているのはわかっているのだろう？」

新李朱堂は、江戸でも特に勢いのある医塾だ。神田佐久間町《かんださくま》に屋敷を構える堀川家がこの医塾を束《たば》ねており、多数の門下生を受け入れる一方で、さまざまな薬を扱う大口の商いもおこなっている。

今は川崎《かわさき》宿《しゅく》近くの郷里の村に引っ込んでいる初菜の父も、かつては新李朱堂で学んでいた。総右衛門を始め、江戸には同門の知己《ちき》が幾人もいる。初菜は江戸に着くと、まず堀川家にあいさつし、それから父の伝手《つて》を頼って多くの医者のもとを訪ね、仕事を求めていた。

しかし、その初菜の振る舞いが、あらぬ噂を呼んでいるというのだ。

総右衛門は、客間で向かい合った初菜に告げた。

「あらぬ噂とは、こういうものだ。医者を名乗る女が新李朱堂の名医たちのまわりをうろちょろしているが、あれは誰の情人なのか、とな。いや、あれはどこぞの医塾か薬種問屋が放った間者に違いない、という噂もあるそうだ」

「どちらもまことではありません。何も知らない人がおもしろおかしく吹聴しているだけです。新李朱堂の皆さまにご迷惑をおかけしていることは、大変心苦しく思います」

「心苦しいのであれば、振る舞いを改めたまえ」

「では、わたしはどうすれば……」

「まず、女だてらに医者を名乗ることをやめるのがよかろう。産婆ならば、すぐにどこからか声が掛かる。産婆として身を立てていくがよい。女の身ではめったにないほど稼ぐこともできるぞ」

初菜は胸の前で拳を握った。

「できません。わたしは医者です。きちんと医書に学びました。薬の調合についても身につけております。殊に産科に関しては、賀川《かがわ》流の論と技とを深く学んでおります。産婆とは違ったやり方で母と子の体を診て、人の命を救ってまいりました」

初菜は懇々《こんこん》と訴えた。

総右衛門は黙って聞いていた。すでに若くはないが、顔立ちは今なお端整だ。その顔には何の表情もうかがえず、取りつく島もない。

やがて初菜が口を閉ざすと、総右衛門は静かな声で言った。子供をなだめるような口調だった。

「初菜どの、あなたは女でありながら、医者のように優れた技によって、人々に尽くしてきた。そのことはまことに素晴らしい。賞賛に値する。あなたが男であったなら、我が新李朱堂で迎え入れたいところだ」

初菜は唇を噛んだ。

父の口ぶりから、総右衛門は人情味がある医者なのだろうと、初菜は思っていた。医術に秀でるのみならず、あらゆることにおいて開けた考え方をする人であろうと、そんな印象を抱いてもいた。

だが、初菜を医者として認めようとしない、この頭の固さはどういうことだ。父は総右衛門のことを買いかぶっていたのだろうか。

塾長で教授の総右衛門がこのような考えならば、新李朱堂の門下の医者には期待できないのかもしれない。しかし、ここで引き下がったら、もう後がない。

新李朱堂の若い医者には会えないだろうか。父と同年配の医者たちが頑迷だとしても、若い医者ならば初菜の訴えに耳を貸してくれるのではないか。

初菜は父から、総右衛門の息子たちの話を聞いている。初菜より二つ年上の末息子は、幼い頃から神童として名高かったそうだ。兄たちを差し置いて新李朱堂の長を継ぐだろうと言われていたらしい。

件《くだん》の末息子は四年ほど前に何かあったようで、今は新李朱堂を離れている。だが、その兄たちならば、堀川家の屋敷に住んでいるはずだ。

障子の向こうから女の声がした。

「旦那さま、急ぎの知らせが入りました。深川の件でございます」

総右衛門は、初菜に断りもせずに座を立ち、障子を開けた。

初菜と近い年頃の女がそこにいた。人妻らしい丸髷で、縞の着物も地味な色合いだが、色白な顔立ちはぞっとするほど整っている。幽霊画のような美しさだ、と初菜は思った。儚《はかな》いような、冷たいような、透き通るような美しさである。

女は総右衛門に書付を手渡した。総右衛門はそれを袂に落とし込み、初菜のほうを振り向いた。

「初菜どの、儂《わし》は少々立て込んでおる。そろそろお帰り願いたい」

悔しさを噛み締めながら、初菜は頭を下げた。

「お忙しいところ、お会いくださってありがとうございました。あの、またこちらにおうかがいしてもよろしゅうございますか？」

総右衛門はぴしゃりと言った。

「よろしくない。今後一切、我ら新李朱堂に関わらんでもらいたい」

「お待ちください。ご迷惑をおかけしたことは謝罪いたします。ですが、わたしはただ……」

初菜の言葉をさえぎって、総右衛門は声を張り上げた。

「いかほど学ぼうとも、初菜どのが女であることは変えられん。田舎から出てきたばかりではご存じなかろうが、この江戸では、女に体を診せることを不安がる者が大半だ。初菜どの、あきらめなさい。ここまで言うてもなお医者の真似事を続けるようであれば、こちらにも考えがある」

「何をおっしゃるのです？」

「医者を騙《かた》って呪詛《じゅそ》をおこなう女がいると訴えれば、江戸の町に騒擾《そうじょう》を起こす者を除《のぞ》かんとして町奉行所が動くだろう」

「そんな……偽りの訴えを起こすおつもりですか？　そんなものを町奉行所が受け入れるとでも？」

「試してみるかね？　新李朱堂の堀川総右衛門の訴えと、流れ者の若い女の訴え。江戸の民はどちらを信じるであろうな？」

「……わたしを陥《おとしい》れようというのですか？」

　ここに来て初めて、総右衛門は顔つきを変えた。唇の両端を持ち上げたのだ。あまりに冷たい笑顔だった。

「世の中には、わがままを言ったくらいではどうにも動かせないものがあることを学びなさい。初菜どのはまだ若い。身の振り方はいくらでもあろう。おお、そうだ。医者と名乗ることをやめるなら、お父君と親交が深いこの私が、縁談を世話してやるぞ。独り身の門下生は多いゆえ、初菜どのは選《よ》り取り見取りだ」

初菜は、目の前が真っ暗になるような心地で頭を下げた。

「ご迷惑をおかけいたしました。二度とこちらにはまいりません。失礼いたします」

総右衛門は、幽霊画に似た女に告げた。

「お冴絵《さえ》、初菜どのを表まで案内してやりなさい」

「かしこまりました」

いくら広い屋敷といっても、客間から玄関を通って門の表まで、迷うほど込み入ってはいない。お冴絵という女は、きっと見張り役だ。総右衛門は初菜が何かをしでかすかもしれないと疑っているのだ。

初菜は消沈して堀川家の屋敷を辞した。

いまだ馴染みの薄い町並みの中、人混みに紛れて歩いていく。

行くあてはない。帰りたい故郷もない。日の本でいちばん大きな江戸の町ならば、どこかに初菜の居場所を見つけられるのではないかと思っていた。

けれども結局、うまくいかない。

「わたしは、女だからこそ医者でありたいのに。産婆でもなく、男の医者でもなく、女の医者だからこそできることがあると信じているのに」

初菜は通旅籠町《とおりはたごちょう》の宿に戻ってきた。若夫婦が営む小さな宿である。この一月の間、世話になりっぱなしだ。

宿の小女《こおんな》が初菜を呼び止めた。

「船津初菜さまですよね。会いたいというお客さんがいらしているんですけれど」

「わたしにお客さま？」

「ちゃんとした人に見えましたよ。そうでなかったら、おかみさんが追い返してます」

宿の勝手口は裏通りに面しているが、表のほうの一階は茶屋になっている。そこで初菜を待っている人がいるという。

初菜に心当たりはない。一体誰だろうかと身構えながらも、初菜は茶屋に足を踏み入れた。

相手はすぐに初菜の姿に気づいたらしい。

「おお、初菜どの。息災であったか？」

轟《とどろ》かんばかりに大きな声は朗《ほが》らかだった。その声を発した男もまた、天井に頭が届きそうなほどに大きい。

巌《いわお》のように見事な体軀の僧形《そうぎょう》の男である。太く長い木の杖《つえ》をついた、旅慣れた姿だ。

初菜は、ぱっと顔を明るくした。

「岩慶さま！　江戸に戻られていたのですか」

「うむ、つい先ほどだがな。初菜どのの噂を耳に入れ、苦労しておるようだと思い、押っ取り刀で捜しにまいったのだ」

「まあ。お心遣い痛み入ります」

岩慶はひざまずくようにして六尺五寸（約一九五センチ）の身を屈め、初菜と目の高さを揃えた。

日に焼けた禿頭《とくとう》、太い眉に、形のよい獅子鼻。まるで仁王《におう》のように彫りが深くいかつい顔立ちだが、目元はいつも穏やかだ。優しく明るい心根が、その笑顔にありありと現れている。

岩慶は初菜に問うた。

「浮かない顔をしていたようだが、今日はどこへ出掛けておったのだ？」

「父の古い知り合いを訪ねていたのですが、いろいろとうまくいかなくて」

「そうであったか。ときに初菜どの、蛇杖院には行ってみたか？」

「いいえ。岩慶さまにご紹介いただきましたが、ご迷惑をかけるのではと思い、まだ足を運べずにいました」

岩慶は、にかりと笑った。

「ならば拙僧と共にまいろう。蛇杖院の医者は少々変わった者ばかりだが、皆、性根はまっすぐだ。あの連中ならば、初菜どのを邪険《じゃけん》になどせぬよ」

岩慶の朗々たる声は耳に心地よい。大きな体を屈めて微笑む姿は、人をすっぽりと包み込むようなぬくもりに満ちている。

男が苦手な初菜でも、岩慶の前では不思議と胸襟《きょうきん》を開くことができた。

初菜は肩の力を抜いて、はいとうなずいた。

二

幼子がいると、どうしても洗濯が大変だ。

食べこぼしの掃除をする。おねしょの始末をする。よだれを拭ってやれば、手ぬぐいはすぐべたべたになる。大人よりもずっと汗をかきやすい。おまるに間に合わないときは、世話をする大人の服も含め、たくさんの汚れ物を洗うことになる。

年明けから預かるようになった源弥は、閏《うるう》一月を迎えても毎日、蛇杖院にやって来る。梅がほころぶ時節柄、日差しの暖かな日が増えてきたのは幸いだ。

瑞之助は早々に火鉢をしまい込んだ。源弥が火鉢にさわってやけどをするのではないかと、気が気ではなかったのだ。

源弥に昼餉を食べさせた後、瑞之助は季節外れの蚊帳《かや》を吊った。畳一枚ぶんほどの広さのもので、蚊帳のてっぺんは瑞之助の胸の高さよりも低い。

「はい、どうぞ。源ちゃんのお城だよ」

瑞之助が蚊帳をめくると、源弥が嬉々《きき》として中に入った。おうたが昼寝のための布団を引っ張ってきて、源弥に続く。

源弥は蚊帳の中がお気に入りだ。これを見出したのは、おふうだった。どんなにあやしても源弥の機嫌が悪かった日、おうたが小さかった頃を思い出したおふうが、ものは試しだと言って蚊帳を吊ってみたのだ。

蚊帳の中で毬やおもちゃに囲まれた源弥は、たちまち上機嫌になった。手を打っては「いいねえ」と繰り返す。「いいねえ」は、おうたがよく源弥にかけてやる言葉だ。

ほらね、と、おふうは言った。

「源ちゃんは一人遊びが好きだから、蚊帳も気に入るはずだと思ったの。狭くて天井が低い蚊帳は、源ちゃんにとってちょうどいい大きさのお城なんだわ」

萌葱《もえぎ》色の網越しに、源弥はにこにこして瑞之助に手を振った。それから、大人にはよくわからない源弥だけの言葉でひっきりなしに何かをしゃべりながら、毬を転がす遊びに夢中になった。

あれ以来、源弥はよく蚊帳の中にいる。昼寝のときはおうたが一緒に蚊帳の中に入って、寝かしつけをしてくれる。

瑞之助も、源弥が寝つくまでは同じ部屋で見守ることにしている。蚊帳を吊るようになってから、源弥はあっさり寝入ってくれるようになった。

おうたが、ふふっと笑った。

「今日も源ちゃん、すぐ寝ちゃった」

「おうたちゃんが上手にあやしてくれるからだよ。ありがとう」

「うたはねえ、瑞之助さんのお手伝いができて嬉しいの。近頃、蛇杖院では手習いがあんまりできないけど、うちに帰ってから、おさらいをしてるからね。字、忘れてないよ」

「えらいね、おうたちゃん。私も見習わないといけないな」

瑞之助は苦笑した。瑞之助の学びは、結局この一月の間、止まったままなのだ。

おうたは源弥の掛布を整えてやった。小首をかしげ、瑞之助に問う。

「瑞之助さんは頭がいいから、源ちゃんくらいだった頃のことも覚えてるの？」

「いや、残念ながら、小さい頃のことは覚えていないよ」

「じゃあ、源ちゃんもきっと忘れちゃうのね。しょうがないのかな。うたも、源ちゃんくらいの頃のことは覚えていないもの。ねえ、瑞之助さん。大人は、いくつの頃のことを覚えてる？」

「私は八つの頃の思い出があるよ。手習いや剣術稽古を通じて友達ができた頃なんだ」

おうたはにっこりした。

「八つね。うたは今七つだから、次の年まで同じ気持ちだったら、大人になっても覚えていられるんだ。うたはね、瑞之助さんのことが好きだからね、次の年になるまでずっと好きなままでいるね」

それから、おうたは、はにかんだ顔をして源弥の隣で丸くなった。

「うたが源ちゃんのこと見ておくし、満江おばさんも後で見に来てくれるから、瑞之助さんはお仕事してきていいよ」

「わかった。ありがとう」

瑞之助はおうたの勧めに従って部屋を後にした。おうたのかわいい言葉に、顔がにやついて仕方がなかった。


日の当たる裏庭に出ると、中途半端なところで投げ出していたはずの汚れ物は、すでに巴が洗ってくれていた。

「すみません、全部任せてしまって」

頭を下げたところで、巴のじろりとした目に気づき、瑞之助は言い直した。

「ありがとうございます。助かります」

巴はふんと鼻を鳴らした。

「初めからそう言えばいいの。すみませんなんて謝られるより、ありがとうのほうが気分がいいものよ。源ちゃんはお昼寝してるの？」

「はい。おうたちゃんが寝かしつけてくれました。よく手伝ってくれるので、ありがたいです」

「本当ね。こんなに頼りになるなんて、びっくりよ。おうたちゃんだってまだまだ小さくて、すぐ甘えてくるのにね」

瑞之助はふと、洗濯物を干す巴の手が白っぽくかさついていることに気がついた。

「巴さん、続きは私がやりますよ。水を使う仕事は手が荒れますよね」

「あかぎれにはなっていないから、まだ大丈夫。あたしのぶんを瑞之助さんに任せたら、ますます仕事が滞《とどこお》るでしょ。あたしのほうが仕事が早いんだから」

「いや、でも、私は自分が不甲斐なくて。源ちゃんの世話は私が引き受けると言ったのに、洗濯は巴さん、料理はおけいさん、湯あみは満江さんやおとらさんに任せてばかりです。おうたちゃんにもたくさん手伝ってもらっていますし」

「子育てが一人でできるわけがないでしょ。しかも瑞之助さんは、源ちゃんのお世話をするようになってまだ一月《ひとつき》だよ。自分ひとりでどうにかしようなんて、できもしないことを言わないでちょうだい。みんなが手を貸すのは当たり前。不甲斐なくも何ともないの」

巴はいつも正しい。瑞之助にできることとできないことを、きちんと見分けている。

　だが、瑞之助が今伝えたいことは、そうではないのだ。まるで誰かと競うように働く巴に、少しだけ楽をしてほしい。その荒れかけた手を休め、いたわってほしい。ただそう伝えたいだけなのだ。

「私が下男として半人前なのは脇に置くとしても、巴さんはちょっと働きすぎですよ」

「好きでやってるの。口出ししないで」

「ですが」

　巴はてきぱきと洗濯物を干しながら言った。

「あたしの父は力士で、侍の身分に取り立てられていたけど、暮らしはきつかった。あたしはおふうちゃんみたいに、十《とお》かそこらの頃から女中の仕事をいろいろやってきた。この身の上に引け目なんて感じてないのよ。一生働き続けたいし、働ける体のままでありたい。あたしの望みはそれだけなの」

　やはり二人がかりで仕事をすれば、終わりが見えるのが早い。

　洗濯物を干し終えると、巴は瑞之助に向き直り、人差し指を突きつけた。

「どんな仕事をしてもまだまだ危なっかしいくせに、あたしの心配なんかしないでちょうだい。瑞之助さんはあたしと違って学があるんだから、もっといろんなことができるでしょ。医者になりたいのなら、もっとちゃんと医術修業に励みなさいよ」

「でも、下働きの手だって足りていないでしょう?」

「だからといって、学ぶことをすっかり止めてしまうのは、話が違うわよね。源ちゃんを見るようになってから、ちっとも読書ができてないんでしょ。あべこべじゃないの。あんた、何のために蛇杖院にいるの?」

瑞之助は答えられなかった。自分でもわかりきっていることだ。だが、はっきりした言葉で説き聞かせられるのは、己の胸の内だけで思っているのとまったく違う。

巴の言葉は、ぐさぐさと、瑞之助の胸に刺さる。正しい言葉だからこそ、まっすぐ刺さるのだ。

「あんたを見てると、いらいらしちまうのよ。医者になりたいんならなりたいって、よそ見をせずにその道を歩めばいい。男で、学があって、家柄もちゃんとしてて、それでいてどうしてそんなに己を貫けないの? しっかりしなさいよね」

巴は、洗濯物を入れていた桶を抱え、ぷいと行ってしまった。

寝起きの源弥がぐずっていた。おうたが唄を歌ったり、おけいがおやつを持ってきたり、登志蔵がちょっかいを出しに来たりしてくれたが、源弥の機嫌はなかなか直らない。

そんな折、南の棟のほうが騒がしくなった。急ぎで診なければならない者が担ぎ込まれてきたらしい。

何事だろうかと、瑞之助と登志蔵が顔を見合わせたとき、診療部屋にいたはずの真樹次郎が呼びに来た。

「けが人だ。俺じゃよくわからん。登志蔵、頼む」

登志蔵はそれを聞くや否や、顔つきを引き締めて南の棟へ飛んでいった。

おうたが瑞之助を見上げた。

「瑞之助さんも行ってきて。うたは裏庭に行って、おふう姉さんと一緒に源ちゃんのお守りをするね」

真樹次郎が、そうしてもらえ、と瑞之助に告げた。瑞之助は後ろ髪を引かれる思いだったが、おうたに源弥を任せることにした。

「何か困ったことがあったら、すぐに大人を呼ぶんだよ」

瑞之助と真樹次郎は診療部屋へ赴いた。

屈強な体つきの男たちや荒っぽい感じのする男たちが、診療部屋のまわりで不安げに身を屈めていた。瑞之助もよく知る者たちだ。

「広木《ひろき》さんのところの捕り方の皆さん。こたびはどなたがけがをしたんです？」

南町奉行所の定町廻《じょうまちまわ》り同心、広木宗三郎《そうざぶろう》に手札をもらっている目明かしの充《じゅう》兵衛《べえ》が、どんよりと沈んだ顔をして答えた。

「旦那ですよ」

「広木さんがですか？」

「旦那が痛みで歩けないどころか、うずくまっちまうほどのけがをしちまうなんて。いつだっていちばん元気で、あっしら手下を庇《かば》ってばっかりの旦那なのに」

捕り方たちは皆、めいめいにうなずいた。

広木は三十をいくつか超えた年頃の細身の男で、剣の腕も立てば頭も切れる。瑞之助と登志蔵は去年の秋、人買いを相手取った大捕り物に首を突っ込んでしまい、そこで広木と出会った。

今や広木は蛇杖院のお得意さんだ。率いた目明かしや下っ引きが病を得たりけがをしたりすれば、蛇杖院に連れてくる。

診療部屋から広木と登志蔵の声がする。広木の口調はしゃんとしているようだ。

登志蔵が内側から障子を開け、順繰りに指差した。

「瑞之助とお真樹と、それから充兵衛、三人だけ入ってくれ。ほかの皆はそのへんで待ってろ」

呼ばれた三人が診療部屋に入ると、登志蔵はきっちりと障子を閉めた。

広木は畳の上で左脚を投げ出して座っていた。血を流してはいない。いくらか青ざめた顔で、広木は苦笑した。

「すまんな。手間をとらせる」

登志蔵は布で髪をきっちり覆い、御酒で手を清めながら、広木に問うた。

「ほかならぬ広木の旦那のためになら、手間くらい、いくらでもとってやるよ。何があってけがをしたんだ？」

「よその縄張りの件ではあったんだが、捕り物の応援を頼まれて、本所に出張ってきていたんだ。やくざ者が住み着いちまった屋敷の大掃除さ。鼠《ねずみ》が一匹、屋根の上まで逃げやがったんで、追いかけていってつかまえた。そのとき、変な具合に足を踏ん張って、その弾《はず》みでやっちまったようだ」

「踏ん張った弾みで、か。足首か？」

「いや、ふくらはぎだ」

今日の広木は、八丁堀の旦那らしい着流しではなく、袴《はかま》を身につけている。自ら前線に出て闘うためだろう。

広木の袴の左裾をまくり上げると、見事なまでに腫れていた。足袋《たび》がくるぶしに食い込んでいる。

充兵衛は、どんぐり眼《まなこ》を真っ赤にしている。

「旦那、こりゃあひでえ。本当に折れてねえんですかい？」

「折れてやしない。そう心配するな」

登志蔵は、くっきりした眉をひそめた。

「ちょいとさわるが、いいかい？」

「ああ、かまわん」

「痛むのはふくらはぎなんだな。このあたりが黒ずみかけているが、ここか？」

登志蔵の指が広木の脚に触れた。ふくらはぎの肉が丸く硬く膨らんだ、その真ん中よりも少し下だ。肌の内側に点々と、黒っぽく透ける斑《はん》がある。

広木の脚は無駄な肉が一切なく、骨と筋が目立つ。腫れさえ引けば、ふくらはぎの盛り上がりはきれいな形をしているのだろう。

「ああ、そこだと思う。すまん、今は痛みが広がってしまって、自分でもよくわからん」

「けがをしたときは、まさに今ふくらはぎをやっちまったと、はっきりわかったか？」

「ああ。ぷつんという音がしたように感じた」

登志蔵は広木のふくらはぎを手のひらで包み、軽く押した。思わず身を乗り出した充兵衛のほうへ、登志蔵は少し笑ってみせた。

「本所の大捕り物からまっすぐここに来たんだろ。早いうちに連れてきたのはお手柄だぜ。こういうのは、素早い手当てがものを言うんだ」

「旦那の脚はすぐに治るんですかい？」

「今日明日のうちにとは言わねえが、きちんと治せば、後に残ることはない。こいつは、切り傷の類《たぐい》さ。肌が切れてないんで思い描きにくいだろうが、肌の内側で、肉がぷつんと切れている」

広木は念を押すように尋ねた。

「肉が切れているのか？　肉と骨をつなぐ筋をやっちまったわけじゃないんだな？」

「おそらくは、筋までやっちゃいないと思う。足首の骨とふくらはぎの肉をつなぐ筋を切ったら、もとに戻るのに時がかかるし、下手すりゃくるぶしが動かなくなるから、それを心配してたんだろうが」

「お見通しか」

「だてに外科医やってねえよ。剣術のほうでも、けがには何かと縁があるしな。目に見える傷や見えにくい傷、治る傷や治らない傷と、いろいろ診てきた」

「このけがは、治る傷か？」

「俺の診立てではな。筋も切れてねえし、神経も無事そうだ。とはいえ、どのくらい時が経てば治る傷なのか、細かいところまでは俺のこの手じゃ診てやれねえ。こういうのは、坊主で按摩《あんま》師の岩慶の領分なんだが」

「岩慶？　そういう者が蛇杖院にいるのか？」

「広木の旦那は会ったことがなかったか。岩慶のやつ、こたびの遠出はずいぶん長いからな。でも、そろそろ帰ってくるって手紙が届いたから、広木の旦那は一日二日ここに留まって、岩慶を待つといい」

「一日二日と急に言われても困るぞ」

広木は渋った。定町廻り同心の務めはいつも忙しく、休みなどあってなきがごとしだという。

　充兵衛がずいと前に出た。

「その岩慶っていぇ先生に診てもらえば、旦那の脚は早く治るんですね」

「岩慶の手は特別なんだ。天眼の手なんて言うやつもいる。触れただけで体の内側を見通すかのような手、という意味さ。岩慶の按摩術は頼りになるんだぜ」

「でしたら、ぜひとも旦那を蛇杖院で預かって、岩慶先生にも診てもらって、きっちり療養させてやってくだせえ。そもそも働きすぎなんでさあ。疲れがたまってるから、けがをしちまうんです。刃物で切られたわけじゃあないのに、肉がぷつんと切れちまうなんて」

「道理だな。充兵衛、捕り方の皆で広木の旦那の仕事を肩代わりしてやることはできるかい？」

「何とかしまさあ。うちの旦那は貸しが多いくちですからね。こういうときにまわりの旦那がたが借りを返してくれるんでなけりゃあ、平仄《ひょうそく》が合いやせん。広木の旦那の養生のためのお暇、あっしらが都合してみせやす」

「ということだ。広木の旦那、今日のところはあきらめて、おとなしく蛇杖院で寝ていてくれ。上げ膳据え膳で世話するぜ」

広木はなおも不満げな様子だったが、口答えはしなかった。

　真樹次郎が座を立った。

「東の棟に部屋を用意しよう。登志蔵、その脚の腫れは、冷やしてやるほうがいいだろう？」

「ああ、そうだな。痛めてすぐだし、ずいぶん熱を持っているからな」

「冷やすための水も用意させよう」

　真樹次郎は診療部屋を出ていった。

　瑞之助も立ち上がった。

「真樹次郎さんを手伝ってきます。広木さんの部屋は、源ちゃんの昼寝部屋とは逆の隅に用意しますね。養生に障りが出てはいけませんから」

　広木は興味を惹かれた様子で顔を上げた。

「赤ん坊でもいるのか？」

「三つになったばかりの子供を預かっているんですよ。疳《かん》の虫がひどいということはないんですが、まだ言葉でものを伝えられないから、苛立って泣き出してしまうことがあるんです」

「なるほど。幼子にはとんと縁がない。瑞之助さんがよいと思うようにやってくれ」

　広木は、目を伏せて息をついた。もともと撫で肩で痩せているが、今日は特にげっそりして見える。疲れた顔をしているせいで、頬がこけているのが際立っていた。

　瑞之助は障子を開けた。

　それと同時に、おふうが泣きそうな顔をして飛んできた。

「瑞之助さん、大変！　源ちゃんが急に吐いたんです。しかも、みるみるうちに熱が上がっちゃって、泣いてるの。苦しいのかもしれない」

「何だって？　真樹次郎さんには伝えた？」

「まだです。だって、どこにいるかわからなくて」

「井戸のほうかな。水の用意がどうとか言っていた。ああ、でも、どうしよう。広木さんの手当ても早くしないといけないんだ」

「けがして運ばれてきた人、八丁堀の広木さまだったの？　わかった。真樹次郎さんはあたしが捜すから、瑞之助さんは源ちゃんのほうをお願いします。それから……」

　手筈の打ち合わせは、突然の朗々とした大音声に掻き消された。

「頼もう！　ただいま戻ったぞ！」

瑞之助は驚き、びくりと跳ねながら、玄関のほうを見やった。診療部屋の表に詰めていた捕り方たちも、目を丸くしている。

雲をつくような大男とは、こういう人をいうのだろう。僧形の大男が、彫りの深い顔立ちで晴れやかに笑っている。

その傍らに、旅装の女が立っていた。

どこかで見たことのある女だ。

女のほうも瑞之助に気づいた様子で、眉をひそめて目を凝らしている。

妙な間が流れた。

三

正月に買い物に出たとき、瑞之助は、人混みの中で揉め事に首を突っ込んだことがあった。旅装の女が若い娘を庇い、破落戸たちと対峙していたのだ。

目の前にいるのは、あのときの旅装の女に違いなかった。いかにも芯《しん》の強そうなまなざしと、眉間から左頰によぎる傷痕は、見間違えようがない。

「あなたは、正月の……」

瑞之助は口走った。

ほとんど同じようなことを、女のほうも口にした。女の柳眉が逆立った。

瑞之助は弾かれたように頭を下げた。

「その節は申し訳ありませんでした。謝りもせず、大変失礼いたしました。あの、蛇杖院に何かご用でしょうか？」

恐る恐る面《おもて》を上げると、女は何とも言えない顔をして口ごもっていた。

女の傍らに立つ僧形の大男が、にかりと笑った。

「おお、おぬしが長山瑞之助どのか。玉石どのからの手紙で知らされ、会えるのを楽しみにしておった。医術修業は順調か？」

「はあ。まあ、それなりに励んでおります。あの、あなたは？」

「申し遅れた。拙僧は岩慶。この蛇杖院の医者の一人だ。按摩の技と薬膳にはいくらか通じておる。先の冬には拙僧が旅先から戻らず、手が足りなくなって苦労をかけたようだな。して、初菜どの。瑞之助どのとはすでに知己であったか？」

岩慶は、女の顔をのぞき込んだ。初菜と呼ばれた女は、硬い声で答えた。

「一月ほど前、わたしが初めて江戸の土を踏んだ日に、揉め事を治める手助けをしていただきました。それだけと言えばそれだけのご縁ですが」

「なるほど。喧嘩は江戸の花といい、揉め事などそこここで起こるものだ。おもしろがって見物するだけの者、我関せずを決め込む者が多い中、瑞之助どのは見て見ぬふりをしなかったのだな。結構、結構」

岩慶の大きな声を聞きつけてのことだろう。庭のほうから真樹次郎が姿を見せた。

診療部屋から顔をのぞかせた登志蔵も、瑞之助と同じく、初菜の姿を見覚えていたようだ。登志蔵はにやりとした。

「おお、あの平手打ちのご婦人か。技の切れ味が見事だったぞ。己の手を痛めない、うまい叩き方だった」

真樹次郎が登志蔵をひと睨みし、岩慶に尋ねた。

「岩慶、まずはそのご婦人を紹介してくれ。病者には見えん。今、ちょっと立て込んでいてな。手を貸してもらえるようなら、すぐに貸してもらいたい」

「おお、これは失敬。こちらは船津初菜どの。医者である。川崎宿で診療所を開いておったが、わけあって郷里に戻ることになってな。その郷里のほうで拙僧と知り合ったのだ。若い女と侮《あなど》るなかれ。医術の腕は確かであるぞ」

　初菜は硬い顔のまま言った。

「船津初菜と申します。産科の医者として生業《なりわい》を立てておりました。父は江戸の新李朱堂に学んだ漢方医、祖母は産婆でございます。わたしは幼い頃より、漢方医術と産婆の手指の技、そして賀川流産科医術を身につけてまいりました」

　真樹次郎の顔が険しくなった。

「新李朱堂の医者の娘だと？」

「はい。父の伝手《つて》をたどり、堀川総右衛門先生にもお会いしました。ですが、女の医者はいらぬと断られてしまいました。今後一切、新李朱堂と関わるなとも言われ、揉め事を起こすならば町奉行所に突き出すと脅されました」

　真樹次郎は失笑した。

「なるほど。新李朱堂の塾長は、女だからという理由であんたを退けたわけだな」

「はい。わたしが今まで何を学び、何をなしてきたのかを知ろうともせず、女にうろちょろされると醜聞《しゅうぶん》を招くだけだとおっしゃいました」

　初菜は悔しそうに声を震わせた。

　真樹次郎は、試すような口ぶりで初菜に問うた。

「産科の医者と言ったな。幼子の病を診ることはできるか?」

「乳飲み子でしたら、診ることも少なくありませんが。幼子とは、生まれてから幾月ほどの子供のことです?」

「文政三年(一八二〇)の夏の生まれと聞いている。三つになったばかりの子供だ。その子供が今しがた吐いて、急に熱が上がった。診ることができるか?」

「できます。妊婦や産婦に幼い子供がいることも多く、成り行きで診療したりもしますから」

「来てくれ。あの子供を診るのは、俺よりあんたのほうが向いていそうだ。あんたの力量を測るにもちょうどいい」

真樹次郎は、源弥の昼寝部屋がある東の棟のほうを指差した。

初菜は目をしばたたいた。

「力量を測るとおっしゃいました?」

真樹次郎は皮肉っぽく唇の片端を持ち上げた。

「言ったとも。医者としての力量を測ってやる。ちゃんとしたものを見せてくれるなら、あんたをここに置いてもらえるよう、俺から主の玉石さんにつなぎをつけてやる。どうだ?」

「もしもわたしがあなたの試験に及第したなら、女のわたしが医者であることを認めてくださるのですか？　本当に？」

「認める。俺は、男の医者でまったくの能無しを山ほど知っている。女を自分より劣ったものだと思い込みたがる男は、権威をかさに着た無能、井の中の蛙《かわず》に過ぎん。新李朱堂の中核にいる連中がまさにそうだ」

初菜は訝しげな顔をした。

「見てきたように言うのですね」

「あの連中のことなら、生まれてから二十いくつの頃まで、ずっと見てきたからな。あんたも新李朱堂のことをいくらか知っているようだが、堀川家の末息子が勝手をやらかして放逐《ほうちく》された話は聞いていないか？」

初菜が目を見張った。

「存じ上げています。神童と呼ばれていた頃から、お噂だけは」

真樹次郎は顔を歪め、吐き捨てるように言った。

「俺がその神童、堀川真樹次郎だ。とにかく今は、熱を出した子供の診療が第一だ。来てくれ」

「はい」

登志蔵が岩慶の腕をはたいた。

「岩慶よ、こっちはこっちでけが人がいるんだ。早速だが、頼む」

「あいわかった」

一行は慌ただしく、各々のほうへと急いだ。


東の棟の昼寝部屋で、源弥はぐすぐすと泣いていた。源弥をあやしていたのは巴だった。

「おうたちゃんが世話をしたがったんだけど、前の冬におなかの病で長屋じゅうの子供が大変なことになったでしょ。あのときみたいに、子供のおうたちゃんには危ないんじゃないかって思ったの」

巴は口元を布で覆い、洗い晒しの華佗着《かだぎ》をまとっている。

おうたは源弥を連れて裏庭に行くと言っていたが、その前にここで吐いたようだ。おねしょを受けるために敷いていた襤褸がまだ、吐瀉物《としゃぶつ》に汚れたままで部屋の隅に置かれている。

手早く旅装を解いた初菜は、自前の頭巾《ずきん》で髪を覆い、前掛けをし、焼酎で両手を清めた。

初菜は巴に名乗った。

「船津初菜といいます。わたしは医者です。真樹次郎さんからこの子の診療を任されました。この子が吐いたときの様子を聞かせてもらえますか」

巴はうなずいた。

「昼寝から起きてちょっと経った頃に、急に吐いたらしいの。七つの女の子がこの子をあやしていたんだけど、すぐ大人に知らせてくれた。熱があって脈が速いことに気づいたのも、その七つのおうたちゃんよ。寝起きにぐずってたのは具合が悪かったせいじゃないかって言ってた」

初菜は巴の腕から源弥を抱き取った。慣れた手つきである。初菜は源弥の首筋に手を当てた。

「確かに少し熱が高いようです。脈が速いのは、泣いたせいでしょう。しかし、この子の具合が悪いことを、七つの子供がよく気づきましたね」

瑞之助は口を挟んだ。

「それはおそらく、おうたちゃんが私の真似をしていたからです。昼寝のたびに私が源ちゃんの脈をとったり熱を調べたりするので、おうたちゃんもその手筈を覚え、自分でもやってみるんですよ」

初菜は軽くうなずき、襤褸を開いて、源弥が吐いたものを見た。瑞之助ものぞき込んだ。つんと酸っぱいような匂いがした。

「昼餉はお粥か何かでしたか」

「雑炊です。細かく切った野菜やほぐした魚を一緒に煮てありました。いつも同じようなものを、同じくらいの量、食べさせています」

「吐いたのは、これが初めてですか」

「初めてですね。源ちゃんを預かるようになって一月ほどですが、ちょっと具合が悪いときも、洟《はな》をすすっているとか便が緩いくらいで、吐いたり熱を出したりはありませんでした」

源弥はまだぐすぐすと泣いている。恨みがましそうに周囲の大人たちを睨《にら》んでいるが、涙の浮かんだ目はきらきらとして、弱っている様子はない。

初菜は源弥のおなかを按じ、そこに耳を当てて音を聞いてから、答えを出した。

「おなかのかぜをひいたのだと思います。熱はいくらかありますが、ひきつけを起こすわけでも、ぐったりしているわけでもない。おなかをさわっても痛がる様子がありませんから、さほどひどい病ではないはずです。安静にしていれば、すぐに治るでしょう」

　離れて見ていた真樹次郎が、ほっと肩で息をした。

「入り用のものがあれば言ってくれ。吐いたんだから、何か飲ませるほうがいいか？」

「もう少し様子を見てから、口を湿すくらいに、少しずつ飲ませてみましょう。吐いてすぐだと、胃がびっくりしやすく、また吐いてしまうかもしれません。そうすると津液《しんえき》がさらに失われますし、体も疲れてしまいます」

「なるほど。子供はすぐに病が重くなるから、早く何とかせねばと焦ってしまうが、それがかえってまずいこともあるんだな」

「子供は急に熱を出してしまうものです。どこがどう具合が悪いのか、自分でもわからないまま、気分が優《すぐ》れなくて泣いたり、何も言えずにぐったりしてしまったり、ひきつけを起こしたりします。まわりの大人が慌てず騒がず、ゆっくり休ませてあげることが肝要です」

「こういうときに下手につつき回すのは悪手、か」

「薬の飲ませ方も慎重でなくてはなりません。薬効もまた、大人と比べればびっくりするほど早く、はっきりと体に現れますから」

巴が、誰にともなく言った。

「今日は源ちゃんを早く帰したほうがいいのかしら。それとも、ここで預かったほうがいい？　旭さんが源ちゃんの看病をするのはまだ体がつらいかしら」

初菜が小首をかしげた。

「この子の母親は、蛇杖院にはいないのですか」

「おっかさんの旭さんのつわりが重いんで、この一月ほど、蛇杖院で源ちゃんを預かってるの。そろそろ旭さんも起きられるようになってきたけど」

「まあ。一月も寝込むようなつわりだなんて、ずいぶん大変ですね。差し支えなければ、わたしが診てさしあげたいのですけれど」

巴は明るい顔をした。

「それはすごくいいことだわ。もしかして、初菜さんは医者としてここに住むことになるの？」

「できれば、そうしたいと思っているのですが」

「大歓迎よ。玉石さまとはお会いした？」

「いいえ、まだです。今しがた着いたばかりで」

「じゃあ、すぐにも玉石さまのところへ行きましょ。案内したげる。真樹次郎さんに瑞之助さん、源ちゃんのお世話をお願い」

巴はすっかり張り切っている。初菜は面食らったようだが、瑞之助が源弥を預かると、巴と共に西の棟へ向かっていった。


少しずつ水を飲ませてやるうちに、源弥の熱は次第に落ち着いていった。その間、泰造が旭と渡りをつけて、今晩も普段どおりに源弥を帰らせることが決まった。夕餉は用心して、普段よりも少なめに食べさせた。

源弥を宮島家まで送っていく役目は、いつもは瑞之助が一人で負っている。だが、今日ばかりは初菜と巴が一緒だ。

巴が源弥を抱え、その隣を初菜が歩き、二人でおしゃべりを交わす。後ろをついていくだけの瑞之助は手持ち無沙汰《ぶさた》だった。

初菜は源弥の診療をした後、玉石と面会し、あっという間に蛇杖院の医者として認められた。真樹次郎が口を利くまでもなかった。玉石は岩慶からの手紙で初菜のことを知らされており、到着を心待ちにしていたらしい。

蛇杖院でも、女の医者は初めてだ。玉石はもちろん女中の皆も初菜を歓迎し、華やいだ声を上げていた。初菜と巴が宮島家から戻ったら、西の棟の玉石の部屋で、女だけの宴《うたげ》をするそうだ。

宮島家に着くと、旭が出迎えてくれた。

「今日はいつにも増して、源弥がお世話になったみたいで。本当にありがとうございました」

旭はこのところ、腹が大きくなってきたのが少しわかるようになっていた。丁寧なお辞儀をしようとする旭を、初菜が慌てて止めた。

「無理はしないでください。楽にしていてよいのですよ。腰は痛みませんか?」

屋敷の奥から渚が顔をのぞかせた。

「まあ、あなたが噂のお医者さま? 女だてらに凄腕の医者が蛇杖院に住むことになったぞって、泰造さんに聞かされたから、どんな女丈夫かしらと思っていたら、きれいな娘さんじゃないですか。すてきねえ。ようこそ江戸へ」

暮れ六つを過ぎているのに、旭の夫は今日もまだ帰ってきていないようだ。瑞之助はいつもこの刻限に源弥を送ってくるが、勘定所勤めの若侍の姿を見かけたのは二、三度である。

巴は渚の腕に源弥を託しながら尋ねた。

「渚さん、今日はこっちに泊まるの?」

「ええ、そのつもり。源弥がまた熱を出したら、旭ひとりじゃ大変だもの」

「旦那さんが源ちゃんに妬《や》いちまうんじゃない？」

「妬いちまってるのよ。わたしが遅くなると、わざわざ迎えに来るんだから。今日は帰れないわよって、さっき追い返したところ。子供みたいな人よねえ」

「やだやだ、のろけちゃって」

巴と渚は笑い合い、旭もつられて笑顔になった。初菜は戸惑ったような顔をしている。

初菜が旭の体を診るからと、瑞之助は屋敷から閉め出された。先に帰るよう言い渡され、女だけで夜道を行くのは危ないと抗《あらが》ったが、巴に凄《すご》まれた。

「ほら、帰った帰った！」

野良犬のように追い払われ、瑞之助はすごすごと引き下がった。


蛇杖院に戻ると、瑞之助は門のところで岩慶に出くわした。岩慶はちょうど湯屋に行こうとしていたようだ。

「おお、瑞之助どの。幼子の世話、ご苦労であったな。初菜どのたちは？」

「妊婦の診療があるから男は出ていってほしいと、追い返されました。巴さんは夜道も怖くないようで」

岩慶は明るく笑い飛ばした。

「巴どのも初菜どのも、気立てはよいが、気が強い。一筋縄ではいかんな」

「まったくです。私はまだ半人前で、頭が上がりません。ところで岩慶さん、広木さんのけがはいかがでした？」

「登志蔵どのの診立ては確かだ。ふくらはぎの肉がぷつんと切れ、その傷口から血が出ておる。黒ずんでおるのは、流れた血が肌の内にたまっておるせいだ。今日明日は熱を持って痛み、腫れるであろう。それを冷やしてやり、あとは切り傷のふさがるのを待つ」

「肌の内側で切り傷ができているのですか？　刃物によるけがでもないのに、なぜ切り傷が生じるのでしょう？」

「ふむ、思い描くのは難しいか。登志蔵どのの外科手術の手伝いをすることがあると聞いたが、深い傷をじっくり見たことはあまりないのか？」

「傷口の赤さに震えることはなくなってきましたが、じっくりとは見ていません。外科手術のときは急場が多く、余裕がなくて」

さもありなん、と岩慶はうなずいた。考え込む様子で眉を寄せると、いかめしい印象が強くなる。

岩慶が誰かに似ているような気がしていたが、瑞之助はふと、その正体に気がついた。不動明王像だ。筋骨隆々として、顔立ちは彫りが深く、眉も目も鼻も口も大きい。

「瑞之助どのは幼い頃、蛙をとらえて脚をちぎったことがあるか？」

唐突な問いに、瑞之助はびっくりした。

「ありませんよ。小さな生き物とはいえ、そんなむごいことはできません。なぜ急にそんなことを尋ねるんです？　仏の教えですか？」

「いや、仏の教えではない。医術の話の続きだ」

「医術ですか。幼い頃に蛙の脚をちぎったためしがあれば、広木さんのけがの具合を知る手掛かりを得られるのですか？」

いくらか尖った物言いだと、瑞之助は自覚した。岩慶の口ぶりは僧でありながら殺生《せっしょう》を肯《がえん》ずるかのようで、嫌な感じがしてしまったのだ。

岩慶は瑞之助の言葉のとげを気にするふうでもなかった。

「瑞之助どのは、人の肌や獣《けもの》の毛皮の内側の肉がどのような形をしているか、しかとは知らぬのであるな。野山に交じり、あるいは川や海に入り、獣や魚を獲《と》って暮らす民であれば、医術を知らずとも、人の体の造りや仕組みをおのずと身につけているものであるのだが」

「巴さんによく言われるんですが、私は世間知らずの坊ちゃんなんです。暮らしの知恵もなければ、医術の学びも足りていません。わからないことだらけですよ」

引け目を感じつつ瑞之助が言うと、岩慶は豪快に笑った。

「今はまだ世間知らずでもよいではないか。瑞之助どのはこれからである。今は、空っぽの大きな器なのだ。この器に少しずつ、長い時をかけて、いろんなものが満ちていく。その遠大なる道行きを、たっぷりと楽しまれるがよい」

「楽しむ、ですか」

「さようである。励むことを楽しむのだ。むろん、楽なことではないぞ。むごいと感ぜられることからも目をそらしてはならぬゆえ、苦しいこともあろう。だが、その道を自らの足で歩んでいくことは楽しいと、いつかきっと思えるはずだ」

何もかも見透かされている、と瑞之助は感じた。

岩慶は六尺（約一八〇センチ）をゆうに超える大男であり、顔立ちもいかめしいのに、不思議なことに少しも恐ろしくない。そばにいるだけで暖かい。大樹の木陰でくつろぐように、何だかほっとする。

瑞之助は、毒気を抜かれてしまった。

「岩慶さんの言うとおりですね。できることから順に、一つずつ積み上げていきます」

「うむ、それがよかろう」

うなずいた瑞之助は、話を戻した。岩慶に尋ねたかったのは、広木のけがのことだ。

「広木さんは今、部屋で休んでいるんですよね？　今夜は女の人たちが宴をすると言っていたから、広木さんに入り用のものがあれば、私がお世話をしようと思いまして」

「おお、なるほど。広木どのは、今はどうしているのであろうな。夕餉は済ませたようだが。一人で休みたいと言っておったゆえ、拙僧は治療を終えた後、広木どのの部屋には近寄らなんだ」

「そうでしたか。では、部屋を訪ねてみます」

瑞之助は岩慶と別れ、東の棟へと歩を進めた。

庭の石灯籠《いしどうろう》にともした明かりが障子越しに畳を照らしている。

東の棟は、細長い形の大広間だ。あちこちに設けられた敷居に襖《ふすま》を立てれば、いくつもの部屋をこしらえることができる。

源弥の昼寝部屋は、裏庭に近い北の端にある。広木の部屋は南の端だ。

瑞之助は、広木の部屋にそっと近寄った。足音をひそませていたのだが、広木は察したらしい。瑞之助が障子に手を掛けるより早く、鋭い声が飛んできた。

「誰だ？」

「瑞之助です」

「……ああ、何だ。そうだよな。ここがどこだか忘れていた。瑞之助さん、用があるなら入ってくれ」

「はい。失礼します」

部屋は暖かかった。火鉢に炭がおこっている。瑞之助が障子を閉めようとしたら、広木がそれを止めた。

「開けていたほうが明るい。互いに顔が見えるくらいのほうがいいだろう」

「明かりが入り用なら、持ってきますよ」

「いや、いい。そうじゃなくてな、人の顔色を見て嘘かまことかを判じながら話すのが癖になっているもんで、夜目さえ利かないような暗がりは苦手なのさ。こんなんだから、女に持てねえんだ。閨《ねや》での睦言《むつごと》もあったもんじゃないからな」

　飄々と言ってのけながら、広木は布団の上に身を起こした。

「お一人なんですね。目明かしの充兵衛さんも、結局帰られたんですか」

「充兵衛には古着屋の仕事もある。女房に店を任せっぱなしはよくねえだろうと、叱って追い返した。下っ引きの連中もそうさ」

「なるほど。脚の痛みはいかがですか？」

「ずいぶん引いてきた。岩慶さんはすごい手の持ち主だな」

「天眼の手でしたっけ。あの登志蔵さんが掛け値なしに誉めるくらいですから、本物の腕利きなんでしょう」

　広木は己の首や肩や腕、背中に手をやりながら、岩慶の按摩について語った。

「体じゅうに触れて、凝《こ》っているところを見つけては、それを散じさせてくれた。滞《とどこお》っていた血が正しく流れるようになると、そこのところが熱くなってな、肉の強張りが消えていくのがわかるんだ。強張った肉に引っ張られて骨が歪んでいたところも、うまい具合に力をかけて、治してくれた」

「体が楽になりましたか？」

「ずいぶん軽くなった」

「それはよかった。広木さんの体は、やはり疲れがたまっていたのでしょうね」

「まったくだ。この脚のけがも、ふくらはぎの肉が十分に柔らかくほぐれていれば、こうも痛む傷になることはなかったらしい。疲れて強張った体を無理やり動かしていたせいで、手前《てめえ》の重みを支えきれず、ぷつんとやっちまった」

「ここにいる間は、ゆっくり養生してください」

「むろんそのつもりだったが、習い性だな。足音が近づいてきたと感じた途端、目が覚めてしまった」

「私が起こしてしまったんですね。すみません」

広木はひっそりと笑った。

「体の具合がまずいと、気も弱ってしまっていかんな」

「強いばかりの人はいませんよ」

「それでも、強がらなけりゃ仕事にならねえ。それに俺は、仕事をしているときの自分が好きだ。損な性分だな。まあ仕方ねえ。よし、気晴らしに瑞之助さんの話を聞こう。困っていることがあれば、この定町廻り同心の広木宗三郎が力になるぞ」

広木は、冗談めかした笑顔を作ってみせた。休むことが苦手な人、休み方がわからない人というのはいるものだ。

気晴らしになるのならと思い、瑞之助は少し迷いつつ、口を開いた。

「この件、玉石さんが大事《おおごと》にしないと決めたことなので内密にお願いしたいのですが、先月、日和丸がさらわれそうになったことがあったんです」

「日和丸って、あの珍しい色と模様の小さな蛇か」

「はい。薩摩《さつま》より南にある奄美《あまみ》の島々にしかいない蛇だそうです。ある人が病者になりすまして蛇杖院に入り込み、日和丸や舶来の品々を盗んでいこうとしたんですよ」

広木は顔をしかめた。

「内密に収めることにしたのは、その盗人、町奉行所が手出しできないやつということか」

「手出ししにくいだろうと思います。仮に捕らえてもらっても、袖の下によって、なかったことにされるのではないかと」

地獄の沙汰《さた》も金次第というが、町奉行所の裁きもずいぶんと金で左右されるものらしい。登志蔵が調べたところによると、九郎兵衛はこれまで幾度も番所に突き出され、そのたびになぜかお咎めなしで出てきていたという。

広木が顎を撫でた。

「金に一切困っていないのに、盗みをしちまうのか」

「はい。その人だったら、舶来の品もまともな値で買うことができるはずなんです」

「たまにいるんだよ。まるで発作のように盗んでしまう者がな」

「発作？　盗みが病だというんですか」

「そうとしか思えねえ盗人《ぬすっと》がいるんだ。心が寂しくなってくると、ものがほしいわけでも、食うに困っているわけでもないのに、どうしても盗みを働いてしまう。俺の顔馴染みに、欠けた茶碗や皿ばかり盗む爺さんがいた」

その老人は、ほおずきを育てる仕事をしていた。花の世話で忙しい季節はおとなしいが、手すきの季節には小料理屋などに出掛け、安物の茶碗や皿、時には割れた貧乏徳利などを、勝手に持ち去ってしまう。

盗みであるとはいえ、さほど値打ちのあるものを盗むでもない。盗みを働いた相手のところへ、その後も平然として姿を見せる。何ともちぐはぐな盗人だった。

「どんな変わり者かと思うだろう？　いたって普通の爺さんなんだ。なぜ盗みを繰り返すのか、爺さん自身、わかっていなくてな。一月ほど張りついて一緒に過ごしてみたときは、何も起こらなかった。俺が見張りをやめてすぐに、大勢が見ている前で盗みをやって、お縄についた」

「広木さんがいなくなって、寂しくなったんでしょうか」

「俺にもそうとしか思えなかった。小伝馬《こでんま》町の牢に会いに行ったときに、爺さんが言ったんだ。儂の盗みは病なんだ、とな。俺には、譬《たと》え話だとは思えなかった。本当にそんな病があると考えたほうが、むしろしっくりくる」

「盗みが、何かの病の証かもしれない？」

「心を病む、気に病むという言葉があるだろう。体のどこかが悪くなったと、はっきりわかるわけではないが、確かに何かがおかしくなる。あの爺さんの盗みは、その類だったんじゃないのか？　ああいう病の正体は、何なんだ？」

　瑞之助は言った。

「ものを思ったり感じたりする心の働きは、脳の働きなのだそうです」

「脳？　頭か？」

「はい。登志蔵さんや玉石さんの受け売りですが。ものを思う心は、胸にあるのではなく、本当は脳にあるのだと。脳に気や血や水が巡らなくなると、心を病むとか狐《きつね》が憑《つ》くとか、昔からそういうふうに言われてきた証を発することがあるそうです」

広木は黙り、眉をしかめた。それからぽつりと言った。

「人の体の中は何がどうなっていやがるのか、ちっともわからんな」

「日和丸をさらおうとした人や茶碗を盗んだお爺さんの件が本当に何かの病なのか、私にはわかりません。登志蔵さんもきっと、脳のことはわからないと言うでしょう」

「登志蔵さんでもわからねえのか。あんなに何でも知ってる人がなあ」

「確かに登志蔵さんは物知りで、窮理《きゅうり》学だとか舎密《せいみ》学だとか、不思議なことにも詳しいですが、今の医術には限りがあるんです。できたらいいのにできないことがたくさんあります」

広木はほとんど声を出さずにつぶやいた。

「できたらいいのに、できないこと。そうだよな」

「気掛かりなことでもあるんですか？」

広木は遠くを見るように目を細めた。

「昼間にな、登志蔵さんにも岩慶さんにも同じことを訊いて同じ答えを返された。瑞之助さん、俺の脚のけがはもとに戻る、と言われたのは聞いていただろう?」

「はい。やがてくっつくはずの、肌の内側の切り傷であると」

「登志蔵さんの話では、もとに戻らない類のけがもあるそうだ。目に見える傷がなくなっても、動きが失われる。神経というものが切れると、切れた先のところは二度と動かなくなるらしい」

「神経は、動きを伝えるための糸なんですよ。肉と肉、あるいは肉と骨とを結んでいて、これがなければ体を動かすことができない。目の奥にある神経みたいな、違う動きをするものもあるんですが、いずれにしても神経が切れると体の働きが損なわれるんです」

「さすが医者見習いだ。俺には馴染みのない言葉と考え方だが、しかし、その神経というものがあるのだと考えれば腑に落ちる」

広木は利き手の開閉を繰り返した。そこには傷などなかったはずだ。

何とはなしに、瑞之助はぴんときた。

「利き手の神経を損ねた人がいるのですか?」

「ああ。昔、俺がけがをさせた。刃引きした刀での立ち合いだった。互いに熱くなって、手元が狂った。俺の手に、あいつの利き手の骨が砕けるのが伝わってきた。やがて腫れが引いて傷がふさがり、折れた骨がつながっても、あいつの右手には十分な力が入らなくなった」

「神経が切れたから、右手の動きが失われてしまった」

「そういうことらしい。切れた神経をつなぐ手立てはないのかと登志蔵さんに訊いたら、今の世の外科の技では無理だと言われた。岩慶さんの按摩の技をもってしても、できないそうだ」

「その人にけがをさせたこと、悔いておられるんですね」

「俺が十九、あいつは十六のときだった。俺が、小太刀の名手の利き手を奪った。ただでさえ、顔を合わせれば喧嘩が絶えんような間柄だった。報復されずにいるのが不思議なくらいだ。あいつの手が戻らんなら、あいつが俺とまともに話すことも二度とないだろう」

広木はため息交じりに吐き出すと、仰向けにひっくり返った。何と言ってよいかわからない瑞之助に、広木は乾いた笑い声を上げた。

「聞いてくれてありがとうな。十何年もの間、ふとしたときに悔いがよみがえってきて、己の体を傷つけてみたくなる。こたびのけがも、本当のところ、少し期待してしまった。二度ともとに戻らねえ傷なら、報いを受けたとあきらめて、悔いから解き放たれるのにと」

瑞之助はかぶりを振った。

「広木さんのけがが治ると聞いて、私は安心しましたよ。報いだなんて」

「わかっている。俺が足を引きずるようになったところで、あいつの手が戻るわけでもない。俺が動けなくなれば、俺が率いている捕り方の皆に迷惑をかける。いいことなんか一つもない。頭で考えてそれをわかっていても、しかし、腹の中が治まらない」

また、乾いた笑いが暗い畳の上を転がった。

瑞之助は息をつき、打ち明けた。

「私も、少し似た思いを抱いています。親友があるとき急にぐれて、悪所通いをするようになったんです。そしていくらもしないうちに、やくざ者の喧嘩に巻き込まれて大けがをしました」

「瑞之助さんの親友も、けががもとで体を損ねたのか？」

「それすらわかりません。屋敷を訪ねても会ってもらえませんでした。もっと早く、もっときちんと話していればよかったんです。親友がぐれたのも、あるとき急にだなんてことはなく、本当は兆《きざ》しがあったんだと思います。兆しにすら気づかなかった私は、友などと名乗るのもおこがましい愚《おろ》か者でした」

友の名は、坂本陣平といった。瑞之助と同じく旗本の次男坊で、同じ年の生まれで、同じ剣術道場に通っていた。さして熱心に励まずとも何でも器用にこなしてしまう瑞之助は、周囲の子供たちの妬《ねた》みを買いやすかった。けれど、陣平だけは親しくしてくれた。

その陣平がなぜ会ってくれなくなったのか、瑞之助にはわからなかった。陣平は日頃、瑞之助に対して何を思っていたのだろう？　隣にいたはずの陣平と、瑞之助は何を語り合っていたのだろう？

その件があってからというもの、瑞之助は、人と関わることがますます苦手になった。うわべだけは愛想よく振る舞えても、親しいといえるところまで踏み込むことができない。

いつの間にか身を起こしていた広木は、瑞之助の肩をぽんと叩いた。

「苦労知らずのお坊ちゃんに見えても、その実、いろいろあるんだな」

瑞之助は目を伏せ、少し笑い、浅く頭を下げた。

「長居をしていますね。すみません。広木さんは療養のためにここにいるのに、こんなふうでは体に障ります。そろそろお暇《いとま》しますね」

「ああ。でも、話ができて気が晴れた。今夜は眠れる気がするよ」

瑞之助が立ち上がると、広木はごろりと布団に横になった。障子を閉めるとき、広木は腕だけを持ち上げ、ひらひらと手を振った。

四

翌朝、広木は熱を出していた。広木の体を診た登志蔵と岩慶は、そうなるだろうと半ば思っていたようだ。

真樹次郎も、岩慶の頼みを受けて、体の凝りや強張りを除くための葛根湯《かっこんとう》を処方していた。ゆえに広木の発熱にも、あっさりとした診立てを示した。

「仕事柄、気も体も張り詰めていたのを、岩慶が按摩の技で緩めてやった。それによって、体が初めて疲れを自覚したんだ。その弾みで熱が出た。葛根湯も体を温めるしな。この発熱は、かぜでも何でもない。寝ていれば治る」

登志蔵が口を挟んだ。

「けがの痛みに体が驚いたせいもあるだろうよ。体じゅうの肉ががちがちに強張っていたのもそうさ」

岩慶が太い腕を組んだ。

「いずれにせよ、熱を出せば体が疲れる。滋養のあるものを食べるのがよかろう」

登志蔵が広木の枕もとで尋ねた。

「好きな食い物を教えてくれ。できる限り、好みのものを出してやるぞ。苦い薬を飲まされるより、うまいものを食って力をつけるほうがいいからな」

広木は、熱のせいで痛むという頭を押さえ、呻《うめ》きながら答えた。

「酒と肴《さかな》と蕎麦《そば》。すぐ出てきてすぐ食えるものしか食ってる暇がねえ。本当の好物は西瓜だが、今はまだ春だからな」

岩慶が言った。

「広木どの、食にこだわりがないのならば、拙僧が滋養のある薬膳をこしらえてしんぜよう。旬のものを食するがよいゆえ、これより野に出て採ってこようと思うが」

瑞之助は目をしばたたいた。

「採ってくるとは、どういうことです？」

「言葉のごとくだ。瑞之助どのは野草を摘んだことはあらぬか」

「ありません。恥ずかしながら」

岩慶はにかりと笑った。

「ならば、この機に共にまいろうではないか。今日は幼子の世話はないのであろう？」

「ええ、源ちゃんは来ないのですが」

瑞之助は真樹次郎を見た。昨日発熱してしまった源弥は、今日は用心のため、宮島家の屋敷で渚が面倒を見るという。瑞之助は、久方ぶりに真樹次郎の手伝いをするつもりだった。

真樹次郎は、ふんと笑った。

「いいじゃないか。せっかくだから、行ってくるといい。ただし、岩慶についていくのは骨が折れるぞ。見てのとおり、凄《すさ》まじい膂力《りょりょく》の持ち主だからな」

瑞之助は岩慶を見上げた。座っていてなお、岩慶の大きさは抜きんでている。

岩慶は太い両腕に見事な力こぶをこしらえると、呵々《かか》と笑ってみせた。

蛇杖院から東のほうへ行けば、小梅村には田畑が広がり、そこここに林や藪《やぶ》がある。木々には虫や鳥がおり、川や池には魚の姿が見える。

そのあたりまで散歩に出ることは、瑞之助もある。百姓仕事の様子を眺めたり、不意に藪から出てくる狸《たぬき》や鼬《いたち》と見つめ合ったりする。

小梅村を離れてさらに東へ進み、荒川を渡ってしまうと、江戸とは似ても似つかない景色が広がっている。家はなく、人の姿もめったにない。いまだ寒い季節にも、草木が鬱蒼《うっそう》と生い茂っている。沢や沼もそこここにあるらしい。

大きな杖をついた岩慶が先頭を歩いている。岩慶の杖は、瑞之助の腕ほどの太さの木を引っこ抜いてきて枝葉と根を落としたかのような、野趣に満ちたものだ。いくらか湾曲しており、ずしりと重たげな音がする。

瑞之助たちが行くのは、藪の中に延びる猟師道である。人が出入りしているらしい跡は確かにあるものの、慣れない瑞之助は草や石に足を取られがちだ。

足並みが乱れると、岩慶のすぐ後ろを歩く初菜が、ちらりとこちらを振り向く。瑞之助を案じてくれているのだろうか。しかし、まなざしは冷たく厳しいし、声を掛けてくれるでもない。

野草を摘み、川の魚を捕ろうという遠出に、岩慶は初菜も誘っていた。初菜は二つ返事で誘いに乗ったらしい。瑞之助と初菜が気まずい仲であることなど、岩慶はおかまいなしである。

初菜は野歩きに慣れているようだ。歩きにくい猟師道を行きながらも息を上げない。郷里の村では、父や祖母と共に林に分け入り、野草や生薬を採ることがしばしばだったという。

瑞之助は、息を弾ませながらついていく。こんなところを歩くには、腰の刀が重すぎる。

時折、岩慶や初菜が気づいて足を止め、そこに生えた野草や山菜を摘む。瑞之助は一つひとつ指差して教わった。

芹《せり》、野蒜《のびる》、蕗《ふき》の薹《とう》、たらの芽、草蘇鉄《そてつ》。

食べられる草木を教わると同時に、手を出してはならないものについても忠告を受けた。素人《しろうと》は、きのこには触れないほうがよい。蕗の薹に似た走野老《はしりどころ》は毒があるから、間違えてはならない。

「摘んだ葉や芽、掘った根っこは、どんな料理にするんですか？」

瑞之助が問うと、岩慶が楽しそうに答えた。

「まずはあく抜きである。畑で育てた野菜よりも、野山のものはあくが強いのでな。水にさらしたり、しっかりゆでたりと、一つひとつに適したやり方がある。あく抜きを終えたら、汁の実にもなれば、てんぷらにもなる。刻んで味つけをし、飯に混ぜ込んでもよい。初菜どのは何を好むか?」

話を振られた初菜が遠慮がちに答えた。

「野草のほろ苦い香りが好きなので、なるたけそのまま食べられるものがいいですね。お浸しだとか。それから、木の芽和《あ》えも好きです。山椒の若芽をつぶして白みそで味つけし、竹の子を和えるんです。祖母が毎年作ってくれていました」

一つ所に生えた野草や山菜は、すべてを摘んではしまわない。次の年にもまた生えるように、加減をしておくのだ。

瑞之助は籠を背負い直した。籠はさほど重くないが、着物越しに肩紐がこすれるせいで、肌がひりひりしている。

歩き出していくらも行かないところで、むっ、と声を上げて岩慶が足を止めた。杖の先で草を分ける。

「どうなさいました?」

初菜が大きな背中に声を掛けると、岩慶は杖の先でそれを指し示した。

「見るがよい。大きな猪《いのしし》の蹄《ひづめ》の跡だ。ここと、そこと、あちらにもある」

初菜は眉をひそめた。

「猪が通り道にしているのかもしれませんね。糞も落ちておりますし。嫌な感じがします」

「このあたりなら危ういこともあるまいと思ったが、やはり、野山も年ごとに変わるものだな」

「気をつけてまいりましょう」

瑞之助も地面に目を凝らした。しかし、ほんのわずかな土の掘り返しが蹄の跡であることも、草と土の混じったような塊が糞であることも、教えられてなおよくわからない。

「私ひとりでは、とても見つけられません。こういったものを見落とすと、野山で危うい目に遭うのですか？」

うすら寒い気持ちになって、瑞之助は問うた。岩慶と初菜は重々しくうなずいた。

岩慶は渋い顔をしている。

「用心を怠《おこた》るべきではないな。元来、野山の獣《けもの》は闇雲に人を襲うものではない。猪や熊のような力の強いものであれ、人に近づくことを恐れるものだ。しかし、まれに人に慣れた獣もおる。人の血や肉の味をしめた獣も、いないわけではない」

「そういう危うい獣と会ってしまったら、どうすればよいのです?」

「目をそらさずに、後ずさって逃げる。それができぬときは、覚悟するしかない」

「覚悟ですか」

「仏の教えも人の命には代えられんということだ」

岩慶は重たげな杖を翻《ひるがえ》し、空《くう》を打ってみせた。びゅっ、と風が鳴った。

足を止めたおかげで、初菜が蕨《わらび》を見つけた。

しゃがんで蕨を摘み始めた初菜の傍らで、瑞之助は目を細めた。猪の蹄の跡と同じだ。目が悪いわけではないのに、野の色に紛れる蕨を見分けることはきわめて難しい。

「これが蕨ですか? よく見つけられますね。何を手掛かりにしているんです?」

初菜と岩慶は顔を見合わせた。

「強いて言えば、色でしょうか」

「さよう。食べられる野草は、色や形を覚えておるゆえ、何とはなしに浮き上がって見えるのだ」

瑞之助はしゃがんだ。初菜が、摘んだ野草を瑞之助の背の籠に入れる。瑞之助は眉間をつまんで揉みほぐした。足元ばかり見ているせいで、目が少し疲れている。

「岩慶さんや初菜さんと私では、目の造りが違うかのようですね。見えているものがまったく違う。私は本当にものを知らず、修業も足りません。日々こういうことを感じてばかりですよ」

ふむ、と岩慶は唸った。

「日々感じておるのか。例えば、ほかにはどんなことを？」

「真樹次郎さんの指先の勘のよさですね。脈を按じて、それがどんな徴《しるし》を持った脈であるのか、指先で感じ取る力です。速い遅いだけではなく、弱い打ち方であるとか、琴《こと》の弦のように張り詰めているとか。顔色の見方もそうです。五臓が弱れば、弱ったところに応じて、顔に色の徴が出るというでしょう」

「心ノ臓が弱ったときは、顔に赤い色が出る。肺ノ臓であれば白い色。そういう顔色の見方のことか？」

「はい。真樹次郎さんは目が近くて、ものを見るのはあまり得意ではないはずなのに、違う切り口から語れば、私よりもよく見える目を持っているとも言えるんです」

岩慶は顎を撫でた。

「瑞之助どのはわずか九月で『傷寒論』『金匱要略』『黄帝内経』の素読を終えた秀才であると聞いておったが、証に臨んでの技を身につける暇は、やはり十分ではなかったのだな」

初菜が目を丸くした。

「九月ですって？　そんなに短い間にあれらの医書を読みこなすなんて。一体どうやって学んだのです？」

瑞之助は慌てて手を振った。

「真樹次郎さんの教え方がいいからです。お二人もご存じでしょう。真樹次郎さんは医書の読み解きにたいへん優れていて、何を尋ねても答えてくれますから」

岩慶はにこにことうなずいた。

「よき学生がよき師に出会ったのであるな。結構なことだ」

話を聞きながらも手を動かしていた初菜は、瑞之助の背の籠に蕗の薹を放り込むと、立ち上がった。

「そろそろ先へまいりましょう。ここに生えているものはあらかた採り終えました」

　硬い声音で言って、初菜はさっさと歩き出した。

　藪の向こうで、がさがさと、ひときわ大きな音がした。それと同時に男の声が上がった。

「おーい、誰かいなさるか？」

　岩慶が声を轟かせて答えた。

「小梅村からまいった！　三人連れである！　野草を少しばかりいただきにまいったぞ！」

「その馬鹿でかい声は、岩慶さんか！」

　藪を突っ切ってくる音がしたと思うと、横合いから男が現れた。

　男はよく日に焼けており、身のこなしが軽やかだ。蓑《みの》をまとい、足元を脚絆《きゃはん》で固めた姿は、江戸では見られない装いだった。野歩きのための格好である。

　岩慶は男に笑ってみせた。

「おお、仙吉《せんきち》どの。息災であったか？」

「俺も親父やおふくろもぴんぴんしてらあ。江戸で流行りかぜが広がってたらしいが、幸い、うちの村にゃ入ってこなかったな。旅人が来ても締め出してたんでね」

「江戸や宿場との行き来を控えたのだな。疫病を防ぐために、それは正しいことであった」

仙吉は顔をくしゃくしゃにして笑った。若いというより、いっそ子供のような笑顔である。瑞之助と年が変わらないか、少し年下かもしれない。

「病を避けるために閉じこもったんじゃねえや。うちの村はもともと、よそ者嫌いなのさ。岩慶さんだけは別だが」

「拙僧も初めは締め出されたぞ。幼かった仙吉どののけがを診たのがきっかけで、村に立ち入ることを許してもらえたのだ」

もう十五年ほど前のことになるか、と岩慶は付け加えた。

仙吉は、ここから一里ばかり北にある小さな村に住んでいる。不便を嫌って江戸や近隣の宿場に出ていく者も後を絶たない。そんな村で、まだ若い仙吉は猟師として暮らしを立てている。

岩慶が仙吉に、瑞之助と初菜を紹介した。仙吉はぺこりとお辞儀をし、まぶしそうな顔で瑞之助を見た。

「江戸の侍は洒落てんだなあ。江戸土産の役者絵みたいに格好いいや」

瑞之助は気まずくなって、ただ微笑んだ。足元の悪さをものともしない仙吉の獣のような足腰こそ、よほど格好いい。仙吉の体は決して大きくないが、無駄なく引き締まっているのが見て取れる。

仙吉は、初菜には気おくれした様子で、どうもと頭を下げただけだ。初菜もまた硬い顔で、名乗りもせずに小さく会釈をした。

初菜さんは男嫌いなんだろうか、と瑞之助は感じた。初菜の顔つきや話しぶりは、岩慶に対してはいくらか柔らかいものの、ほかの男は近寄ることを許さないかのようだ。女の前ではそうではない。もっと気軽に口を利いているし、巴には笑みさえ向けていた。

仙吉は太い眉を曇らせ、岩慶に訴えた。

「このあたり、去年の冬から猪が出るようになったんだ。縄張りを追われてさまよってきたってところかなあ。ちょっと後脚を引きずる、でかいやつだよ。村の中にまで入ってきたらしくて、あちこちに糞が落ちてた」

「誰もけがはしなかったか？」

「人はな。鶏はやられっちまったが。普通、猪は芋や木の実を好むもんだが、あいつは血の味を覚えちまってるらしい。畑のそばに、食い散らかされた蛇やもぐらが落ちていたこともあって、さすがにぞっとした」

岩慶は渋い顔をした。

「先ほど拙僧らも糞と蹄の跡を見た。これより奥へは行かんほうがよいか？」

「大仏岩《だいぶついわ》のところで山菜を採るくらいなら平気だろう。俺も一緒に行こうか」

「それは心強い」

「しゃべりながら行こう。あの猪も、人がいるとわかれば出てこねえさ」

「ああ。そうであることを祈ろう」

仙吉は岩慶の先に立って歩き出した。声を張り上げて話し、わざと大きな足音を立てている。

見るからに俊敏そうな仙吉は、やはり足が速いようだ。初菜は平然とついていくが、瑞之助は遅れがちになった。でこぼこした地面では踏ん張りが利かず、大きく足を踏み出せない。草に足を取られ、つまずくことさえある。

すでに脛《すね》が痛くなり、ふくらはぎが張っていた。日頃とは違う歩き方をするせいだろう。だが、くたびれたと口にすることはできなかった。少し待ってほしいと声を上げることもしなかった。

横合いから張り出した木の根に気づかず、瑞之助はつまずいた。受け身をとりつつ転がって、一人苦笑する。

初菜が気づいて振り返り、駆け戻ってきた。

「何をしているのですか。野歩きが苦手なら、はっきりとそう言えばよいでしょう。けがをしてからでは遅いのですよ」

「そうですよね。自分が情けないです」

初菜は、聞こえよがしのため息をついた。傍らにしゃがみ込み、瑞之助の足に目をやった。

「けがはありませんか」

「ええ。ちょっと打っただけで、すりむいたところもありません」

「少し休んでから行きましょう。岩慶さんに知らせてきますから、ここにいてください」

初菜はすっと立ち上がった。雌鹿のように身軽に駆け出す。

だが、ほんの数歩で足を止めた。

茂みの低いところが鳴ったと思うと、大きな頭がぬっと出てきた。牛だろうかと、瑞之助は思った。小梅村では牛が飼われている。初めはその体の大きさに驚かされたが、牛は気性がおとなしい。大きな目もきらきらとして愛らしい。

牛かと見まがうほどに大きな頭だが、それは牛ではなかった。猪である。

牙《きば》を持つ頭を振り立て、猪はゆっくりと茂みから出てきた。獰猛《どうもう》そうに盛り上がった肩と、引き締まった腰。尾はせわしなく動いている。後脚が片方、わずかに短い。

大きな獣だ、と瑞之助は息を吞んだ。猪の頭や肩は、おうたの背丈よりもきっと高い。

初菜はそろそろと後ずさった。

猪の鼻息が聞こえる。牛の息よりずっと荒い。

瑞之助は跳ね起き、背中の籠を捨てた。全身、総毛立っている。

猪がまっすぐこちらを向いた。足音がどすどすと地に響くのは、重心が低いためだ。どれほど目方があるのだろうかと、ぞっとする。初菜どころか、瑞之助よりも重いのかもしれない。

次に何が起こるか、教わるまでもなくわかった。

猪が初菜のほうへ突っ込んできた。

瑞之助はとっさに刀を抜いた。

初菜は真横に倒れ込むように跳んだ。

空振りした猪は勢い余ってまっすぐ進み、ようやく止まる。その真正面に、瑞之助がいる。

猪が、思いがけず甲高《かんだか》い咆哮《ほうこう》を上げた。

岩慶と仙吉が駆け戻ってくる。

「瑞之助どの！　まともにやり合ってはならん！」

「承知！」

晴眼《せいがん》に構えた刀の切っ先越しに、血走った獣の目がくっきりと見えた。

黙っていれば殺される、と感じる。

正面から見据えた猪の体が、左右の均衡を欠いていることに気がついた。けがか病のせいだろう。わずかに短い後脚がそれだろうか。

猪が地を蹴った瞬間、瑞之助は横へと身を躱《かわ》した。猪が傍《かたわ》らをかすめて通り過ぎる。

鋭く巨大な牙は、瑞之助の下腹の高さにあった。あれがまともに突き刺されば、臓腑を壊され、血を失って命を落とすだろう。

「そのまま行ってくれ」

瑞之助はつぶやいた。

望みは叶わなかった。猪は苛立たしげに土を掻きながら、体の向きを変えた。

いや、変えようとした。

ひゅっと風が鳴った。

猪の肩に矢が刺さっている。振り向けば、弓を構えた仙吉がすでに二の矢をつがえていた。仙吉はすかさず射る。先の矢のすぐそばに、二の矢が刺さる。

猪は、二本の矢を肩から生やしながら、ぐらつきもしなかった。

仙吉が目を剝《む》いた。

「化け物かよ。皮と肉が厚すぎて、矢が急所に届いてねえんだ」

猪は瑞之助を睨んでいる。黒々とした毛皮に血が流れるのが見えた。

咆哮と共に猪が突っ込んできた。ただまっすぐに走ってくるだけの攻撃だ。速いが、避けることはできる。

瑞之助は身を躱しざま、刀を振るった。首とおぼしきあたりに刺突《しとつ》を一撃。手応えがあった。

猪は甲高く吠えた。ぐらりと体がかしぐ。血が噴き出す。

岩慶が杖を手に突進してきた。

「赦《ゆる》せよ」

杖は、鞘《さや》だった。木の節と見えたところで鯉口《こいぐち》を切ると、すらりと長い太刀が姿を現した。

一閃《いっせん》。

猪の喉首の血脈を、岩慶の太刀が貫き、切り裂いた。

なまぐさい匂いがたちどころに広がる。

仙吉が猪に駆け寄った。

「初菜さんと瑞之助さんは、見たくなけりゃ、あっちを向いとけ。せっかくの獲物だ。無駄にしちゃなんねえ」

仙吉は縄を出して猪の後脚を縛ると、手近な木に吊り下げた。喉の傷から血があふれる。心ノ臓はまだ動いているようで、脈が打つたびに血が噴き出している。

瑞之助は刀を提げたまま動けなかった。恐ろしいのではない。惹《ひ》きつけられたのだ。見なければならない、と思った。

岩慶は、杖に似せた鞘に太刀を納めると、仙吉に声を掛けた。

「拙僧も手伝おう」

「ああ、助かるよ、岩慶さん。この先に小川がある。そこで捌《さば》こう」

「心得た」

初菜がいつの間にか瑞之助の傍らに立っていた。

「刀を拭いて鞘に納めるのがよいのではありませんか。刃は傷みやすいと聞きました」

瑞之助ははっとした。初菜は柔らかそうな手ぬぐいを瑞之助に差し出している。

「よいのですか？　汚れて、使い物にならなくなりますよ」

「かまいません。これで役に立ちますか」

「ええ。ありがとうございます」

瑞之助は初菜の手ぬぐいで刀の汚れを除き、鞘に納めた。蛇杖院に戻ったら、念入りに刀を手入れしなければならないだろう。

汚れた手ぬぐいを袂に入れ、ふうと息をついた。

「初菜さんは落ち着いていますね」

「猪はよく見かけていましたから。小さな猪に体当たりされて、けがをしたこともあります」

「さっきはうまくよけることができて、本当によかった。お見事でした」

初菜が襲われかけたときのことを思い出し、瑞之助はぶるっと震えた。初菜は自分の身を抱きしめるようにした。

「無我夢中でした。自分でも驚いています」

喉から血を流さなくなった猪を、岩慶と仙吉が抱えた。瑞之助が手を貸そうと近寄ると、仙吉が鋭く言い放った。

「さわんな。危ねえ」

岩慶が瑞之助に杖を託しながら付け加えた。

「野山の獣には、だにが多い。だにに肌を食われれば、腫れ上がって熱が出るぞ」

見れば、岩慶も仙吉も手袋と手甲《てっこう》で肌を覆い、猪の毛皮にじかに触れてはいない。

二人は猪を小川へと運んでいき、ざぶんと水に浸した。猪の毛皮についた泥や血が水を濁す。

仙吉は上目遣いで瑞之助と初菜を見た。

「ここで猪を捌く。小半刻《こはんとき》とかからんが、あんたらも見るのか?」

初菜は淡々としていた。

「慣れています。お気になさらず」

瑞之助は腹を決めた。

「私も見たいです。腑分けはいずれ学ばねばならないことで、獣や魚を捌くのでも見ておくとよいと、登志蔵さんに言われています」

岩慶と仙吉はうなずき、それぞれの手に小刀を持つと、動き出した。

仙吉は猪の毛皮に小刀の刃を立てた。使い込まれて研ぎ減った刃は、やすやすと毛皮を裂いていく。

背を開き、四肢それぞれに切れ目を入れて引っ張れば、毛皮はたやすく剝けた。赤い肉が現れる。

瑞之助は思わず息を呑んだ。のけぞりそうになったとき、岩慶の声が瑞之助を叱咤した。

「一歩前へ来られい。瑞之助どの、学びたいのであろう？　獣の肉のあり方を見るのだ。骨の形こそ違えど、肉の色や形、肉と骨のつながるありさまは、人と獣とそっくりであるぞ」

瑞之助は、背《そむ》けてしまいそうな目に力を込めた。そうだ、見ると決めたのだ。震えそうな喉を励まし、声を上げる。

「人の肌の下にある肉も、このような姿なのですね。色も形も」

「さよう。こちらは肩から二の腕にかけての肉、こちらが背中の肉だ。人であればどの位置にあるか、わかるであろう？」

岩慶は二の腕に力こぶをこしらえ、己の背中を指差した。岩慶が動くたびに、鍛え上げられた肉が形よく盛り上がる。

猪の赤い肉は、うっすらと透ける膜の中に包まれている。膜の両端は骨にしっかりとくっついている。

岩慶の手が、あるいは仙吉の手が、膜ごと肉をつかんで取り出し、両端を小刀で切る。

仙吉は、取り出した肉のうち、矢が当たったところを捨てた。血抜きをしても、そこだけは黒っぽくなっていた。引きずっていた後脚も、根元のあたりから色がおかしい。

「後脚は、傷のところから腐っていたんだな。山の主だか化け物だか知らんが、さすがにこの脚じゃあ、縄張りを守り通せなかったのか」

岩慶と仙吉は、猪のはらわたを分けていく。

人の腑分けの模型ならば、瑞之助も登志蔵に見せてもらっている。初めは血の気が引いたが、近頃はさすがに慣れた。臓腑の形は覚えている。

「心ノ臓に肺、食道と胃と腸、腎《じん》ノ臓と膀胱《ぼうこう》。本当に、生き物の腹の中には、こういうものが納まっているんですね。やはり人の臓腑と似ているんだ」

仙吉はちらりと瑞之助を見た。

「洒落た江戸者だと思えば、けっこう肝が据わってんだな。ちなみに、猪の肝はこいつさ。しっかり血抜きして、濃い味で煮込めばうまい」

仙吉の手の上にずしりと載った肝ノ臓は、つるりとしていて、くすんだ赤茶色だった。仙吉は、これは尿袋だから破っちゃ駄目だとか、脾《ひ》ノ臓の小袋は苦いんだとか、このでかい金玉も食えるんだとか、饒舌《じょうぜつ》に話しながら猪の腑分けをした。

瑞之助にとって、目にするものすべてが、今まで知らなかったことだった。見れば見るほどに、知ることができる。乾いた大地に水が染み込むようだと、瑞之助は感じた。

五

獣の肉は傷みやすい。おいしく食せるうちにと岩慶が言うので、瑞之助たちは急いで蛇杖院に戻った。昼餉の握り飯を持っていってはいたが、口にする機を失ったままの帰還である。

遅くなった昼餉は、握り飯を湯漬けにして食べた。大根の柴漬けが食欲をそそった。瑞之助の両脚は、慣れない野歩きのためにぱんぱんに張っている。

一息入れた後に初菜と岩慶を捜すと、二人ともすでに厨で料理を始めていた。瑞之助は慌てた。

「野草や猪の肉、お任せするばかりですみません。私も手伝わせてください」

初菜は、あく抜きしている野草を指し示した。

「こちらは終わりました」

岩慶は鍋で猪の肉を煮ている。いわゆる、ももんじ鍋である。根菜と共に、脂《あぶら》ののった猪の肉を煮る。味つけは味噌だ。

「ももんじ鍋も、おおよそよかろう。あくや脂を取らねばならん段は終わった。あの仕事は楽しいゆえ、人には任せられぬのだ。許せよ、瑞之助どの」

岩慶は呵々と笑った。

瑞之助はつられて笑いながら、疑問を岩慶にぶつけた。

「旅をする間に、こうした料理の腕前を身につけられたのですか？」

「然《しか》りだ。僧が殺生をし、獣肉を食らいもすることを、破戒であると言う者もおる。ものがあふれた江戸や大坂にあっては、拙僧もわざわざ求めてまで肉や魚を食らいはせぬよ。しかし、食の戒めをなすという修行は、ある種の贅沢《ぜいたく》だ」

「贅沢ですか」

「さよう。好き嫌いに過ぎんではないか。かような選《え》り好みは、豊かな町においてのみできることだ。日の本じゅうを旅しておれば、米が実る地ばかりではない。平地がなく、石ばかりの漁村では、狭い段々畑で育った稗《ひえ》や芋と、干した鰯《いわし》が食事であった。鰯を食わねば身が持たん。そのようなところで、魚を食わぬという贅沢な修行ができるものか」

瑞之助は胸が痛むような思いがした。

「食の戒めが贅沢になるだなんて、考えたこともありませんでした。私は、食うに困ったことがありません。それゆえに、ものを思い描く力が弱いのでしょう」

岩慶はうなずき、ゆっくりと続けた。

「拙僧は、貧しい山村で生まれ育った。親は病で死んだと聞いた。物心ついたときは寺の子であった。平穏な暮らしであったが、あるとき、ダンホウかぜのように悪い病が村に入ってきた。皆、次々と病に倒れた。しかし、どういうわけか、拙僧ひとりが助かってしまった」

「たった一つの流行り病で、村じゅうの人が亡くなってしまったのですか？」

「さよう。医者がおらん村では、たびたびそのようなことが起こる」

初菜が柳眉を曇らせてうなずいた。

「医術を学んだ医者がこれほどあふれかえっているのは、江戸と京と大坂、長崎、それから藩のお城がある町くらいのものでしょう。宿場でさえ、よほど大きなところでなければ、まともな医者はおりません」

「拙僧はそのことが口惜しい。それゆえ、拙僧は仏道と按摩の術、薬草の扱いを身につけ、旅をしては貧しい村を訪ねておるのだ。畑に出れば鍬《くわ》を振るい、狩りも漁もして、肉や魚を皆と共に食する。破戒僧と罵《ののし》られようとも、かまわん。拙僧は一人、この道を歩むだけだ」

ももんじ鍋は、ふつふつと、よい香りをさせている。江戸では珍味や馳走として供されることの多い猪の肉だが、仙吉のような者にとっては、食わねば飢《う》える日々の食事だろう。

「岩慶さんは素晴らしいです。私も日の本を旅して、いろんな物事を自分の目で見てみたい。江戸にいてはわからないことを、知りたいです」

瑞之助の言葉に、岩慶はにかりと笑った。

「江戸のように豊かであることは、幸せなことだ。拙僧はそう思うぞ。江戸育ちの瑞之助どのがいちいち引け目を感じることはない。さてさて、湿っぽい話はしまいだ。ももんじ鍋の味見をしようではないか」

「獣の肉も薬膳ですよね。薬になるんでしょうか」

「なるとも。けがで体を痛めたときには、肉や魚を食らえば、治りが早くなる。食べ慣れておらぬ者は、脾をいたわるため、一度に多くを食べぬように心掛ける必要があるが」

初菜が口を挟んだ。

「妊婦や産婦も滋養をつけねばなりません。鯉《こい》のような魚や獣の肉は、そうした女の体にもよいといわれています。胎内の子を養うことも、赤子にお乳を与えることも、女にとっては己の身を削ることなんです。それは、血を流し続けるようなものですから」

「まことであるな。子を産むという一大事に関しては、あまりに多くの命が失われる。どうにか変えていかねばならぬことが山積みであるな」

いつくしむような岩慶の言葉に、初菜は素直にうなずいた。

「こたびこそ、わたしは江戸で、うまくやっていきたいと思っています」

夕餉の頃になると、広木は体を起こせるようになっていた。熱はまだ完全には引いておらず、目が潤んでいる。

「食べられそうですか」

瑞之助が夕餉の膳を運んでいくと、広木は笑った。

「一日寝っぱなしで朝も昼も食いっぱぐれたから、腹が減っている。いただこう」

「ももんじ鍋はお好きですか」

「猪か。あまり食ったことはないが、俺は何でも食うぞ」

味噌で味つけした汁は具だくさんだ。小梅村で採れた大根や人参などのほかに、今日摘んできた草蘇鉄も入っている。草蘇鉄はあくが少なく、さほど手を掛けずに食べられるのだ。ほかの野草や山菜は今日の夕餉には間に合わず、明日のおかずになるらしい。

湯漬けにした飯と一緒に、ももんじ鍋の椀を出すと、広木は嫌がりも恐れもせずに手に取って箸をつけた。湯気が広木の痩せた顔を撫でる。

一口、汁を吸った広木は、ああと息をついた。

「滋味がある。脂が甘いな。前に食った猪はくさみがあったが、今日のこれは香ばしいような、いい匂いだ。料理したのは岩慶さんか？」

「はい。初めに捌くところから、全部です」

「腕がいいんだな」

「できるだけ隅々まで食べてやりたいから技を磨いたのだ、と言っていました」

岩慶は、獲って捌いた獣の骨や皮、傷んで食べられない肉にさえ、暮らしの役に立つ使い道があるのだと言った。共に野山に出掛け、狩りをする次の機に、瑞之助も教わることになっている。

仙吉と別れた帰り道の岩慶は、獣除けのためにと、朗々とした声をずっと響かせていた。読経《どきょう》だった。

「獣を相手取って戦うのは骨が折れただろう?」

広木の言葉に、瑞之助はうなずいた。

「我ながらよく動けたものだと思います。四本の脚で踏み込んできますから、一撃が重いんですよ。刀が少し刃こぼれしてしまいました。研ぎに出さないといけません」

「そりゃまたご苦労なことだ」

ほろほろに崩れるほど柔らかく煮た猪は、歯応えのよいものを好む江戸っ子の口に合う料理ではない。しかし、まだ熱のある広木の胃腸にはこれがよいはずだ。

広木は次第に無口になった。それほど夢中になって食べている。

椀を空にしたところで、広木は、ほう、と息をついた。照れたように頰を搔く。

「ゆっくり休んだおかげか、腹の具合がいい。もうちっと食いたいが、おかわりはあるかい?」

「あります。鍋いっぱいに作ってあるんです。今、持ってきますね」

部屋を去る瑞之助の背中に、広木は言った。

「ありがとう。ここは居心地がいい」

瑞之助は振り向いて微笑んだ。

「よかった。ゆっくり休んでください」

かつて自分が弱ったときにしてもらったことを、誰かに返すことができる。それが嬉しかった。

東の棟を出ると、三日月が冴え冴えとして瑞之助を見下ろしていた。清らかに澄んだ、優しい光だった。

第三話　お面の下

一

初菜が先月出会った小間物屋のお江《ごう》のところに顔を出すことにしたのは、蛇杖院に居着いてから三日後のことだった。閏一月の五日である。

この一月の苦労は何だったのかと思うほど、蛇杖院の皆はあっさりと初菜を受け入れてくれた。医者という肩書を含めてのことである。

初菜は、医者が住む一の長屋に部屋をもらった。玉石が開いてくれた宴によって、女たちと親しくなった。西の棟を満たす珍品の数々には胸が躍《おど》った。

蛇の日和丸には驚かされたが、すぐに慣れた。黒いつぶらな目は珠《たま》のよう。つやつやした鱗肌は絹のよう。あくびをするように大きく口を開ける仕草は愛くるしくて、ついつい見入ってしまう。

玉石は冗談めかして言った。

「日和丸が蛇杖院でいちばん好ましい色男だ。賢く美しくて、余計な差し出口も利かん」

男が苦手な初菜も、これにはうなずいた。もしも日和丸が賢く美しくおとなしいままで人の殿方の姿をとるのなら、きっと初菜もすんなり受け入れられる。

今朝は出掛けに、桜丸と言葉を交わした。

「初菜、今日も外へ行くのですか」

しっとりとした声音は耳に心地よい。ずば抜けて美しい姿は、この世のものではないかのようにすら思える。羽衣をまとって地上に舞い降りた天女ではないか。

初菜はどぎまぎした。桜丸は、先日の宴に出てこなかった。あの場で話をすれば打ち解けられたかもしれないのに、その機は得られなかったのだ。

桜丸はまだ十八だというが、さっと紅を刷いた目元はひどく色っぽい。初菜は二十五にもなって、化粧の仕方もろくに知らない。顔の真ん中にある傷痕を疎んじるばかりだ。

初菜は会釈のふりをして目を伏せた。

「わたしのほうから出向かなければ、賀川流産科の医者がここにいることは、まだ誰も知りませんから。待っていても、わたしが手助けしたい人は、わたしを見つけてはくれないのです」

「まるで御用聞きですね」

「門前払いを食うこともしょっちゅうです。女の医者と名乗っても、男はもちろん女からさえ、信じてよいのかと疑われます。それでも、わたしには、なしたいことがありますから」

「玉石さまが大いに喜ばれていましたね。初菜の果たすべき大願は大変尊いものである、と。玉石さまは初菜の働きを期待しておられます」

「ええ、ご期待に応えねばなりません。今の世には、お産にまつわる多くの俗信がはびこっています。これによって命を落とした胎児が、赤子が、妊婦が、産婦が、今までどれだけいたことか。わたしは賀川流産科の医者として母と子の命を救い、より正しい知を広めていきたいのです」

桜丸がそっと膝を屈め、初菜の顔をのぞき込んだ。紅を差さずとも赤く艶やかな唇が、優しく微笑んでいる。

「気をつけて行ってらっしゃいまし」

「はい。行ってまいります」

桜丸に見送られて、初菜は蛇杖院を後にした。

正月五日、江戸の地を踏んだばかりの初菜は、往来で破落戸に絡まれている娘を助けた。それが小間物屋のお江である。年の頃は十四。丸顔で、頬のぽちゃっとした、愛くるしい娘だ。

落ち着き先が決まったら顔を出すとお江に約束して、すでに一月である。お江はずいぶん心配していたようだ。

おとないを入れると、お江は店先に飛び出してきた。目をきらきらさせて初菜の手を取る。

「ああ、よかった。初菜先生、住むところが決まって、これからお医者さまとして働くことができるんですね。蛇杖院は、悪い噂もあるけど、あの桜丸さまがいらっしゃるんだから、そう怖いところじゃないと思うんです」

「桜丸さんのこと、知っているのですね」

「もちろんです。あんなきれいな人、ほかにいないじゃないですか。憧れですよ！」

屈託なく喜んだお江は、それから顔を曇らせた。

初菜は先回りして問うた。

「心配事があるのですね。身重のお姉さんのことですか？」

「そうなんです！　初菜先生、聞いてください。近頃、お姉ちゃんの具合が優れないんです。お姉ちゃんったら、すっかり弱気になっちまってて」

「産み月は近いのでしたね」

「何事もなければ、来月です」

お江の姉のお絹《きぬ》は、実家があるのと同じ日本橋米沢町《にほんばしよねざわ》の質屋、大黒屋《だいこくや》に嫁いでいる。お江とお絹の母であるお徳《とく》と、大黒屋のおかみのおみつは、幼馴染みで仲が良い。お絹が大黒屋に嫁いだのも、母同士が若い頃からその約束をしていたためだ。

初菜はお江に連れられ、大黒屋に赴《おもむ》いた。

お江の実家の小間物屋と同じく、大黒屋もなかなかの身代であるらしかった。

間口は狭いように見えるが、奥へと進めば庭があり、蔵があり、離れもある。

「離れがお姉ちゃんのための産屋《うぶや》なんです。お産は清いものではないから、みんなが暮らすところから離してあるほうがいいいんでしょう？」

「体の外に流れ出した血は、確かに、清いものではありません。お産によって女の体は血を流し、そのために病にかかりやすくなりますから、産婦や赤子がきちんと療養できるよう、せわしないお店のほうから切り離されていることは正しいと思います」

「きちんと療養、ですか。やっぱり、そうですよね。お姉ちゃんの体、本当に大変なことになっているのに、横になってはならないなんて、そんなのは何だかおかしいですよね？」

「横になってはならないというのは、産椅《さんい》のことですね。妊婦や産婦は横たわってはならず、産後七日七晩を越えるまで、産椅と呼ばれる椅子に掛けたままにさせられ、眠ることも許されない。お絹さんも産椅を用いているのですか？」

お江は産屋へと初菜を案内しながら、ぷりぷりと怒っている。

「お姉ちゃんも産椅に座らされてますよ。お義兄《にい》ちゃんやおとっつぁんが張り切って、箪笥《たんす》みたいに上等な桐《きり》なんか使って、産椅を作らせたんです。日本橋でいちばん立派な産椅にするんだって、きんきらの錦まで張ってるんですよ。どう思います？」

「お祝いの品ということかしら」

「あんなもの、お姉ちゃんのつわりのときにろくすっぽお世話をしなかった男たちの身勝手です。背もたれに綿《わた》を詰めたって、あんな椅子に座って眠れるわけがない。お姉ちゃんがどれだけ苦労しておなかの赤ちゃんを養ってるか、男たちはわかってないいんだから」

初菜は腹を括《くく》りながら問うた。お江の答え次第では、闘わねばならないからだ。

「両家のおかみさんたちは何とおっしゃっていますか？」

お江は振り向いて、勝気そうな顔をした。

「もちろんお姉ちゃんの味方です。何がお姉ちゃんの体のためになるか、いちばんよくわかってるのは、お姉ちゃんのお世話をずっとやってるおっかさんたちだもの」

初菜はほっと息をついた。

「そうですか。それならよかった」

ちょうどそのとき、産屋の戸が開いて、中から二人の男が押し出されてきた。お江が初菜に耳打ちした。

「お義兄ちゃんとおとっつぁんです。おとっつぁんったら、また店を放り出してこっちに来ていたんだわ。産屋にはもう入らないでって言ってるのに、聞きやしない。娘に甘いというより、娘に甘えてるんですよ。困ったおとっつぁん」

男二人を外に追いやったのは、お徳とおみつだった。丸顔のお徳は、ぽちゃっとした頰を興奮のあまり赤く染め、夫に言い放った。

「いい加減にしてちょうだい。あんたに女の体の何がわかるっていうんですか！」

お江の父がたじたじになりながらも反撃する。

「しかし、産椅を用いねば、妊婦の頭に血が上ってしまい、体を損ねるというではないか。儂はお絹の体を心配して……」

「黙らっしゃい！　体がつらいと訴える娘を椅子に掛けさせて跪坐《きざ》のままほったらかしにして、倒れ込みそうな体を背もたれに括りつけるだなんて、何の責め苦です？」

「だから、そうすることで健やかな赤子が胎《はら》の中で育つと……」

「あんたは、このあたしが産褥《さんじょく》で死にかけたことを覚えていないのかい？　うちのおっかさんも厳しい人だったから、あたしは産む前から産椅に座らされたまんまで眠れやしなくて、いつ陣痛が来たんだかわからないくらいだったわ。朦朧《もうろう》としながらお江を産んだ後も、七昼夜、うとうとすることさえ許してもらえずにねえ！」

おみつも勢い込んでまくし立てた。

「死んじまいそうになっていたお徳さんを介抱したのは、このあたしだったわ。産婆はあれが普通だって言っていたけどね、たくさんの血を流して弱ってる人を寝かせもしないなんて、それが普通なわけがあってたまるもんですか！　いつだって元気なはずのお徳さんがあんなに弱って、ねえ、あたしはつらかったのよ！」

お江は初菜に告げた。

「あたしの下に妹か弟ができたこともあったんですけど、おっかさんのおなかの中で死んじまった。あたし、そのときのおっかさんの言葉が忘れられません」

「何とおっしゃったのですか？」

「あたしを産んだ後に寝ついちまったとき、おなかの中が壊れていく音が聞こえるっていう、そんな夢を見たんですって。あのとき体を損ねなければ産んでやれたかもしれないのにって、流れた子のために手を合わせながら、おっかさん泣いてました」

「そうでしたか」

「だから、おっかさんは産椅というものを憎んでるんです。あれに縛りつけられて体を壊したから、子を一人喪うことになったって」

かんかんになって怒鳴り散らすお徳とおみつが、ようやく初菜とお江に気がついた。

「あらあらっ？　お江、あんた、お客さまを連れてきたの？」

お徳の素《す》っ頓狂《とんきょう》な声に、男二人も振り返り、気まずそうにごまかし笑いをした。

お江が初菜を紹介した。

「こちら、船津初菜先生。おとっつぁんは前にもちょっと会ったわよね。初菜先生はお医者さまなの。おなかに赤ちゃんがいる女の人や、赤ちゃんを産んだばかりの女の人や、産まれたばかりの赤ちゃんを救ってくれる、女のお医者さまなのよ」

初菜は会釈した。

「賀川流産科医の船津初菜と申します」

「お姉ちゃんの具合を診てもらうために、初菜先生をお連れしたの。産椅をどうするのがお姉ちゃんのためになるのか、正しいことを初菜先生に教えてもらいましょ」

お江が宣言すると、一同は気圧《けお》されたようにうなずいた。

初菜は皆の目を見つめ返して言った。

「まずはお絹さんの診療をいたします。少し時をいただきますね」

おみつがにこりとして、初菜を手招きした。

「さあさ、中へどうぞ。散らかしておりますけれど」

「お気遣いなく。では、お邪魔いたします」

産屋は、戦《いくさ》の場だ。医術がなくては闘えないが、医術だけで闘うこともできない。

初菜は深く息を吸って吐いた。

空はどんより曇っている。遠慮がちな雷が、黒々とした雲の中で唸っている。

そろそろ臨月《りんげつ》を迎えるお絹は、ぐったりとして産椅の背もたれに寄りかかっていた。産屋の中は少し暗く、お絹の顔色がひどく沈んで見える。

初菜は焼酎で手を清めると、お絹の傍らに膝を進めた。

「こんにちは、お絹さん。お体、大丈夫ですか？　少しつらそうですね」

お絹は顔を上げた。お江とも似た丸い頬に、無理やりこしらえたようなえくぼができた。

「息が切れて仕方がないの。おなかの子に胃が押されて何も食べられないし、腰が痛くて、ときどきおなかが張るのもつらくて、背筋をしゃんと伸ばすことができないんです。ごめんなさい、お行儀悪くて」

「かまいません。ほかにつらいところはありませんか？」

「あの、あなたは？　お客さま？」

「わたしは医者です。あなたの体を診たいと思いますが、よろしいですか？」

お絹はうなずいた。

「女のお医者さんって、本当にいるんですね。お江が前にあなたのことを話してくれました」

初菜はお絹の首筋の脈を診た。思わず眉をひそめる。

妊婦の脈は速く、はっきりと打つものだ。が、お絹の脈は妙に沈んでいる。血が十分に巡っていないようだ。

「今すぐ横になってください。我慢することを美しいと称えるのは、大人の身勝手です。おなかの中の赤子には、そんなものは通じません。お絹さん、我慢してはいけません。体がつらいのでしょう？　横になってください」

　お絹は苦しげに問うた。

「本当に、そうしてもいいんですか？　産椅をきちんと使わなけりゃいけない、さもないと妊婦の頭に血が上って赤ん坊が死んじまうって、世間では言われてるのに」

　初菜はきっぱりと言い切った。

「産椅にまつわる習わしは、近年になって広がった誤りです」

「誤りですって？」

「ええ、誤りなんです。五十年ほど前に、賀川玄悦《げんえつ》先生という医者がそのことについて調べ、世に明らかにしました。産椅を用いる根拠など、古今東西の医書をあたっても、どこにも書かれていないと。それなのに、年々口づてに広まってしまっている悪習であると」

　初菜はお江の手を借りて、お絹を布団に横たえた。左を下にした格好である。この体勢ならば、下腹から心ノ臓へと戻る血の流れを妨げない。血が滞りなく巡ると、息が楽になることが多いのだ。

しかし、お絹は今なお苦しげに喘《あえ》いでいる。首筋には脂汗がにじんでいる。

初菜はなるたけお絹の気持ちを傷つけないよう、そっと尋ねた。

「お絹さん、鎮帯《ちんたい》を解《と》かせてもらってもいいでしょうか？」

「これも駄目なのですか？」

お絹の腹の最も膨らんだところを締めつけるように、細い綿の帯が食い込んでいる。これが鎮帯である。

鎮帯は、胎児の気の逆上を鎮めるためのものとされている。胎児の気が上ってしまえば、妊婦の心ノ臓や肺や頭に障りを起こすというのだ。

妊娠五月《いつつき》になると、胸と腹の境のあたりを綿の帯できつく締め、胎児の気の流れを断つ。腹があまりに大きい妊婦はみっともないから鎮帯で押さえるべし、という言い分も世に広がっている。

鎮帯は、神功《じんぐう》皇后が三韓を制したときの逸話にちなむものだ、という説が世に流れている。

戦に臨んだ神功皇后は子を身ごもっていた。大きくなった腹では鎧《よろい》を身につけられず、代わりに石を挟んだ帯を作って腹に巻いた。凱旋して後、やがて応神《おうじん》天皇となる元気な男児が生まれたという。

強い女の逸話にあやかりたい気持ちは、初菜にもわかる。だが、体のためになしてよいことと悪いことの別はきちんとつけるべきだ。

鎮帯や帯祝いについて記されているのは、儀礼にまつわる書物ばかりである。古今東西の医書には、どこを探しても、鎮帯が妊婦や胎児を健やかにするとの記述はない。

お絹は泣き出しそうな顔をした。

「あたし、こんなにおなかが大きくなって、みっともないでしょう？　鎮帯で押さえてなけりゃいけないんじゃないかしら」

「お絹さん、大丈夫ですよ。おなかが出るか出ないかは、生まれ持った体の質によって、一人ひとり違うのです。お絹さんとわたしでは、目の形や大きさが違うでしょう？　お絹さんとお江さんの目は、似ているけれど違うでしょう？　人の体はすべて、そういうものですよ。一人ひとり違っていいんです。お絹さんのおなかの大きさは、大丈夫です」

初菜はお絹の腹を撫でた。胎児の形を手のひらに感じる。さかさまになって、ゆるりと丸めた背中をこちらに向けた格好だ。

ぐいっと、胎児が動いた。まるで初菜の手を押し返そうとするかのようだ。

お江が急き込んで訊いた。

「おなかの赤ちゃん、大丈夫ですか？」

初菜はうなずいた。

「ええ、とても元気です。体の大きさも十分だし、形もしっかりしています」

「よかった。ねえ、お姉ちゃん。今ならまだ赤ちゃんは元気なの。でもね、お姉ちゃんが病にかかっちまったら、赤ちゃんだって無事じゃいられないかもしれないのよ。あたし、そんなの嫌。お姉ちゃん、意地を張らずに正直に言って。鎮帯、苦しくない？　解いちゃ駄目？」

お絹は涙をこぼした。

「苦しい。苦しくて痛いの。初めに締めたときからずっと、押さえつけられて苦しくて、ものが食べられなくて、血が止まるみたいで、おなかの子が大きくなってきたら、ますますよ。ずっとお通じもない。もう嫌になるわ。でも、こんなこと、言っちゃいけないと思ってた」

「ちゃんと言ってよ！」

「言えないわよ。だって、女なら皆、我慢するもんでしょ。弱音なんか吐けない」

お江が、ぱっと動いた。お絹の鎮帯を素早く解いたのだ。お江は涙目で初菜を見た。

「初菜先生、お願い。お姉ちゃんの体が楽になるような薬を出して」

「わかりました。滋養の薬やお通じの薬を処方しますね」

「ありがとう、初菜先生」

お絹が不安そうにした。

「そんな、お薬だなんて。女なら誰でもお産をするんですよ。病ではないのに、お薬に甘えるのは心苦しいわ。かかりも必要になるでしょう?」

初菜はかぶりを振った。

「赤子を身ごもることとは、病を得てしまうこととはまったく違います。けれど、妊娠によって体の具合が損なわれてしまえば、病のときと同じく養生を必要とします。甘えなどと言ってはなりません。かかりは心配しないでください。玉石さまが出してくださいますから」

玉石の名を出すと、お江を除く皆が、えっと声を上げた。

お徳が目を剝いている。

「玉石って、蛇杖院の女主じゃないの！　そ、それは、本当に大丈夫なのかしら？」

　お江は頰を膨らませた。

「もうっ、おっかさんったら。たかが噂話に振り回されるなんて、よくないわ。桜丸さまだって蛇杖院にいらっしゃるけれど、相変わらずお美しいし、お力だって衰えていないのよ。初菜先生を信じて」

「そう……そうよね。ええ、そうですとも。お絹を苦しみから救ってくれるのなら、蛇杖院だろうが鬼《おに》ヶ島《しま》だろうが、何だってかまいません。ねえ、おみつさん」

「もちろんだわ。お絹ちゃんの体がよくなって、元気な赤ちゃんが生まれてくることが、あたしたちの願いだもの。願いを叶えるために、どんな手だって打ってやりましょう」

　心を決めた様子でうなずき合ったお徳とおみつは、お絹の枕もとに飛んできた。二人揃って初菜に頭を下げ、くれぐれもよろしくと頼むと、戸口のほうを睨んだ。こっそり開けた戸の隙間から、男たちがこちらをのぞいていたのだ。

　初菜は皆を見回しながら、ゆっくりと説いた。

「せっかくのお祝いの品を悪く言ってしまってごめんなさい。産椅も鎮帯も、強い子が生まれるようにという願いが込められた品です。けれど、これらによって命を落とした母子は枚挙にいとまがありません。そのことをこうしてはっきり告げるのが、医者としてのわたしのやり方なんです」

　お絹の夫がぶるっと震えた。

「産椅と鎮帯のために、お絹が死んじまうかもしれないんですか？　あんたは医者として、そうやって死んじまった女を見てきたってんですか？」

　初菜はうなずいた。

「幾人も見てまいりました」

「何てこった……」

　初菜が修めた賀川流産科術は、およそ百年前、賀川玄悦が興したものだ。玄悦は、もとは医者ではなかった。鋳物屋と按摩の仕事で身を立てていたところ、隣家のお産の手伝いに呼ばれ、難産の妊婦の命を救った。それが賀川流産科術の始まりだった。

　玄悦は医書を学んだことがなかった。それがかえって幸いした。

　漢方医術においては、妊娠や出産にまつわる誤りが、正されることなく連綿と伝えられてきた。そのため、医書から入ってしまえば、誤りを正しいものとして信じ込み、間違った診療をおこなうことになる。

例えば、胎児の姿勢だ。従来の医書によれば、胎児は頭を上にし、母と同じほうを向いているものとされていた。胎児が頭を下にするのは、産まれる間際になってのことと言われてきたのだ。

実のところ、多くの胎児は妊娠して五月ほどの頃にはもう、頭を下にした格好で母の胎内に納まっている。顔は、母と向き合っている。

玄悦は優れた按摩の技により、妊婦の腹越しに胎児の姿を確かめた。そして、長年にわたって信じられていた誤りを正した。

学のない按摩師が何を言うのか、と蔑《さげす》まれることも多かったという。だが、玄悦は人に慕われた。玄悦の診立てこそが正しく、玄悦の技によれば難産の妊婦も救われる。一つひとつ信を積み重ねるうち、玄悦のもとには弟子が集っていた。

初菜は努めて顔つきを和らげ、言った。

「賀川流産科術は、母と子を救うための知の一統であり、手指を使った技そのものです。習わしに逆らうことで恐ろしい思いをさせてしまうかもしれませんが、どうか、わたしの申すことをお信じください」

お絹が初菜の手を取り、涙交じりに答えた。

「信じます。だから、あたしがちゃんと赤ん坊を産めるように、助けてください。それから、あたし、言っちゃいけないことをおつねちゃんに言っちまったの。初菜先生、おつねちゃんのことも助けてあげて」

「おつねちゃんとは？」

「友達なんです。この間、帯祝いをして鎮帯を締めるようになって、手紙には体がつらいって書いてあった。あたし、我慢しなけりゃいけないよって返事を出したんです。あたしのせいで、おつねちゃんが苦しんじまうかもしれない」

おつねはお絹の幼馴染みで、簪職人の娘だという。お絹が嫁いだのと同じ頃に、深川佐賀町にある小間物屋の若旦那に見初《みそ》められ、若おかみになった。若旦那はおつねを大事にしているが、いくぶん不釣り合いな縁組であるせいか、姑がひどく厳しいらしい。

初菜はお絹の訴えを聞き、小間物屋の場所と名前を紙に書きつけて、薬箱にしまった。

「わかりました。おつねさんのところにも、後日まいりましょう」

「ありがとうございます。おつねちゃんによろしく言っておいてください」

お絹は泣き笑いの顔をして、そっとおなかに手を当てた。

妊婦が胎児の名を呼んで微笑みかけるときの優しい声と手つきが、初菜は好きだ。母も子も守ってあげたい、持てる限りの力を尽くしたいと、心の底からそう思う。

二

深川佐賀町の料理茶屋、燕屋から手紙が届いた。

差出人は、あの九郎兵衛である。

初めに手紙を見た桜丸は、捨ててしまいなさいと激高した。それをなだめて、登志蔵が手紙を読んだ。

「お座敷遊びの誘いだ。人気の辰巳《たつみ》芸者を呼んで、趣向を凝らした演目を披露してもらうんだと。おお、こりゃすげえ」

「芸者ですか」

「瑞之助はそういうのに疎いよな。鴉奴《からすやっこ》って辰巳芸者、知らねえか？」

「知りません。有名なんですか？」

「有名も有名、すげえ人気の芸者だ。まだ十八の若さだが、唄も三味線も抜群にうまい。情念がこもってるんだ。しかも、姿を見せずに歌う。それでいて、美人の芸者よりもそそる唄を歌ってのける」

「姿を見せないんですか。芸者は、着こなしや髪型や化粧がいかに粋《いき》であるか、そういうところでも人気を競うものなんでしょう？　鴉奴さんという人は変わっていますね」

「そうそう、変わってるところがいいんだよ。自分と同じ御高祖頭巾《おこそずきん》をかぶった影武者をずらずら引き連れていたり、鴉奴自身が幇間《ほうかん》に扮装したりで、客はもちろん茶屋の者でさえ、鴉奴の顔を知らねえんだ」

珍しいものが好きな登志蔵には、変わり者にして芸事の巧者である鴉奴はたまらないのだろう。くっきり大きな目をきらきらと輝かせている。

「でも、なぜ顔を見せないんでしょう？」

「いろんな噂がある。顔に傷があるとか、とんでもない醜女《しこめ》だとか、むしろ絶世の美女だからこそ顔を見せずに唄だけで勝負したいんだとかな。それから、角が生えてるとか、生えてるのは猫の耳か兎《うさぎ》の耳なんだとか、口が裂けて牙があるとか、目がギラギラ光ってんだとか」

登志蔵の声を聞きつけた真樹次郎が長屋のほうから出てきた。

「騒々しいな。何事なんだ」

「おう、お真樹も行こうぜ。深川で人気の芸者の唄が聴けるぞ」

「誘う相手を間違えてるな。興味がない」

「たまには一緒に遊んでくれよ。燕屋の九郎兵衛からのお誘いだ。むろん、九郎兵衛の奢《おご》りだぜ。ただで人気の芸者の唄が聴けて、しかも、うまいものが食える。いいじゃねえか」

　真樹次郎は顔をしかめた。

「ただより高いものはないと言うぞ。何なんだ、その怪しげな誘いは。迷惑をかけた詫びにということか？」

「いや、そんな文言は一言もない。あの男が深く恥じ入ったりなんかしたら、逆に怪しいぜ。あの男はきっと、俺たちと会っても、何事もなかったかのように振る舞うだろうよ。それほど大きな騒動を起こしたと思っていない。思うことができない。そういうやつだ」

　瑞之助は、広木との話を思い出した。盗みを病だと言った老人がいたという。暮らしに困っていないのに、病の発作を起こすかのように、役にも立たないものを盗む老人だったそうだ。

「九郎兵衛さんは、盗みを恥じていない？　この誘いにも他意はないということですか」

「おそらくな。もしまた何かあれば返り討ちにして、次こそお白洲《しらす》の裁きを受けてもらやあいい。だからさ、お真樹も瑞之助も一緒に行こうぜ」

真樹次郎は煮え切らない様子だ。

「どうして俺まで巻き込むんだ。二人で行ってくればいいだろう」

「たまにはお真樹も外に出ろよ。引きこもってちゃ体に毒だ」

「引きこもっているわけじゃあない。毎日、湯屋には行っている」

「湯屋だけじゃねえか。駄目だ駄目だ。たまには遊んで、大いに驚いたり笑ったりするのも必要だぜ。さもねえと、心が死んじまう」

「馬鹿を言え。いつ急な病で駆け込んでくる者がいるかもわからんのに、ほっつき歩いていられるか」

「蛇杖院には桜丸も玉石さんもいるし、今なら岩慶が帰ってきている。お真樹が一日くらい外に出ていても、どうにかなるって。なあ、瑞之助」

水を向けられた瑞之助は同意した。

「私も、真樹次郎さんもたまには休んだほうがいいと思います。働きづめじゃないですか」

「瑞之助、ひとごとのように言うな。このところはおまえのほうが動き回っているだろう。源弥を蛇杖院で預かっていた頃よりは、たまに呼ばれて宮島家へ行くようになった今のほうが、いくらかゆとりができたようだが」

登志蔵は、瑞之助と真樹次郎の肩を両腕で抱き寄せた。

「よし、それじゃあ二人とも連れていってやる。損はさせねえよ。鴉奴の唄はすげえからさ！」


三日後、瑞之助は登志蔵と真樹次郎と共に深川佐賀町へ足を運んだ。昼は適当な小料理屋で腹を満たし、燕屋に赴いたのは昼八つ頃である。

下《しも》ノ橋《はし》の南に建つ燕屋は、近頃人気の料理茶屋だ。店構えはさほど大きくないものの、新しさを感じさせる趣向の料理、気配りの行き届いたもてなしに、調度や器は深い色に揃えてあって、何もかも実に粋だ。

店先でにこにこと出迎えた九郎兵衛は、登志蔵が言ったとおり、恐れ入った様子はかけらもなかった。まるで年来の友を招き入れるかのような、屈託のない笑顔である。

瑞之助は登志蔵に耳打ちした。

「先日痛い目に遭ったというのに、私たちのことを遠ざけようともしないんですね」

「見事な鉄面皮だよな。大八車で送り届けたときはさすがにおとなしくなっていたんだが、二日ほど後に忘れ物を届けに行ったときにはもう、立ち直ってへらへらしていやがった」

「忘れ物があったんですか」

「値の張りそうな煙管《きせる》だよ。金象嵌《きんぞうがん》で名前が入ったやつだ。そういう品を持てるってのに、なぜ盗みなんぞやっちまうのかねえ。まあ、九郎兵衛の姉はまともな人みたいで、お詫びやらお礼やら袖の下やら、いろいろ押しつけてくれたが」

「受け取ったんですか？」

「もちろん受け取ったさ。玉石さんがもらっておけって言ってたからな」

瑞之助は何とも言えない気持ちで、にこにこする九郎兵衛を見やった。真樹次郎はむっつりと黙り込んでいる。

だが、登志蔵はからりとした笑みをこしらえ、上機嫌の九郎兵衛に調子を合わせた。

「深川でも人気の燕屋に招いてもらえるとは光栄だ。しかも、あの鴉奴の唄を間近に聴けるんだって？　楽しみだな」

今日も九郎兵衛は小洒落た格好をしている。品よく遊び慣れた風で、人が好さそうな印象でもある。手癖の悪さを微塵も感じさせないだけに、瑞之助はなおさら、わけがわからなくなる。

九郎兵衛はうきうきと声を弾ませた。

「実はですね、今日皆さんにお楽しみいただくのは、鴉奴の唄だけではないんですよ。ある人を呼んでいるんです。この人がまた、目覚ましい芸の持ち主なんですよねえ」

「ほう、鴉奴の向こうを張るほどの芸の持ち主かい？」

「もちろんです。この人を招くことができたからこそ、鴉奴もうちで歌うことに首を縦に振ってくれたんですから」

「鴉奴がそこまで入れ込むとはな。気難しいって噂だろう？　どんなに金を積まれても、身請けの話は蹴っちまう。あたしは金を稼ぐために歌ってんじゃねえんだ、歌いたいから歌ってんだって、啖呵《たんか》を切ったんだってな」

「ええ。鴉奴は芸事を究めることに夢中のようですからねえ。いやあ、潔くて格好いい」

「辰巳芸者の鑑《かがみ》だな。それで、もう一人の芸事の巧者というのは何者なんだ？」

九郎兵衛は、口の前に戸を立てる仕草をしてみせた。

「今は皆まで言わずにおきましょう。長崎から招いたお客さんなんですよ。あたしが好いて好いてたまらない、実に珍しいものでして」

「そうかい。あんたの好きなものといえば、オランダ渡りの珍品か？」

笑った顔のまま、登志蔵はさりげなく刀の柄《つか》に手を触れた。両目に宿る光が、ぎらりと強くなる。

九郎兵衛のそばではらはらと見守っていた老人が、慌てて前に出てきて、ぺこぺこと頭を下げた。

「どうぞ坊ちゃまをお許しください。これでも厳しく言い聞かせてはおるのです。今後は金輪際《こんりんざい》、手前どもの目が届かないところへ坊ちゃまを一人で出歩かせることはいたしません。ご迷惑はおかけいたしませんので、何卒、何卒……！」

九郎兵衛が老人に、爺や、と声を掛けた。のほほんとした顔つきである。

以前、九郎兵衛が盗みについて詫びたのは、刀を抜いた登志蔵への恐怖に駆られてのことだったのだろう。反省したわけでも罪を悔《く》いたわけでもなかったのだ。苦労のにじむ爺やの様子を、瑞之助は哀れに感じた。

座敷に案内されながら、登志蔵がぼそりと言った。

「人はさ、己の罪をまっすぐ見ないようにできてんだ。罪の大きさを正しく測れる者はいない。でかく見積もりすぎるやつもいれば、罪を罪だと感じられないやつもまれにいる。何にせよ、そのあたりの尺度が似通った相手とでなけりゃ、真に仲良くすることなんてできねえよ」

いつも晴れやかに声を張り上げている登志蔵の、低く押し殺したつぶやきだった。瑞之助は思わず、真樹次郎と目を見交わした。

登志蔵は、腰に差した守り刀に触れている。梅の模様が描かれた、女持ちとおぼしき短刀である。漆黒の拵にまとめた愛刀、同田貫は、玄関のところで店に預けた。瑞之助の刀も同様である。

いつになく厳しく冷たい登志蔵の様子に、ふと瑞之助は悟った。

登志蔵が飄々として九郎兵衛と接することができるのは、初めから突き放しているからに違いない。そもそも信じてなどいないのだ。だから、仮に裏切られたとしても、胸に痛みを覚えることもない。

自らの手で裁くべき敵とみなせば、きっと、登志蔵は相手を斬ることができるのだろう。瑞之助はそう感じた。

登志蔵は瑞之助に、来し方のすべてを語ってくれてはいない。日頃は明るく振る舞う登志蔵だが、いかんともしがたい屈託が、ふとした弾みに垣間見《かいま》えることがある。


座敷はこぢんまりとしていた。

手前の半分が客のための場であり、向こう側は舞台になっている。

舞台の下手には、黒く塗られた蚊帳《かや》が吊られている。中には人が幾人かいるようだが、蚊帳は透けず、着物の色さえはっきりしない。

瑞之助は登志蔵に耳打ちした。

「きっとあの蚊帳の中に鴉奴さんがいるんでしょうね」

登志蔵はうなずいた。その目に楽しそうな輝きが戻っている。

並べられたお膳は七人ぶんだ。瑞之助たち三人と九郎兵衛に、あとの三人は九郎兵衛の朋輩《ほうばい》であるらしい。遊び人風の朋輩たちは、すでに座敷に揃っていた。

お膳にあるのは酒器ではなく、茶器である。燕屋の小女がてきぱきと茶を淹れた。茶器は、くろがねのような艶《つや》と色味の焼き物だ。

真樹次郎が、ほう、と感嘆《かんたん》の声を上げた。

「唐津《からつ》焼か。いい品だ」

九郎兵衛が真樹次郎のほうへ身を乗り出した。

「よくおわかりで。渋くて格好いいんですよねえ、唐津焼」

真樹次郎は嫌そうな顔をしてそっぽを向いた。

蚊帳の中から、びぃんと、三味線をつま弾く音がした。弦を調《ととの》えているのだろう。大小の鼓《つづみ》を抱えた幇間たちが座敷に入ってきて、蚊帳の傍らに腰を落ち着けた。

茶の供にと配られた菓子に、瑞之助は目を見張った。

「西洋の菓子ですか？　きれいな色をしていますね」

登志蔵はうなずいた。

「カステイラだ。卵と砂糖、小麦をひいた粉で作るらしい」

「でしたら、この黄金色は卵の色なんですね」

手に取れば、カステイラはふわふわだ。少し千切って口に入れる。舌ざわりはしっとりして、ほろほろと甘くとろけた。卵の風味もいい。

こういう味は幼子が好きかもしれない、と瑞之助は思った。おうたが喜びそうだ。それに源弥も、小さく千切って与えれば食べられるだろう。

茶で口を湿しながら、瑞之助はそっと苦笑した。すっかり源弥にほだされている。どこにいても何をしていても、源弥がこの場にいるならば、と考えてしまう。

あっという間にカステイラを平らげた登志蔵は、ぺろりと指先を舐めた。

「鴉奴は、いつもおもしろい趣向の演目を用意するんだ。俺が人づてに聞いたことがあるのは、影絵だ。鴉奴が歌う。その唄に合わせて、職人が切絵細工の人形に光を当てて、生きているかのように動かす。客は、障子に映った影絵の芝居を観るって寸法だ」

真樹次郎が応じた。

「顔を知られていないという謎めいたところだけでなく、奇抜な趣向で客を楽しませるのも、鴉奴の人気の秘密らしいな」

「何だ、お真樹も興味があるんじゃねえか」

「俺は日々、病者と向き合っているからな。流行り物の話を聞くことも多い」

不意に部屋が暗くなった。庭に面した障子がすっと閉ざされ、さらに、障子が黒い布で覆われたのだ。

明るさに慣れていた目は、暗がりの中で一瞬、何も見えなくなった。

次の瞬間、声が、瑞之助の胸を貫いた。

「神と君との道すぐに、神と君との道すぐに、治まる国ぞ久しき」

伸びやかな女の声だ。しっかりと太く芯があって、力がある。そしてまた、若くみずみずしい。暗がりにかすんだままの瑞之助の目に、ぱっと、鮮やかな春の色が思い浮かんだ。

「若菜摘むとて、袖引き連れて、思ふ友どち好い仲好い仲」

演目は『春《はる》の調《しらべ》娘《むすめ》七種《ななくさ》』である。もとは歌舞伎狂言の『寿《ことぶき》曽我《そが》対面《のたいめん》』に用いられた唄で、仇討ち物で有名な『曽我物語』の一幕を演じるものだ。

舞台に明かりがともった。

目が利くようになった途端、客がどよめいた。

明かりをともしたのは、二体の人形だった。いずれも背丈は二尺に満たないだろう。片方は色白の、もう片方は浅黒い、よく似た面差《おもざ》しの若い男の人形だ。

色白のほうは千鳥模様の裃《かみしも》をつけている。浅黒いほうの裃は蝶《ちょう》の模様だ。

瑞之助は感心した。

「あの人形は、曽我十郎《じゅうろう》と弟の五郎《ごろう》なんですね。よくできた人形だ」

曽我兄弟が父の仇を追って正月の宴に紛れ込み、芸人のふりをする。その場面で歌い踊られるのが『春の調娘七種』である。

二体の人形は互いを見つめてうなずき交わすと、唄に合わせて踊り出した。用心深くあたりに視線を走らせながら、背中に隠していた鼓を取り出し、拍子をとって打ち始める。

人形の仕草と、蚊帳の傍らに控えた幇間たちの鼓の音が、ぴたりと合った。まるで二体の人形が、いや、二人の若武者が幇間に身をやつし、鼓を打っているかのようだ。

登志蔵が感嘆して手を打った。

「すげえ。ぜんまい仕掛けのからくり人形のようだが、一体どれほど細かい仕掛けを組み上げたら、こんな凄まじいものが作れるんだろうな。そういやあ、聞いたことがあるぞ。長崎には、西洋の時計作りの技から天啓を得た、とんでもない人形師の一門があるって」

三味線の音は迷いがなく、突き抜けるように大きい。

それを圧するほどに、歌う鴉奴の声は響いている。並みの芸者であれば、二人がかりでもこれほど大きな声を出せないだろう。といって、がなり立てているのではない。

物語を歌う声は柔らかく、しなやかだ。その声に包まれていると、何とも心地よい。

人形の動きがまた見事である。どこかおっとりとした十郎の人形は、なめらかな仕草で小鼓を打つ。荒事役で知られる五郎の人形は、大鼓を打ちながら身を弾ませる。

十郎と五郎の兄弟は、身命を賭しても仇討ちを果たそうと考えている。一方、周囲の人々はどうにかして引き留めようとする。兄弟の仇である工藤祐経《くどうすけつね》は、征夷大将軍となった源 頼朝《みなもとのよりとも》の側近だ。たやすく討てる相手ではない。

宴席で祐経の隙をうかがう曽我兄弟の前に、源義経《よしつね》の愛妾《あいしょう》であった静御前《しずかごぜん》が現れる。静御前は、正月に女がなす仕事である「なずな打ち」を始める。

とんとんとん、と、なずなを打つ包丁のように、鼓が打ち鳴らされる。二体の人形は滑らかに身を躍らせる。仕草の一つひとつから情感が見て取れる。

「あの人形、本当にどんな仕掛けなんでしょうね」

瑞之助の疑問に、身を乗り出した登志蔵が答えた。

「ちっともわからねえな。噂だけは聞いていたんだよ。長崎のその一門が作るからくり人形は何でもありなんだってな」

「何でもありですか」

「花火でも爆竹でも水鉄砲でも、矢や鉄砲みたいな飛び道具でも、とにかく何でも、あっと驚く仕掛けをするのが得意なんだそうだ。ああやって人形が自在に動き回るなんてのは序の口さ。大したもんだ」

息さえしているように見える人形たちの舞を、鴉奴の生き生きとした唄が彩っている。

上手に歌えることと心に響く唄が歌えることとは、まるで違う。瑞之助もひととおり芸事を叩き込まれているからわかる。鴉奴は、聴かせる歌い手だ。鴉奴の歌声は、耳ではなく胸へと、じかに飛び込んでくるかのようだ。

技が優れるだけならば、鴉奴より上がいるのかもしれない。もっと細かな三味線の弾き方ができる者も、もっと高い声で歌える者もいるに違いない。

だが、そうではないのだ。鴉奴の歌声の値打ちは、三味線や唄が譜のとおりに正しいかどうかだけでは、決して測り得ない。

真樹次郎がささやいた。

「うまいな。凄まじい」

暗がりに慣れた目で真樹次郎のほうをうかがえば、横顔は晴れやかだ。めったにないほど力の抜けた表情をしている。

逆のほうから袖を引かれた。登志蔵が瑞之助に耳打ちした。

「お真樹のやつ、楽しんでるじゃねえか。駕籠医者の家柄のお坊ちゃんだもんな。唄も三味線も芝居も、昔はけっこう好んでいたそうだ。噂だけどな」

「それを知っていて、真樹次郎さんも誘ったんですか」

登志蔵は、内緒だぞ、と言わんばかりに、手で自分の口を押さえてみせた。


曽我兄弟の人形が黒い蚊帳の内側へと辞した後も、目の覚めるような演目が次々と披露された。

鴉奴は生き生きと、高く低くしなやかに歌う。その見事な唄が紡《つむ》ぎ上げる物語を、からくり人形が舞い踊る。

辰巳芸者は、威勢がいいのが売りだ。男勝りな羽織をまとい、冬でも素足《すあし》。媚びた振る舞いをせず、芸は売るが色は売らない。

鴉奴の歌声は、辰巳芸者の心意気そのもののように格好いい。瑞之助より若い娘が歌っているはずだが、思わず、格好いいという言葉が口をついて出てしまう。

演目も曽我兄弟を始めとして、源義経に武蔵坊弁慶《むさしぼうべんけい》、楠木正成《くすのきまさしげ》、獅子舞に龍踊と、勇ましさを感じさせる。

女を歌う唄もあったが、これがまた一筋縄ではいかない。恋い焦《こ》がれるあまり蛇と化して男を焼き殺す清姫《きよひめ》や、いとしい吉三郎《きちさぶろう》に会いたいがために大火事を起こしたお七《しち》と、凄まじい情念に満ちたものばかりだ。

瑞之助は心地よく酔いしれていた。

それが唐突に途切れた。

唄がやんだのだ。びよん、と三味線がおかしな具合に鳴って、それきり沈黙した。

何とも言えない間が落ちる。瑞之助は戸惑い、真樹次郎や登志蔵と目を見交わした。人形だけが、じりじりと、ぜんまいの音を立てて舞い続けている。

蚊帳の中で若い女の声がした。

「鴉ちゃん？　鴉ちゃん、どげんしたと？　ねえ、鴉ちゃん！」

切羽詰まった調子である。

ぱっと立った登志蔵が障子のほうへ走り、布の覆いを外した。部屋に光が差す。障子を開け放った登志蔵は、張りのある明るい声を上げた。

「皆の衆、怖がらなくていい。ほら、部屋が暗いから不安になるんだ。今は真っ昼間だぜ、そう恐れるもんじゃねえさ」

蚊帳の中から若い女がそろりと出てきた。

「あの、お医者さまば呼んでいただけんでしょうか？　鴉ちゃん……鴉奴さんが、急に倒れなったとです」

不安のささやきに座敷がざわめく。

九郎兵衛だけは、のほほんとしている。

「あら、それは大変なことですねえ。でも、ちょうどいい。こちらに蛇杖院のお医者さんたちがいるから、力を貸してもらいましょう」

九郎兵衛の朋輩たちや店の小女《こおんな》たち、鼓を打っていた幇間たちが、一斉に声を上げた。真樹次郎の向かいに座っている男は、勢いよくのけぞるあまりお膳を蹴倒した。

真樹次郎はいまいましげに舌打ちをした。登志蔵はおどけた様子で一礼した。

瑞之助は、あちこちから向けられる奇異や敵意のまなざしにいたたまれなくなって、身を縮めた。

医者を求めた女は、座敷の様子にきょとんとした。訛りから察するに、女は長崎から招かれた人形師だ。江戸の噂に疎く、蛇杖院のことを知らないと見える。女は気を取り直したように、こちらへ、と手招きした。真樹次郎が立ち上がるのと登志蔵が歩き出すのと、同時だった。瑞之助は慌てて二人の後に続いた。

ひそひそと、嫌なささやきが瑞之助の耳に入ってくる。

九郎兵衛の朋輩の一人が聞こえよがしな声を上げた。

「鴉奴に何かおかしなことが起こったようだけど、あいつらのせいじゃないのかい？　蛇杖院には毒がしこたまため込んであるんだろう？」

瑞之助は思わず振り向いた。九郎兵衛の三人の朋輩はにやにやと笑い合っている。

真樹次郎が鼻で笑った。

「瑞之助、ああいう手合いは捨て置け。気を遣うだけ無駄だ。己をすり減らすな」

登志蔵も飄々《ひょうひょう》と言い放った。

「そういうことだ。蛇杖院の名に懸けて、誠心誠意、治療に尽くそうぜ。それが俺たちの役目であり、誉れでもあるのさ」

蚊帳から出てきて救いを求めた女は、手短に名乗った。

「人形師の宇麻《うま》と申します。燕屋さんのお招きで、長崎からまいりました」

まだごく若い。二十を超えるか超えないかに見える。十八の鴉奴とさほど変わらない年頃だ。

三

登志蔵が、ほう、と声を上げた。

「見事な人形だったが、おまえさんみたいに若い人が作って操っていたのか」

「はい。あの、本当は兄弟子たちのほうが有名ばってん、鴉ちゃんが、ぜひとも宇麻をと、あたしば名指ししてくれたとです」

訛り交じりで答えたお宇麻は、肌の色こそ白いのに、どことなく垢抜《あかぬ》けない感じがした。着物のせいなのか、髪型のせいなのか、瑞之助の目には判じがたい。

燕屋の若おかみが知らせを受けて飛んできて、人払いをした。九郎兵衛もその朋輩たちも、店の小女も幇間も、出ていくように告げられた。

座敷に残っているのは、瑞之助たちとお宇麻と蚊帳の中の者たちである。若おかみは、閉ざした障子のすぐ外で見張りをしている。

お宇麻はちらりと背後の蚊帳を見やった。

真樹次郎がそちらを指差した。

「あの蚊帳の中に鴉奴がいるんだな」

「はい」

「倒れたときの様子は？」

「唄と三味線がいきなり途切れて、びっくりして鴉ちゃんのほうば振り向いたら、ぐったり倒れとりました。あの、あなたがたはお医者さまですよね？」

「俺は堀川真樹次郎。漢方医だ。そっちの派手な男は鶴谷登志蔵。蘭方を修めている。こいつは見習いで、長山瑞之助という」

「さっき、毒とか何とか言われよったでしょう。どげん意味です？」

「俺たちは蛇杖院という診療所に住み込んでいる。蛇杖院の医者は変わり者揃いのために悪評が立ちやすいんだ。しかし、腕は確かだと自負している」

「なるほど。わかりました」

「鴉奴の具合を診てやりたいが、かまわんだろうか？」

お宇麻は顔を上げた。近くで見れば、頬にそばかすが散っている。お宇麻は利かん気そうな目をすると、両腕を広げた。通せんぼである。

「鴉ちゃんの顔ば決して見らんと約束してください」

真樹次郎は唸った。

「それは難しいな。俺は漢方医だ。病者がどんな証を呈しているかにもよるが、まぶたや鼻の頭や舌の色を確かめずに診療をおこなえば、誤りを出しかねない」

「ばってん、あたしは鴉ちゃんと約束しとっとです。鴉ちゃんはあたしとだけ顔ば合わせてくれる。今日ここに来るときも、人形と同じ箱に入って、誰にも気づかれんうちにこの座敷まで運ばれてきました」

「しかし、急に倒れたんだろう？　早く診なければ、命に障るかもしれない。顔を見て診療させてはもらえないか？　鴉奴の顔を見ても、誰にも言わん」

真樹次郎はお宇麻の腕をつかみ、下ろさせようとした。が、お宇麻はその手を振り払い、真樹次郎を突き飛ばした。

「駄目です」

蚊帳がめくれ、中から老女が出てきた。杖をついている。両目は閉じられていた。見えないのだろう。

「あたしゃ豆奴《まめやっこ》。鴉奴の唄と三味線の師だ。こんな目ではあるけれど、あの子の付き人みたいなこともやっている。あたしと似て、あの子は気が強い。どこの馬の骨ともわからん男なんぞに顔を見られたら、大横川《おおよこがわ》に頭から飛び込んじまうかもしれないねえ」

登志蔵が応じた。

「豆奴さんには顔を見られる心配がないから、鴉奴さんは懐《なつ》いてるのかい。さすがに二人で暮らしてるわけじゃねえだろう。どこの置屋だ？」

「あんた、派手なほうの医者かい？」

「ああ。俺は蘭方を学んでるんで、外科に眼科、口の中のこともいくらかわかる。いずれにせよ、漢方のお真樹と同じで、ぶっ倒れちまった病者の顔を見ずに診療をするのは難しいがな」

豆奴は、ふんと鼻を鳴らした。老いてなお矜持のある辰巳芸者である。

「うちの置屋が何だって？」

「鴉奴さんは、根城でも顔を隠してんのかい？」

「顔の前に布を垂らして、部屋に引きこもっているよ。おかみは、幼い頃の鴉奴の顔なら覚えているだろうが、ほかの連中はまったく見たこともないさ」

「ずいぶんと守りが堅いもんだ」

「このくらい鼻っ柱が強いんでなけりゃ、わずか十八で深川一と噂される歌い手にはなれやしないね。あの子の才は本物だ」

「そりゃあ、聴けばわかるさ。本物だからこそ、顔を見せないなんていう風変わりな振る舞いも許される。しかし、まいったね。顔を見せたがらねえ娘の顔を強引に見るのは、着物を引っぺがすようなもんだ。とはいえ、顔を見なけりゃ診療できねえ。まあ、致し方ないか」

登志蔵はお宇麻の肩に触れた。と思うと、お宇麻はへたり込み、登志蔵は蚊帳のほうへ歩を進めている。

お宇麻は、何が起こったかわからない顔をした。瑞之助にはわかった。登志蔵は体術の達人である。触れただけに見えたが、お宇麻の体の軸を揺さぶって崩し、立っていられなくしたのだ。

豆奴は、ぶんと杖を振った。が、あてずっぽうの一撃が登志蔵に当たるはずもない。ひょいと躱した登志蔵は豆奴の肩に手を置き、耳元でささやいた。

「すまんな。できるだけ、顔は見ねえようにするから」

登志蔵は蚊帳をめくった。倒れた娘の素足が見えた。真樹次郎が蚊帳のほうへ行く。登志蔵は、蚊帳の一面をまくり上げて留めた。

お宇麻が畳を叩いた。

「お願い、やめて！　やめてください！」

真樹次郎が仏頂面をした。

「黙っていろ。脈が正しくとれんだろうが。ひとまず、顔を見ずにできることをやってみる」

「ばってん、鴉奴さんが……！」

登志蔵が鴉奴の体を横向きにした。仰向けよりも喉が開くので、息が詰まる心配がないのだ。こちらを向いた鴉奴の顔に、瑞之助は、あっと声を上げた。

「お面ですか」

鴉奴は、黒く塗られた狐《きつね》の面をつけていた。

突如、障子の向こうから、思いがけない声が聞こえてきた。

「何だ、今の声は。やめてと聞こえたぞ。この障子の向こうで何が起こっていやがる？　若い女に何をしようってんだ」

瑞之助は、冷たい手でざらりと背筋を撫でられた心地になった。悪感情をまっすぐに向けられたことが思い出されたのだ。険しさと鋭さをまとった男の姿が、ありありと瑞之助の脳裏に浮かんだ。

燕屋の若おかみが止める声がした。それを一喝して、男が障子を開けた。

黒い巻羽織に着流し姿の侍がそこに立っていた。齢三十ほどの、引き締まった体つきの男だ。鋭い三白眼が座敷を見回し、瑞之助の姿を認める。その目が細められた。

男の名は、大沢振十郎《おおさわしんじゅうろう》という。北町奉行所に属する定町廻り同心である。

「ほう、蛇杖院の医者どもだったか。寄ってたかって何をしている？ ことと次第によっちゃ、しょっ引かせてもらうぞ」

大沢は大股に近づいてきた。


そのとき大沢が燕屋にいたのは、呼び出しを受けたからだった。

いくばくかの金を包むので便宜を図ってほしいと、新李朱堂の堀川総右衛門からの手紙には率直に書かれていた。詳しいことについては、代理の者が大沢に話す。会談の場として、深川佐賀町の料理茶屋に部屋を用意した。そんな内容の手紙だった。

招かれた部屋には、小紋柄の黒い着物をまとった女がいた。

冷たい感じのする女だ。愛想笑いの浮かべ方も知っているようだが、貼りつけたようにわざとらしいのが鼻についた。その顔をやめろと大沢が言って以来、女はにこりとも微笑まない。

女の名は、お冴絵という。堀川家の嫡男の妻である。大沢が見たところ、夫よりもよほど頭が切れる。医術もいくらか修めているらしい。すっと細い目に薄い唇が、雪女か幽霊のような、一種異様な美しさである。

お冴絵は早々に用件を切り出した。

「深川で闇医者が暗躍している由《よし》、害を被ったとの声がいくつも耳に入っております。悪事をなす者を捕らえ、処罰していただきたくお願い申し上げます」

「闇医者とはまた大げさな。医者なんてのは大方、勝手に看板を掲げただけのもぐりだろうが。その闇医者とやらは、ほかとは違うってのか？」

「普通では考えられないような高値のお代を巻き上げているようです。特に、オランダ渡りの珍しい薬だと謳《うた》って売りつける手口が多いとのこと。願いが叶う薬を処方すると申しているようです」

「うさんくせえな」

「仮に、商っているのが本物の薬だとしても、まともな医者の所業とは思えません。誤った扱いによって体に害が生じたという訴えが後を絶たないのです」

「その件で新李朱堂が迷惑を被ってるってのか」

「害を被った者は、治してやれぬほどにこじらせてから、初めて新李朱堂に助けを求めに来るのです。法外な薬であることをわかっていればこそ、手遅れになるまで黙っておくのでしょうね。しかし、新李朱堂にかかったのに死んでしまったという病者が相次いでは、こちらも困ります」

「評判が落ちれば金儲けに障りがある。道理だな。それで？」

促《うなが》すように語尾を上げると、お冴絵は黙って包みを差し出した。

「お納めくださいませ」

大沢は包みを受け取り、中身を確かめもせず懐に突っ込んだ。

お冴絵は一礼した。

「では、お願い申し上げます」

それだけで、お冴絵はあっさりと立ち上がった。大沢の前に置かれた盃にお酌をするでもない。衣擦れの音をさせ、お冴絵は部屋を後にした。

一人残された大沢は、徳利に口をつけ、ぐびりと呷った。

十年近く前、堀川家の屋敷でお冴絵を見たことがある。当時は大沢の父が定町廻り同心だった。新李朱堂とのつながりは、当時から深かった。

あの頃のお冴絵は、許婚《いいなずけ》と親しげに言葉を交わしてはころころとよく笑う娘だった。今ではすっかり別人である。あれこれ抱え込んでいるらしい。

「金だの権威だのが集まるところにいると、苦労するだろう。お冴絵も男に生まれていれば、医者になったはずだ。ほしいものを堂々と奪いにも行けただろうに」

　少しして、店の小女が部屋の様子をうかがいに来た。昼餉の膳をお持ちします、と言われたのを断り、大沢は席を立った。

「話は済んだ。帰る」

「堀川さまから、大沢さまの昼餉のお代を頂戴しておりますが」

「俺に昼を食わせたことにして、黙って納めておけ。しかし、今日は何だ？　唄が聞こえてくるが、二階で何かやっているのか」

「はい。鴉奴姐さんの唄を一席」

「あの有名な辰巳芸者か。誰も顔を見たことがないという、けったいな女だ」

　言い終わるかどうかのところで、気配が変わった。唄と三味線が聞こえなくなり、不穏などよめきが伝わってきた。

「何だ？」

大沢の勘が働いた。嫌な感じがして、大沢は二階を目指して大股に歩き出した。

瑞之助は大沢に睨まれ、動けなくなった。

大沢は蛇杖院を憎んでいるらしい。玉石が付け届けを渡すことで今のところ穏便に収めているが、隙あらば喉を食い破ろうとするかのような炯々《けいけい》としたまなざしを向けてくる。

なぜ憎まれなければならないのか、蛇杖院と関わるようになって一年に満たない瑞之助にはよくわからない。

その大沢がたまたま燕屋にいたらしい。そして、お宇麻が上げた叫びを聞き、倒れている鴉奴に気づき、その場に瑞之助たちがいるのを目にした。

立場はよくない。

大沢は足音もなく瑞之助のそばをすり抜け、鴉奴のほうへ進んだ。引き留めようとしたお宇麻と豆奴の手は届かない。大沢の身の捌き方は見事だ。腕が立つのだろう。

登志蔵が口を開こうとした。

大沢は小脇差の鯉口を切った。次の瞬間には抜刀している。

切っ先を突きつけられた真樹次郎は、ぽかんとしたように目を見張った。

大沢は告げた。

「下がれ、堀川の小倅《こせがれ》。その娘に触れるな」

「そう言われても、急に倒れたんだぞ。わけを突き止めんとならんだろう」

「いいから下がれ。堀川真樹次郎、新李朱堂の出来損ないの末息子め。おまえは疑わしいからな」

「何だと？」

「親兄弟が築いた信用を、己の目論見《もくろみ》のためにぶち壊しにし、ゆえに新李朱堂を追われた。そんな男、疑ってかかるのが当たり前だろう」

真樹次郎の頬に朱が差した。

「何を寝ぼけたことを言っていやがる。信用をぶち壊しにする振る舞いをしていたのは、俺の親父や兄貴のほうだ。ありふれた薬を新李朱堂の秘薬と偽って、あってはならんほどの高値をつけていた。そんな虚偽がまかり通る医塾など、こっちから願い下げだ」

「黙れ。とにかく、その娘から離れろ。娘の体を診るのなら、そっちの派手な医者だけで十分だろうが」

真樹次郎は唇を噛み、鴉奴から離れた。

大沢は鴉奴のお面にさほど気を留めなかった。世に顔を見せない辰巳芸者、という噂を知っているのだろう。大沢が顎をしゃくると、登志蔵は鴉奴の手首の脈を按じた。

「ちょいと速いな。拍の打ち方は等しい。首筋の脈を診るぞ。脂汗が少しにじんでいるな。動悸がしている感じか。熱は特にない。冷たくもない。呼吸はちゃんとしている。見たところ、傷もない。頭にさわるぞ。こぶもないみたいだが、髪を解かねえと、全部はわからねえな。腹の脈を診たいが、こっちは帯が邪魔だ」

いちいち声に出すのは、どんな診療をしているのかを大沢に知らせるためだろう。

瑞之助のところからも、鴉奴の肩が呼吸のために揺れているのは見えた。真樹次郎が、思わずといった様子で登志蔵に問うた。

「匂いは？」

登志蔵は鴉奴のお面に顔を寄せた。

「吐いた様子はないし、血の匂いも、昏倒《こんとう》を誘う類の薬の匂いもしねえ。まあ、匂いがしない程度の量で昏倒させる薬もあるから、薬の害じゃねえと断ずることはできねえが」

大沢は言った。

「面を外せば、きちんとした診療ができるか？」

「今よりはな」

「ならば外せ」

あっさり言い切った大沢に、お宇麻と豆奴が声を上げた。が、大沢は耳を貸さない。大沢につかみかかろうとしたお宇麻を、瑞之助がとっさに押さえた。豆奴が振り回した杖は、大沢に奪って捨てられた。

大沢が顋をしゃくって、登志蔵が鴉奴のお面に手をかけた。

まさにその瞬間である。

鴉奴が、はっと身を強張らせた。狐のお面をつけた顔が登志蔵のほうを向く。目のところに開いた狭い穴から、鴉奴の瞳がギラリと光ったように見えた。

登志蔵が、思わずといった様子で、鴉奴のほうに顔を近づけた。

「もしかして……」

ひゅっと息を吸う音が聞こえた。

「いやぁぁぁぁあああっ！」

鴉奴の鍛えられた喉が、大音声の悲鳴を上げた。

四

黒く染められた蚊帳の中で、鴉奴とお宇麻が話をしている。蚊帳の表のほうが明るいせいで、目の詰まった麻布はほとんど透けず、中の様子はうかがえない。

瑞之助は、真樹次郎と登志蔵、そして大沢と共に、蚊帳から離れたところで待たされた。燕屋の若おかみが小女たちを引き連れ、鴉奴を守るために、間に立ちはだかっている。

大沢はふてくされた顔をしている。悲鳴を上げて登志蔵を突き飛ばした鴉奴は、抜き身の刀を手にした大沢を見て、人殺しと大騒ぎしたのだ。若い娘の声でさんざん罵られ、さすがの大沢も気勢を殺《そ》がれたと見える。

瑞之助は恐る恐る大沢に問うた。

「深川も大沢さんの縄張りなんですか」

「うるせえ。用があって呼び出されたんだ」

「今日はお一人なんですね」

「ぞろぞろと取り巻きを連れて歩くのは好きじゃねえ。捕り物は一人じゃできねえが、話を聞くだけなら一人で十分だ。ふん、適当に飯でも食って帰ろうと思ってたところ、余計な騒動に巻き込まれちまったがな。てめえら、本当に何もしてねえんだな？」

真樹次郎が答えた。

「鴉奴は蚊帳の中で歌っていたとき、急に倒れた。誰も手を出してやしない。八丁堀の旦那が出張ってくる場面じゃあなく、病《やまい》の類《たぐい》だと考えるのが普通じゃないか？」

「あの娘に病はないと聞いたばかりだろうが。体はいたって健《すこ》やかで、日頃は薬も飲んでおらず、月の障りで倒れることもないとな」

「しかし……」

真樹次郎は言葉を濁した。

大沢は、いらいらと十手の房をいじりながら言った。

「てめえら、仮にも医者だろう。薬については詳しいはずだな。俺の問いに素直に答えろ。たちの悪い薬によって気を失うということはあり得るか？」

真樹次郎と登志蔵が同時にうなずいた。登志蔵が口を開いた。

「そういう薬ならいくらでもあるが、大沢の旦那、今の問いは一体どういう意味だ？」

「そのままの意味だ。害を起こすような薬を売っている者が、この深川にいると聞いた。オランダ渡りの珍しい薬だと謳って、べらぼうな高値で売りつけるそうだ。一応尋ねるが、てめえらの手じゃねえな？」

「馬鹿言うなよ。貴重な薬なら、害を起こすような使い方をさせるもんか。もったいねえ。そもそも、俺たち蛇杖院の医者は、べらぼうな高値なんかつけなくていいんだ。金には困ってねえからな」

真樹次郎は腕組みをした。

「鴉奴が倒れたのは、その薬のせいだというのか」

「願いを叶える薬を処方する、と触れ回っているらしい。若い娘が引っ掛かりそうな話だとは思わんか？」

お宇麻が蚊帳から出てきて、燕屋の女たちに頭を下げた。

「鴉ちゃんと話がまとまりました。あたしと鴉ちゃんの二人で、お医者さまたちと話します。大沢さまも残ってかまいません。ばってん、そのほかの皆さんは席ば外してください。お願いします」

女たちは目と目を見交わしたが、素直に頭を下げ、部屋から出ていった。若おかみは、瑞之助たちをまっすぐ見据えると、釘を刺した。

「決して無体なことなどなさいませんよう、お願い申し上げます。若い娘が、見知らぬ殿方たちと話をすることはたいへんに恐ろしゅうございますから、くれぐれもお気をつけくださいまし」

若おかみが部屋を出ると、蚊帳の中から鴉奴の声がした。

「こちらへどうぞ。あたしはまだめまいが治まらないもんで、そっちに行けないから」

よく通る声だ。深みと艶と芯がある。若い娘にしては太く低い声で、かわいらしくはないのだが、唄を聴いた後ではその独特の声にこそ惹きつけられる。

情感豊かな声には、明らかな苦痛がにじんでいた。

お宇麻は、さっき登志蔵がやったように、蚊帳の一面をまくり上げて留めた。不安そうな目で鴉奴を見やる。

鴉奴は相変わらず狐のお面をつけていた。苦痛をうかがわせる声とは裏腹に、背筋を伸ばして座っている。豆奴が鴉奴の三味線をしまいながら、ふんと鼻を鳴らした。

登志蔵が親しみやすい笑みをこしらえ、鴉奴からすぐ近いところに腰を下ろした。

「さっきは勝手に体に触れちまって、すまなかったな。目を覚ました途端、知らねえ男が目の前にいるんじゃあ、怖かっただろう」

「あたしのほうこそ、取り乱しちまって、失礼したね。せっかくのお座敷遊びをめちゃくちゃにしちまったことが、悔しくて仕方ないよ」

お宇麻が鴉奴の肩に手を乗せた。

「ほとんどおしまいまで歌い切ったでしょう。本当は初めから具合が悪かったとに、あたしにさえ気づかせんやった。立派やったよ、鴉ちゃん」

「それでも、本当のしまいまでは辛抱できなかったんだもの、悔しいったらないよ」

威勢のよい言葉を吐きながら、鴉奴は息を切らしている。

登志蔵が真樹次郎と大沢のほうを振り向いた。己をちょいと指差す仕草をしたのは、俺が話し手になるぞ、という意味だ。

真樹次郎はうなずき、大沢は顎をしゃくった。

登志蔵は鴉奴に向き直った。

「さっきの失礼ついでに、また失礼を重ねさせてくれ。気に入らなけりゃひっぱたいてくれていいから、問いには正直に答えてほしい。それがおまえさんの体のためだ。健やかに歌い続けていたいだろう?」

鴉奴はお面の内側で舌打ちをした。

「さっきみたいなしくじりは二度とごめんだね。健やかでいなけりゃならないんだって、痛いほど思い知ったよ」

「よし、じゃあ訊くぞ。おまえさん、まともじゃない薬を使ったんじゃねえか? 俺の見間違いでなけりゃ、それは目に入れる薬だ。違うか?」

目に入れる薬。そのくだりを告げる段になると、登志蔵の声は低くかすれていた。

鴉奴は、お面の顔をうつむかせた。

「どうしてそんなこと思ったのさ?」

「さっき、ごく近いところで、おまえさんと目が合っただろう。一瞬だが、おまえさんの目がはっきり見えた。おかしいと気づいたんだ。そして、大沢の旦那から妙な薬が出回ってるって話も聞いた。それで腑に落ちた」

鴉奴は呻き、両手で顔を覆った。お面に爪を立てる。

「おかしい、か。気味が悪いと思ったんだろう。何て醜《みにく》いんだって。化け物の目をしているって」

「いや、俺の言葉が悪かったな。おかしいってのは、そうじゃねえよ。体の働きがまともであれば、目があんな様子になるはずはないから、おかしいって言葉を使ったんだ。気味が悪いとか醜いなんて思ってない。答えてくれ。目に薬を入れたんだな？」

鴉奴は呼吸を乱した。顔を上げない。お面をがりがりと引っかきながら、肩が上下するほど激しく呼吸している。

登志蔵はじっと待った。

やがて、鴉奴は答えた。

「そうだよ。薬を使った。蘭方の水薬で、それを目に入れたら、あたしはほんの少しだけ、まともな顔に近づけるんだ」

登志蔵が静かに言った。

「よく打ち明けてくれた。なあ、鴉奴さん、その薬を幾度も使ったのか？」

「ここんとこ毎日使っていた。だって、そうでもしなけりゃ、あたしはお面を外せないから。でも、どうしても外したかったのよ。化け物の目を持って生まれてきたのに、この人に会いたい、この人が好きだって気持ちだけは、あたしにだって一丁前にあるんだ」

「でもな、あの薬は、素人がほいほいと使っていい代物じゃあねえんだ。わかるだろう？　あの薬を使えば、どうしたって体がつらくなったはずだ」

登志蔵の声はひそやかだった。詰め寄ったり怒鳴ったりなどすれば鴉奴がばらばらに壊れてしまうと恐れているかのようだ。

大沢がしびれを切らしたように言った。

「何の薬なんだ」

鴉奴はびくりと震えた。

登志蔵はそっけなく答えた。

「ベラドンナ、つまり顚茄《てんか》か、走野老《はしりどころ》をしぼった汁だ。どちらも同じ効用があって、蘭方の眼科の治療で使う」

真樹次郎が顔をしかめた。

「聞いたことはあるが、本当に目の中に毒草の汁を入れるのか？　走野老は、根も茎も葉も猛毒だ。体に入れれば、嘔吐《おうと》や下痢、めまいを引き起こす。ひどいときは幻を見たり、興奮しておかしくなったり、果ては死に至ることもある」

「使い方を誤れば危ういことは承知の上だが、蘭方の眼科では使うのさ。瞳を開くためにな。ああ、瞳ってのは、目の真ん中にあって、黒っぽく見えているところだ。障子の隙間みたいなもんだと思ってくれ。明るいところでは狭めておいて、光が目の奥まで入りすぎないようにする。暗いところでは逆だ」

「暗いところでは瞳が大きく開く。障子が開いた格好ということか。それで、ベラドンナや走野老の汁を使って瞳を開いて、どうするんだ？」

「目の奥に傷や病がないかを確かめる。ベラドンナを使えば、普通は二刻《ふたとき》か三刻《みとき》の間、瞳が開きっぱなしになる。そうすると、目の中に光が入りすぎる。まぶしくてたまらないし、ものがぼやけて見える。目がおかしな具合になるせいで、頭痛が起こっちまうことも多い」

「二刻か三刻で、もとに戻るのか？　体への害は本当にないのか？」

「眼科の医術を学んだ蘭方医が正しく使うぶんには、害はないはずなんだ。もしもベラドンナや走野老の中毒の証が出たら、それは、薬が涙のように目からこぼれて口に入り、それによって引き起こされたものだ。薬を目に入れるだけでただちに毒が回るわけじゃあない」

瑞之助は問うた。

「鴉奴さんはなぜそんな危うい薬を使ったんです？　普通に使うだけでも、日がうまく利かなくなって、頭が痛くなりやすいんでしょう？」

登志蔵は口をつぐんだ。これだけ種明かしをしておきながら、鴉奴の胸の内をしまいまで暴《あば》くことに戸惑っている様子だ。

お宇麻が声を絞り出した。

「あたしに会ってくれるためです。同い年のあたしの前でだけ、鴉ちゃんはお面ば外してくれます。あたしが怖がらんで済むごと、鴉ちゃんは薬ば使ったとです」

鴉奴がお面の顔を上げた。

「お宇麻ちゃんに嫌われたくなかったのよ。昔、あたしがまだお座敷に出られなかった頃、長崎から来たっていう、からくり人形の一座の芸を見た。前座は、お宇麻ちゃんが作った人形だった。黒い羽織で三味線を弾く、辰巳芸者の人形だったの」

「あたしが作った人形が初めて人前に出してもらえたと。両手がほんのちょっと動くだけの、拙《つたな》か人形やったばってん、あたしは誇らしかった」

「あたしと同い年の女の子が人前で芸を見せてるんだ、何て格好いいんだろうって、そう思った。あの日から、あたしはお宇麻ちゃんの背中を追い掛けていて、お宇麻ちゃんの人形の芸が好きで、大好きで、だからどうしても、お宇麻ちゃんには正直に全部ぶつけてみたかった。お面なんかつけずに、この顔で会いたかった。でも、醜い化け物だって言われたくなかった」

瑞之助は重ねて言った。

「さっきから繰り返している化け物という言葉、どういうことなんです?」

豆奴が鋭い声で言った。

「お黙り! あんたみたいなお坊ちゃんにゃあわかんないよ。親に恵まれず、いじめられて深川に売られてきた、この子のみじめさなんかねえ」

瑞之助は一瞬固まったが、ぎゅっと拳を握り締めた。

「傷つけることを言ってしまったのなら申し訳ありません。ですが、どうか聞かせてください。私は、知らないから、知りたいのです。わからないまま、何も告げられないままで、のうのうとしていたくないのです。身勝手な言い分かもしれませんが」

登志蔵が止めた。

「瑞之助、いったんここまでだ。一度沸騰させて冷ました水をもらってきてくれ。鴉奴さんの目を洗ってやりたい。中毒を和らげる薬も処方したいから、入り用のものを支度してもらえ」

「わかりました」

「それから、横になってもいい部屋を作ってもらってくれ。稀代《きたい》の歌姫に無理をさせるわけにゃいかねえだろう」

瑞之助と共に、真樹次郎も立ち上がった。

「俺も一緒に行こう。ここはひとまずあいつに任せてみようか」

登志蔵はにっと笑い、歌舞伎役者のように見得を切ってみせた。


鴉奴を休ませる用意は、すでに整えられていた。気を利かせた若おかみが、座敷のそばの小部屋に布団を敷かせ、きれいな水や手ぬぐいなどを揃えていたのだ。

お宇麻に支えられた鴉奴は、ふらふらしながら部屋を移った。

男たちの中で登志蔵だけが部屋に入ることを許され、鴉奴の治療をした。目を洗ってやり、中毒がごく軽いことを確かめた上で、黄連解毒湯《おうれんげどくとう》を処方して飲ませたのだ。黄連解毒湯は、体の中に余分な熱があってのぼせたり動悸がしたりするとき、それを鎮める薬だ。

しばらくして、瑞之助たちも部屋に招かれた。衝立《ついたて》が置かれ、鴉奴が横たわる様子は、こちらからは見えない。登志蔵とお宇麻も衝立の向こうだ。

鴉奴は言った。

「八丁堀の旦那、あの薬師《くすし》を捜しているんだろう？　あたしが目薬を買ったときは、中《なか》ノ橋《はし》の南にある鵲《かささぎ》長屋で商いをしていた。黒い暖簾《のれん》を掛けているのが目印だったんだ。あたしは、まともな黒い色をした目がほしいと望んで、薬師に三両払った」

大沢が唸った。

「三両だと？　大した額じゃねえか」

「本当に黒い目が手に入るなら、そんなの、はした金よ。結局、薬師があたしに渡した薬は、当座のごまかしにしか使えない代物だった。それでも、あたしは、どうしてもこの薬を使わずにはいられなかった」

淡々と物語る声は、すぐ耳元で発せられているかのように、くっきりと形を持っている。特別な声だ、と瑞之助は感じる。一声聞けば、はっとして耳を傾けずにはいられない。

これほどの声の持ち主が、人の胸を打つ歌い手が、なぜまやかしに過ぎない薬などに頼ったのだろうか。

鴉奴は続けた。

「この薬、ベラドンナっていうんだってね。決して飲んではならないと、薬師もあたしに念を押した。喉に万一のことがあったら嫌だから、あたしはめったなことでは人からのもらいものなんて飲まないけどね」

登志蔵が、幼子をなだめるような穏やかさで鴉奴に告げた。

「たとえ飲まなくったって、この薬は扱いの難しい代物だ。おまえさんが持っていても、おまえさんの体にいいことなんか一つもない。そいつを俺に譲ってくれないか？」

鴉奴は頑なな声を出した。

「瞳が開いていれば、あたしのこの不気味な目も、あまりギラギラ光らないの。よく見りゃ黒じゃなくて、深い青だってことはわかるだろうけど、よく見なけりゃ気づかれない。あたしにとって、それがどんなに心の支えになるか、誰にもわかりゃしないんだ」

お宇麻が涙交じりの声で言った。

「おまえは人と違うとあげつらわれて、つらか。あたしも、髪が癖《くせ》だらけでしょ。どげん丁寧に結ってもまとまらんで、くしゃくしゃ細かく乱れてしまう。みっともなか、と言われてばっかりで、こげん髪は大嫌い」

「お宇麻ちゃんは色が白くて、いいじゃない」

「色が白かけん、そばかすが目立つったい。先祖返りげな。あたしには異人さんの血が流れとるけん、こげん髪と肌ばしとっと。鴉ちゃんも同じかもしれん」

「あたしは、親も先祖もわかんないよ。物心ついたときには、暗がりの猫みたいに目がギラギラしているのを不気味がられて、化け物って言われて、醜いって罵られて、子供のくせに声が低くて太いのも疎《うと》まれて、二束三文で女衒《ぜげん》に売られた」

鴉ちゃん、と、お宇麻は呼びかける。訛り交じりのお宇麻の言葉は、風変わりで美しい節回しの唄のようだ。

「あたしは、鴉ちゃんの声、好《す》いとおよ。目の色だって、いっちょん怖くなか。ねえ、鴉ちゃん。紅毛《こうもう》渡り更紗《さらさ》眼鏡《めがね》って知っとお？」

「知らない」

「更紗眼鏡は、鏡でできた筒の、のぞきからくりよ。くるくると筒ば回すたびに、のぞき穴から見える模様が、きらきらしながら変わっていくと。鴉ちゃんの目は、まるで更紗眼鏡ね。とってもきれい」

「きれいなんかじゃないよ。ギラギラの目の化け物って、ずっと言われてきたんだよ」

「あたしは、そげんこと言わん。鴉ちゃん、いつか長崎においで。更紗眼鏡ば見せてあげる。紅《あか》か髪の芸者さんにも会わせてあげる。黒か目、黒か髪だけが人の美しさのすべてではなかと。長崎に来たら、鴉ちゃんもきっと、薬なんか使わんで人と会えるよ」

洟《はな》をすする音がした。

「ありがとう、お宇麻ちゃん。それでも、あたしは、あたしの目が大嫌い」

鴉奴は声を殺して泣いているらしい。息遣いはどうしても伝わってきてしまう。

大沢が立ち上がった。

「中ノ橋の南の鵲長屋だな。行くだけ行ってきてやらあ」

ぼそりと言って、大沢は返事も待たず、振り返りもせずに立ち去った。

瑞之助はいたたまれなくなって、真樹次郎のほうをうかがった。真樹次郎も瑞之助を見て、どうしようか、と言わんばかりに眉尻を下げた。

登志蔵が衝立の向こうで立ち上がった。

「じゃ、俺はこの部屋から退散するぜ。鴉奴さん、ちょいと眠りな。おまえさんが起きてくるまでは、俺も燕屋にいよう。お宇麻さんでも豆奴さんでも、何かあったら呼んでくれ」

お宇麻が、はいと答えた。

衝立の向こうから出てきた登志蔵と一緒に、瑞之助と真樹次郎も部屋を辞した。

真樹次郎がぼそりと言った。

「あんたの目がよくて助かった。お面ののぞき穴からちらりと見た程度で、よくぞからくりがわかったな」

登志蔵は障子を後ろ手に閉めると、部屋から離れながら言った。

「一応、俺もひとかどの武術家なんでな。しかし、鴉奴さんも気の毒だよなあ。幼い頃にさんざん化け物呼ばわりされたことが、鴉奴さんの心を縛りつけちまってるんだろうな」

「その心がいつか解き放たれればいいですよね」

「鴉奴さん自身、変わりたいと望んでんだろう。お宇麻さんとは素顔で会いたいと思ったってのが大きな一歩さ。きっと、己の目を憎む気持ちもいずれ薄れていく。時が薬になるだろう。まあ、あの子もまだまだ若いってことだ。花も恥じらう十八の乙女ってな」

　真樹次郎が登志蔵に問うた。

「鴉奴の顔を見たんだろう？　どういう顔をしているんだ？」

　登志蔵は、にっと笑った。

「そりゃあもちろん、化け物なんかじゃねえぞ。ごくありふれた、かわいらしい顔をした娘だったぜ」

五

　深川佐賀町にある小間物屋、織姫屋《おりひめや》は、辰巳芸者を相手にしているだけあって、お江のところで商っている可憐な意匠のものとは品物の趣きが違った。きりりと引き締まった印象のものが多い。髑髏《どくろ》や蜘蛛《くも》など、あえて不気味な意匠を取り入れたものもある。

お絹の手紙を携えてやって来た初菜は、初めは大黒屋の女中だと思われたようだ。手紙を受け取った小僧の受け答えは生意気だった。

初菜は勝手口で待たされた。手紙はすぐに読まれたようで、店のおかみ、つまりおつねの姑が、女中を伴って勝手口に姿を見せた。

「あんたが医者ですって？」

「はい。産科といって、妊婦や産婦、赤子の体をもっぱら診ています」

「産婆じゃなくて医者だって言い張るのかい」

「医者です。漢方医術の基本は学んでおりますし、按摩の技も身につけました」

おかみは鼻を鳴らした。

「赤子を産むのは女にとって当たり前のこと。病じゃあるまいし、医者を呼ぶなんて大げさなんだよ」

「ですが、お産は命に関わる大仕事です。体の中に大けがを負うのと同じようなものですから、お産がもとで寝ついてしまう人もおります。産婦が体を損ねないよう力を尽くすのが、わたしのような産科の医者の務めで……」

おかみはぴしゃりと言った。

「いい加減におし！　嫁にはきつく叱っておかないといけないね。悪い友達との縁を切りなさいって。あたくしも手紙を読ませてもらいましたけどね、産むまで寝て過ごせ、産んでも寝て過ごせだなんて、みっともない。そんなこと、大事な嫁に許せるわけないじゃないか」

「おつねさんのお体はいかがですか？　順調ならばよいのですが、何か障りがあるようなら、赤子の命にも関わります」

おかみは目を細めて初菜を睨んだ。

「あんた、子を産んだことはあるのかい？」

初菜にとって嫌というほど繰り返されてきた問いだ。

「ございません」

勝ち誇ったような相手の顔も、嫌というほど見てきた。

「いい年して子を産んだこともないくせに、お産を語らないでちょうだい」

「ですが、わたしは医者として、たくさんの妊婦や産婦、赤子の体を診てきたんです」

おかみは鼻息荒く言い募った。

「生まれた赤子が一年永らえるかどうか、三つを数えるかどうか、七つまで育つかどうか、賭けみたいなもんでしょう。あたしのような、もう子を産めなくなった女は、縁起を担いで祈るしかできないの。帯祝いをして、産椅と鎮帯をこしらえて。なのに、あんたはそれを誤りだと言う。あんた、人の心ってものがないのかい？」

おかみはお絹の手紙を二つに引き裂いた。もう一度、二つに。さらにまた、二つに。手紙はすっかり小さくなって、おかみの手から、はらはらと舞った。

「いい加減にしてちょうだい。ただでさえ、つらいの苦しいのと、嫁の泣き言を聞かされてうんざりしているんだからね。いらいらするったらないわ」

初菜は、あきらめそうになる心を奮い立たせて、おかみに頭を下げた。

「おつねさんが体の不調を訴えているなら、一度会わせてください。おかみさんも、お孫さんのお顔を見たいのですよね？　おつねさんの体を健やかに保ち、心から不安を除いてあげることが、安産につながります。ですから、お願いします」

「しつこいねえ」

「人の命がかかっているんです。何度でもお願いさせていただきます」

「あんた、江戸の女じゃないんですって？　あんたの田舎じゃどうだったかわからないけど、江戸ではね、よっぽどの貧乏人じゃない限り、祝いものとして産椅と鎮帯をこしらえるの。ひとさまの厚意をそうやって無にして、行儀悪いったらありゃしない」

「健やかな赤子を望むお気持ちはわかります。それでも、産椅や鎮帯の習わしは、いけないものなんです」

おかみは女中を振り向くと、何事かを告げた。女中はうなずいて奥へ引っ込み、すぐに戻ってきた。

女中の手には桶があった。汚れた水が入っている。雑巾がけの掃除をした後の水だろう。

おかみが一歩、後ろに引いた。そのぶん女中が前に出てくると、立ち尽くす初菜めがけて、桶の水を引っ掛けた。

ざぷん、と水がしたたり落ちるまでの間、初菜は目も口も閉じていた。勝手口で水を浴びせられることには、すっかり慣れている。そんな自分に少しおかしくなって、胸の中で笑った。

初菜が目を開けると、女中は初菜に塩をぶつけた。

おかみが言い放った。

すだろう。

「出てっとくれ。あんたみたいなのにうろちょろされると、縁起が悪いわ」

女中に突き飛ばされた初菜は抗わず、よろよろと後ずさった。尻もちをついて見上げれば、おかみも女中も小気味よさそうに笑って、勝手口をぴしゃりと閉ざすだろう。

今まで数えきれないほどに繰り返してきた、よく似た情景を思い返した。

しかし、初菜が尻もちをつくことはなかった。ちょうど後ろにいた人が、とっさに初菜の体を支えたのだ。

男である。硬く引き締まった胸に、初菜は背中からぶつかった格好だ。初菜の肩を抱き止めた手は、大きくて節が目立つ。男の声が初菜の頭上を飛んだ。

「おまえが織姫屋のおかみか。ちょいと尋ねるが、鵲長屋ってのはそこの裏長屋だろう？　薬師が住んでると聞いたんだが」

初菜は慌てて男から離れた。ぽたぽたと、汚れた水が土の上に落ちる。

男は、黒巻羽織をまとった二本差しだ。まなじりが切れ上がった三白眼のせいで、冷たそうな感じがする。

おかみは声の調子を変えた。

「あら、八丁堀の旦那じゃないですか。御用の向きでございますか？」

「定町廻り同心の大沢だ。気になることがあって調べている」

「こんな裏路地までいらっしゃるなんて、ご苦労さまでございます。ええ、鵲長屋ですよ。でも、薬師ですか。あたくしは存じませんけれど」

「知らねえか。まあ、仕方ない。そう盛大に商売をしていたわけじゃあないようだな」

「その薬師が何か悪いことでもしでかしたんですか？　お力になれることがあれば、おっしゃってくださいな」

「黒い暖簾の薬師の噂を聞いたら俺に知らせろ。欲に目がくらんでそいつの口車に乗ると、痛い目を見るぞ」

おかみはいそいそと揉み手をして、愛想よく頭を下げた。心得た女中が持ってきた包みをおかみが受け取り、大沢にそれを差し出した。付け届けである。

大沢は何でもない様子で包みを受け取ると、そっけなくきびすを返した。肩越しに振り向いて、初菜に言う。

「おい、そこの濡れ鼠。突っ立ってると邪魔だろうが。さっさと来い」

おかみに睨まれ、初菜は一礼して、大沢の背中に続いた。

路地を出たところで、大沢は初菜の腕をつかんだ。右腕はだらりと下ろされたままなのに、左腕一本の力がずいぶん強い。痩せているように見えるが、やはり侍は鍛え方が違うのだろう。

「さっきのやり取りは何だ？　女の医者だと？」

「はい。わたしは医者です。もっぱらにしているのは産科といって、妊婦と産婦と……」

「それは聞いた。あまり騒ぎを起こすもんじゃねえ。今に番所に引っ立てられるぞ」

「慣れております。川崎宿で診療所を営んでいた頃は、そういった騒動はしょっちゅうでしたから」

「じゃあ、なぜそれをやめん？」

「わたしが医者として働き続けることで、救える命があるからです」

大沢は何かを言いかけ、結局、舌打ちしてそっぽを向いた。

「肝が据わっていることだけは誉めてやろう。しかし、強情を張るなら相手を選べ。浴びせられたのが熱湯だったら、おまえは今頃、この世にいなかったぞ」

「そんな、大げさです」

「死人に口なしだ。江戸では、殺しでお縄につく者の数より、行方知れずになる者の数のほうが多い。殺されても、死体が上がらねえのさ。裁くべき罪、捕らえるべき悪党が、この町に山ほど放し飼いになっている。おまえ、疎まれて消されたいのか？」

初菜は唇を嚙んだ。川崎宿では、あわやそんな目に遭いかけた。大沢に言われるまでもない。

「……ご心配、ありがとうございます」

「俺の手間を増やすなと言ってるんだ。非力な女が無茶をするな。ともかく、おまえはまず、そのみっともない格好をどうにかしろ」

初菜は大沢の手から逃れられないまま、一町（約一一〇メートル）ばかり引っ張られて歩いた。大沢が足を止めたのは、こぢんまりとした古着屋の前だった。

大沢は慣れた様子で古着屋に入っていった。おや、と古着屋の店主が目を見張る。

「これはこれは、大沢の旦那。お役目ですかい？」

「広木でなくて残念だったな。充兵衛、この女に適当な着物を見繕ってやれ。かかりはこれで十分だろう」

大沢は、先ほど小間物屋のおかみから受け取った包みをそのまま、店主に放り投げた。

呆然としていた初菜は我に返った。

「いけません。それは大沢さまのお金でしょう？」

「おまえが男の医者だったら、そのはした金、おまえが受け取っていたかもしれんだろう。妊婦の具合を診てやったことへの謝礼にな」

「ですが」

「老いや病で寿命が尽きるんなら仕方ねえが、まだ死なんでいい者が呆気《あっけ》なく命を落とすのは、気分のいい話じゃあねえ。女が子を産むときは、それが起こりやすいだろう？　ぞっとすらあな。自分の種の赤子もそんな目に遭うかもしれんと思うと、ほとほと気味が悪い。嫁を取る気も起こらなくなる」

「お産で亡くなった人を見知っておられるのですか？」

大沢は舌打ちし、低い声で吐き捨てた。

「仕事柄、幾度もな。嫁が死んだ、子が死んだ、誰かに殺されたかもしれんと、血だらけの産屋に呼ばれるんだよ。見当違いもいいところだが、苦しみ抜いた跡が残る死にざまを見ると、殺しだと思いたくなるのも仕方ねえ。女が赤子を産むってのは、そんだけ壮絶《そうぜつ》ってことだ」

「お産の場では、常に生死が隣り合わせです。わたしも、若い命が喪われるさまをたくさん見てまいりました」

大沢は、じろりと鋭い三白眼で初菜を見つめた。

「人の世には、筋が通らねえことがごまんとある。人それぞれ通したい筋があるんで、ぶつかり合っちまうんだ。おまえが通したい筋は、世の中と喧嘩しちまう類のものだ。俺も強引に己の筋を通してきたくちだが、おまえは気をつけるんだな。女の身の上は、男よりずっとたやすく手折《たお》られちまうぞ」

大沢は言うだけ言って、ふいと立ち去った。初菜は追いかけようとしたが、人混みにまぎれた大沢の後ろ姿は、あっという間に見えなくなった。

充兵衛と呼ばれた店主が、にこりと微笑んだ。

「大沢の旦那、格好いいでしょう。ちょいと物言いが厳しくて、目つきが恐ろしいように見えるかもしれやせんが、そこがいいって声も多い」

「人気がおありなのでしょうね」

「ええ、もちろん。あっしのとこの旦那と大沢の旦那、二人とも三十そこそこの若さで、すらっとした男前なんで、人気ですよ。大沢の旦那は、敵に回すと恐ろしいお人でしょうが、真っ当に生きてりゃあ恐ろしいこともありやせん」

「わたしは騒動を起こしてしまいました。真っ当でしょうか？」

「真っ当に決まっていやすよ。だって、大沢の旦那がお嬢さんを庇《かば》ったんですからね。また何かあれば、大沢の旦那を頼りゃあいい。剣の腕も抜群なんですよ」

初菜はため息をついた。お絹に何と言えばよいだろうか。

「わたし、頼まれ事をしていたんです。それなのに、何もできなかった」

充兵衛はことさら明るく言った。

「お嬢さん、近くの湯屋に行ってきてはいかがです？　心の冷え切った顔をしておりやすよ。このままじゃあよくない。お嬢さんが湯屋に行っている間に、あっしの馴染みの髪結いを呼んでおきやしょう。ね？　元気出しましょうや」

初菜はうつむいた。

「湯屋や髪結いは結構です」

「そうですかい？　じゃあ、せめて、濡れた着物は取り替えましょう。そうしてくれねえと、あっしが大沢の旦那に叱られやすからね。ささ、かみさんを連れてきやすから、何でも相談してやってくだせえ」

「ありがとうございます」

空っぽな響きのお礼が初菜の口からこぼれた。一度うつむくと、顔の上げ方すらわからなくなった。

第四話　梅の香る日

一

二月に入って、ずいぶん暖かくなった。花が咲き、草木は新芽の青い匂いをさせ始めている。

小梅村はその名のとおり、梅の木が多い。人がこの地に村を作る前から、梅が自生して林となっていたともいう。

ちょっと散歩に出れば、あちらからもこちらからも、甘い香りが漂ってくる。香りに誘われて目を巡らせると、紅色、薄紅色、白色と、さまざまな色の梅の花が咲いている。

今年は一月の後に閏月《うるうづき》が入ったこともあり、春が長く感じられる。梅もそろそろ盛りを過ぎる頃かと思いきや、遅咲きのものはまだ十分に初々《ういうい》しい。梅は花の見頃が長いのだ、と瑞之助は知った。かつて華道の稽古でも教わったが、そのときはぴんとこなかった。

いや、梅に限らず、どんな花も草木も野菜もそうだ。地に根づいて生えている姿が、小梅村で暮らすようになって、瑞之助の身近にある。それによって初めて、季節の巡りを肌で感じられるようになった。

瑞之助は一年前の二月を覚えていない。たちの悪い流行《はや》りかぜで寝ついたのが、去年の二月だった。蛇杖院で療養し、すっかり床を上げることができたのは、三月に入ってからだった。

あのとき病にかかったことで、人生が変わった。

新しい道には苦労が多いが、張り合いがある。あっという間に一年が経《た》ったようでもあるし、思い出を数え上げればたくさんありすぎて、本当にたった一年だったのだろうかと驚きもする。

目下、瑞之助が頭を抱えているのは、学びが進まないことだ。医書を読む暇《いとま》は作れるものの、正しく解することができずに悩んでいる。

同じような悩みは、実は去年のうちにもあった。

去年、瑞之助の前に難事として立ちはだかったのは、『金匱要略』第二十から二十二にかけての婦人病にまつわる節である。女にのみ現れる病や、妊娠や出産にまつわる病が列記されており、男である瑞之助には解しづらかったのだ。

結局、丸ごと諳《そら》んじて玉石の試験には通った。が、人の命を預かる医者がそれでよいのかと問われれば、よいはずがない。

今、瑞之助は再び難事に挑んでいる。賀川玄悦によって著された『産論《さんろん》』である。

七つに満たない幼子を救える医者になりたいと、瑞之助は、果たすべき大願を胸に抱いた。それを玉石に打ち明けると、この『産論』をまず紹介された。妊婦や産婦の治療と共に、胎児の生育や赤子の蘇生についてもいくらか書かれているからだ。

『産論』はさして厚い本ではない。第一巻は孕育《よういく》、第二巻は占房、第三巻は巳《い》娩《べん》、第四巻は産椅《さんい》論幷《なら》びに鎮帯論、という全四巻から成っている。文は朴訥《ぼくとつ》なほどに素直で、淡々と物事が説かれている。

読み物として文をなぞるだけならば、大変読みやすかった。だが、瑞之助には、書かれたことをじっくりと解することができなかった。『金匱要略』の婦人病の節と同じだ。

「初菜さんに教えてもらうしかないよなあ……」

ここ数日、ひたすら逡巡している。

知らないこと、わからないことを問うのは恥ではない。だが、こたびの難事についで初菜に問うことは、いくら何でもさすがにちょっと恥ずかしい。

いや、そうやって尻込みしてもいられないだろう。

瑞之助はその朝、ようやく腹を括《くく》って、初菜に声を掛けた。

「あの、お願いがあるんです。産科の医術について教えていただけないかと思いまして」

初菜は足を止めた。

一の長屋から出てきたばかりの初菜をつかまえた格好だ。

初菜は毎日、この刻限には薬箱を持って出掛けていく。産科の医者を必要とする女を捜し、診療をおこなっているという。顔見知りになり、信を置いてくれる人もいるらしい。源弥の母の旭はその筆頭だ。

顔を上げた初菜は、胡乱《うろん》な目で瑞之助を見やった。

瑞之助はつい、後ずさりそうになった。どうも嫌われているらしいと感じるが、気まずいままでいたくない。挽回の機会がほしかった。きちんと学んでいる姿を見てほしくもあり、産科の知を授けてほしくもある。

初菜は薬箱を胸の前に抱え、うつむきがちに答えた。

「せっかくのお申し出ですが、お断りします。そんな暇、わたしにはないのです」

「ですが」

「急ぎますので。それでは」

初菜はさっさと行ってしまった。

瑞之助はうなだれた。

さっきまで一緒に木刀を振るっていた登志蔵が、いつの間にか背後にいた。いや、声を聞きつけて見物しに来るだろうという気はしていた。

「朝っぱらから、こっぴどく振られたな。ご愁傷《しゅうしょう》さまだ」

「誤解を生むような言い方をしないでください。私は本当に、産科の医術について教わりたいだけなんです」

瑞之助は、小脇に抱えていた『産論』の薄い函《はこ》を、登志蔵の前に出してみせた。

「つまり、『産論』のわからねえところを初菜嬢に訊きたかったというわけだ」

「二人きりでなどと言うつもりもありませんでしたよ。だからこうして皆に声が聞こえるところで話しかけたんです。下心なんかありません」

「わかったわかった。むきになるなよ。それで、『産論』の何がどう読み解けなかったんだ？　実際に技を施すならともかく、頭でわかっておくぶんには過不足のない本だろう。文も、ちゃらちゃらした美辞麗句とは無縁で、すっきりしている」

「ええ、読むことそのものに苦はありませんでしたよ。ただ、何というか……」

登志蔵と立ち話をしているうちに、真樹次郎も起き出してきた。夜更かししがちで朝が弱い真樹次郎は、あくびをしながら話に加わった。

「賀川玄悦の『産論』だな。俺もむろん読んだことがある。『産論』に処方が載っている薬は、さして難しくも珍しくもないものばかりだ。そのへんを説いてやることならできるが」

瑞之助は函から第三巻を取り出し、ぱらぱらと紙を繰ってみせた。

「見てください。この版だと、図が一つもついていないんです。私が困っているのはその点なんですよ。登志蔵さん、腑分けの模型を持っていますよね。ときどき見せてもらうものは男の体ですが、女の体の模型か図はありませんか?」

登志蔵は頭を掻いた。

「さほど詳しくねえ図なら持ってるが」

「その図、貸してください。模型か図がなければ、話にならないんです。例えば、この第四巻には、産後の治術における柱が其の一から其の六まで出てきます」

「ああ。産後の肥立ちが悪くて命を落とすってのはよく聞く話だが、それを食い止めるための術を、賀川玄悦が長年かけて打ち立てたんだ」

「治術の其の四は納腸、其の五は収宮、其の六は復肛です。いずれも、腸や子宮や肛門が正しい位置から脱して体の表に出てしまったのをもとに戻す、ということなんですが、図がないことには、どこからどんなふうに何が出てくることの治術なのか、まったくわからなくて」

登志蔵がぽんと手を打った。

「なるほど、そうか。そもそも瑞之助は女の体を知らねえのか。赤子がどこから生まれてくるのか、その穴を見たことがねえんだな。男が一物を突っ込む穴でもあるわけだが」

いきなりあけすけな言い方をされ、瑞之助はうろたえた。かっと頬が熱くなる。

「し、知りません」

「春画くらいは見たことあるだろう？」

「いえ、あの、あまり……母に咎《とが》められますので、そういったものを持つことができず、春画を見せてくれるほど親しい付き合いの友もおらず、いえ、親しい友がいないこともなかったのですが、どちらも親や兄の目が厳しい家で……」

しどろもどろな瑞之助に、登志蔵は呆《あき》れ笑いをした。

「期待を裏切らねえな。まあ、腑に落ちたぜ。瑞之助やお真樹みたいな箱入りのお坊ちゃんじゃあ、女を知らなくてもしょうがねえよな」

真樹次郎が異を唱えた。

「瑞之助と一緒にするな」

えっ、と思わず瑞之助は声を上げた。

登志蔵も目を丸くした。

「お真樹に浮いた話なんかあったか？　お坊ちゃん育ちの世間知らずなせいで、金勘定もろくにできないお真樹に？」

真樹次郎はため息をつき、顔に落ちかかる髪を掻き上げた。

「箱入りのお坊ちゃんだったからこそ、許婚《いいなずけ》がいたんだ。許婚も俺と同じように、幼い頃からひととおりの医書を読みこなしていた。医書によると、男と女は陽と陰だという。そして、病によっては、男と女で証の現れ方が異なるものがある。あのあたりのことが不思議に思えてな」

漢方医術では、陰陽二元論を礎《いしずえ》として体のあり方を説くことが多い。

例えば、『傷寒論』第一巻の弁脈法は、陽の脈とは何か、陰の脈とは何かと解き示すところから本論に入っていく。陰に属する病にかかれば陽の脈が、陽に属する病にかかれば陰の脈が表れるものだという。陰と陽が入り混じった病も、むろんある。

脈を按じたとき、大にして弦《げん》という徴が表れているときは、男と女で証の現れ方が異なる。

男は「亡血失精《ぼうけつしっせい》」とある。血が不足すれば不調が起こることは道理だ。男の体の虚弱はしばしば、失精という言葉によって表される。

女は「半産漏下《はんざんろうか》」とある。すなわち、月が満ちないうちに胎児を出産してしまい、正しからぬ出血が続くということだ。

真樹次郎は平然として続けた。

「ああいった記述について、許婚とあれこれ論じた。男と女でどれほど違いがあるのだろうかと、自分たちの体で確かめてもみたわけだ」

面食らった瑞之助は言葉を失っている。

登志蔵は頭痛を覚えたかのようなしかめっ面になった。

「お真樹、おまえ、おとなしそうな顔に似合わず、何やってんだよ」

「何って下世話だな。聞きたいのか？」

「聞きたかねえよ。箱入りのお坊ちゃんとお嬢ちゃんがそんなことやって、よくぞ騒ぎにならなかったもんだ」

「夫婦《めおと》になる前から床入りするのは、町人ならよくある話だ。侍はどうだか知らんが」

「そうだな。俺の国許じゃあお堅い家が多かった。何事にも適度というもんがあるんだぜ」

「あんたの口から適度という言葉が聞けるとはな。あんたのほうこそ、お堅い国許を離れて江戸に出てきたんだし、相手に困ることはないだろう」

「その手の話が何もなかったとは言わねえが……俺がこの派手な男前だからこそ

の苦労とでも言おうかな、まあ、いろいろあった。何にせよ、どうでもいいだろう」

登志蔵は瑞之助に目配せした。話の筋をもとに戻せというのだ。瑞之助はうなずいて、字ばかりで図のない『産論』を示してみせた。

「そういうわけなので、登志蔵さん、女の体の図を貸してください。自力で読み解けるところはきちんと学んだ上で、初菜さんに教えてもらえないか、また請うてみますから」

登志蔵は、にかりと笑った。

「何でも貸してやるぞ。瑞之助はまじめだな。よし、せっかくだ、この機に俺も学び直そうかな」

俺も、と真樹次郎が声を上げた。

「初菜嬢が蛇杖院に腰を落ち着けたことで、もしかするとこの先、子を孕んだ女が蛇杖院を頼ってくることが増えるかもしれん。そのときに医者の俺たちが何も知らないのでは、危うくてかなわんだろう」

「まったくだぜ。『産論』の賀川玄悦は男の身でありながら、たくさんの妊婦や産婦、その赤子を救うことができた。男だから何もわからねえなんて言い訳は通用しねえよな」

真樹次郎は、瑞之助が手にした『産論』をちらりとめくると、眉をひそめて息をついた。

「しかし、『産論』はこう、読むだけで痛いんだよな。子を産むに臨んで子宮がどんな様子になっているから激痛を発しているのだと、実に淡々と書かれているのが……ありもしないものが痛んでいるように感じられてきて、ぞっとするんだ」

瑞之助も登志蔵もうなずいた。

「私は、胎児が母の腹の中でどんな死に方をしてしまうか、そのあたりの様子が書かれているところにも、幻の痛みを感じてしまって背筋が寒くなります」

「外科の手術に慣れた俺でもそうだ。『産論』ほど、読む者に体の痛みを思い起こさせる医書はないぜ。初めて読んだときは、男に生まれてよかったと、心の底から思ったもんな。女はすげえよ」

「子を産むのが怖くてたまらん女もいるんだろうが、人前でそれを訴える者はいない。女は子を産むのが当たり前だと世の中で通っているから、痛かろうが怖かろうが、口に出せんのだろうな。女は強い」

いつの間にか、ぼそぼそと、情けない声音で語り合っている。

おけいの元気な声が聞こえた。

「ちょいと、あんたたち！　そんなところでぼさっと突っ立ってないで、さっさと朝餉を平らげちまいな！」

瑞之助も真樹次郎も登志蔵も、三人揃って、びくりと首をすくめた。

「蛇杖院の女は、とりわけ強いな」

真樹次郎がつぶやいた。


蛇杖院の門を足早に出たところで、初菜は声を掛けられた。

「今日もまた、歩き回って診療ですか」

初菜は顔を上げ、振り向いた。

門の表、看板代わりの提灯《ちょうちん》が掲げられたところに、桜丸が立っていた。

桜丸のほっそりとした姿は、おのずから香り立ちそうなほどに美しい。婀娜《あだ》っぽいと言い表したい類の美しさだ。しかし、男にしては細い首筋に、喉仏がくっきりと尖《とが》っている。

初菜は最初の頃、桜丸が女であると勘違いしていた。あれこれと気を回してくれることに感謝し、いくらか甘えた心持ちになってきたところで、桜丸が男であることを知った。女と見紛う装いを好むのは、己が最も美しく見える姿を求めればこそだという。

紅を刷いて艶を増した目に見つめられ、初菜はうつむいた。

「もちろん、今日も行ってまいります。わたしのほうから出向かねば、身動きがとれない人ばかりですから」

「若い女の一人歩きはいささか心配です。巴がひどく案じていましたよ」

「巴さんは親切ですね。湯屋にも一緒に行ってくれますし、愚痴も聞いてもらっています。心苦しいくらいです」

そそくさと立ち去ろうとする初菜に、桜丸は喉を鳴らすようにして笑った。

「そう慌てなさんな。少しおしゃべりをしましょう。焦って生き急いでも、よいことなどありますまい」

「いいえ、のんびりしてなどいられません。わたしは、一人でも多くの人の命を救いたいのです。玉石さまがわたしをここに置いてくださって、薬でも道具でも何でも都合してくださるから、わたしは、なしたいことができる。ですから、動かずにはいられないのです」

「蛇杖院はあのかたの道楽ですからね。あのかたの望みに叶う医術であれば、稼ぎにならずともよい。いくら費やしてもよい。医者にとって、これほどの場はほかにありませぬ」

「本当にそのとおり。期待に応えなければ。いえ、わたしは買いかぶられているかもしれませんが」

桜丸は、舞うように膝を屈め、初菜の顔をのぞき込んだ。

「何を言うのやら。産科の女医者であるあなたほど、玉石さまが待ち望んだとおりの医者はおりませぬよ。玉石さまが自らのお手では救えなかった小さな命を、あなたは救うことができるのですから」

「玉石さまも悲しい思いをされてきたのですね」

「蛇杖院に居着いている者は皆そうです。子を亡くした母もいれば、故郷を追われた者もいる。江戸という大きな町に紛れることもできぬ、極めつけのはぐれ者ばかりですよ。このわたくしも」

桜丸は、ひらりと翻した手を胸に当てた。

「玉石さまがおっしゃるには、桜丸さんには、人の目に見えないはずのものが見えるのだとか。まことなのですか？」

「あい、まことです。できることとできぬことがありますが、並みの人よりはよく見える目を持っております」

「その力を使って、人の世にはびこるまやかしを払うことはできますか？」

桜丸は首をかしげた。

「はて、それはどういう意味でしょう？」

「わたしは医者として、何としても闘って打ち勝たねばならないものがあるんです。人の身を害する習わしの数々を改めていきたい」

「それらの習わしのことを、まやかしと呼んだのですね」

「きちんとした拠《よ》り所もないのに、人の暮らしの中に染みついて、人の身を害する習わしです。まやかしでなければ、呪《のろ》いと呼んだっていいでしょう」

ふと、桜丸が顔を巡らせた。

「誰か来ましたね。初菜、きっとあなたの客です」

初菜は目を丸くして、桜丸が見ているほうへ顔を向けた。耳を澄ませていると、ようやく、声と足音が近づいてくるのがわかった。

業平橋のほうから、駕籠がやって来る。二人の駕籠かきが調子を合わせ、勇ましい掛け声を交わしている。

「桜丸さんは、ずいぶん耳がいいのですね」

「あい、わたくしが人並み外れているのは、姿の美しさと目のよさだけではありませぬ」

初菜の前に止まった駕籠は、そっけないものだった。すだれは巻き上げられており、誰も乗っていない。それもそのはずで、桜丸が予言したとおり、駕籠かきは初菜に問うた。

「船津初菜というのは、あんただな？　女だてらに医者を名乗っていて、妊婦を診ると聞いた」

「さようです。わたしに何か？」

「さるお屋敷からじきじきのお呼びだ。若奥さまを診てもらう」

「身ごもって幾月のかたです？」

「黙れ。話はすべて内密にと命じられている。さっさと乗れ」

駕籠かきたちは、いかにも力の強そうな体を見せつけるかのごとく、襟元をはだけ、尻っ端折《ぱしょ》りをしている。汗の匂いがつんと初菜の鼻を突いた。

桜丸が眉をひそめている。嫌な感じがする、といったところか。

だが、初菜は腹を決めた。

「まいりましょう。どなたが相手でも、わたしは、なすべきことをするだけですから」

初菜が乗り込むと、駕籠は勢いよく動き出した。

二

朝餉の後、いくつか仕事をしているうちに、約束の刻限になった。

瑞之助は、洗濯をする巴やおふうに声を掛けた。

「じゃあ、行ってきます」

巴はおもしろくなさそうに応じた。

「源ちゃんや旭さん、渚さんによろしくね」

「はい」

瑞之助は泰造と一日交代で、本所三笠町《みかさ》の宮島家の屋敷に赴き、源弥の世話をしている。

このところ源弥は体がしっかりしてきたようで、たっぷり遊ばなければ、おとなしく昼寝をしない。昼寝をしなければ夕方にはくたびれてきて機嫌が悪くなり、夕餉も沐浴《もくよく》もそっちのけで泣いて暴れ、寝かしつけもうまくいかなくなる。

無理をさせられない旭はもちろん、家事を手伝う渚にとっても、源弥が満足するまで遊んでやるのは大変だ。これでは体が持たないという渚の訴えを聞き、瑞之助と泰造が交代で宮島家を訪ねることになったのだった。

源弥は毎日、朝餉を終えると「みゆん、みゆん」と言い出すらしい。瑞之助の名を呼んでいるのだ。瑞之助ではなく泰造が訪れる日には「あれぇ?」と首をかしげてみせるという。

「どうして俺より瑞之助さんのほうに懐いたのかな」

泰造はしきりに不思議がっていた。

「瑞之助さんのほうが男前だからじゃない?」

一つ年上のおふうは、そう言って泰造をからかった。泰造は言い返せず、すっかりむくれてしまった。

今日は薄曇りだが、それなりに暖かい。

早く源弥に会いたくて気が急いた瑞之助は、小走りになった。宮島家に着いた頃には、しっとりと汗ばんでいた。

「こんにちは、源ちゃん。今日は何して遊ぼうか」

瑞之助が腰を屈《かが》めてみせると、源弥は、にこっと笑う。

正月に初めて源弥と会ってから二月になる。たった二月だが、喜んで手を打ち合わせる仕草だとか、とことこ走る足取りだとか、初めの頃とはずいぶん違う。赤子っぽさがどんどん抜けて、子供らしくなってきたと感じられるのだ。

源弥は一人遊びが好きだ。瑞之助がそばにいようがいまいが、自分にだけわかる言葉をひっきりなしにしゃべりながら、土をいじったり、同じところを行ったり来たり、毬を投げては追いかけたりする。

瑞之助は源弥の後ろをついて回りながら、あれこれと話しかける。

「源ちゃん、今日は暖かいね。走ったら、汗をかいてしまうかもしれないよ」

はたと立ち止まった源弥が、春風に揺れる黄色い花をぎゅっとつかんだ。

「なな」

「そう、それは花だね。菜花と呼ぶんだよ」

「ななー」

源弥は花が好きだ。菜花も菫《すみれ》も、瑞之助が抱えてやって見上げた桜や梅も、花と呼ばれるものであると、ちゃんとわかっている。

虫も好きなようだ。ひらひら飛んできて菜花に止まった蝶《ちょう》を、不思議そうな目でじっと見つめる。源弥が手を差し出すと、蝶はふわりと飛び去ってしまった。

瑞之助は、泰造に習ったとおりに、てんとう虫をつかまえて源弥の手に乗せてやった。

「ほら、源ちゃん。てんとう虫。指をお空のほうに向けてごらん」

瑞之助は源弥の小さな手をそっと押さえた。源弥は目をきらきらさせて、人差し指を登っていくてんとう虫を見つめている。

てんとう虫は、源弥の指先から空へ飛んでいった。

「どこかに行ってしまったね、てんとう虫」

源弥はきょとんとして瑞之助を見上げ、首をかしげた。さっきまでてんとう虫が止まっていた指先を、ためつすがめつする。

いつの間にか、源弥は何でも口に入れて確かめようとすることがなくなった。蛇杖院で預かっていた頃は、薬や筆をかじられそうになった真樹次郎が大慌てしたことがあったが、もうそれもおしまいらしい。

その代わりといおうか、手先が器用になってきたせいで、別の困り事も起こっている。紐《ひも》や帯をいじって解いてしまうのだ。瑞之助は今のところ脱がされかけたことはないが、渚は何度か悲鳴を上げたという。昨日は泰造もやられたらしい。

門のところから、ひょいと、小さな茶色い頭がのぞいた。犬だ。

「わんわん」

源弥が毬を放って駆けていく。

「ああ、佐助《さすけ》。今日も遊びに来てくれたんだね」

瑞之助の言葉に、犬の佐助は、舌を出して笑ったような顔をしてみせた。

佐助はこの近くの湯屋、望月湯《もちづきゆ》で飼われている犬だ。茶色い毛並みの小柄な犬で、首に赤い布を巻いている。源弥はこの佐助が大好きで、佐助もまた源弥によく懐いている。

数年前まで目明かしだったという望月湯の親父に鍛《きた》えられたためか、佐助はずば抜けて頭がいい。源弥が頭にこぶをこしらえていたときは、佐助が真っ先に気づいた。源弥がうんちをしそうになれば、佐助はすぐに察して、瑞之助や旭や渚に知らせに来る。

源弥は佐助をつかまえ、声を立てて笑いながら、ふさふさした毛皮に顔をこすりつけた。それを横目に見ながら、瑞之助は、源弥が散らかしたおもちゃを拾い集め、摘まれた花を庭の隅に片づける。

毛の多い佐助と遊ぶと、源弥も毛だらけになる。特にこの時季は夏毛に生え変わる頃らしく、ふわふわした抜け毛がとても多い。

「後で着替えようね、源ちゃん」

瑞之助は苦笑した。いくらきれいな着物を身につけさせても、あっという間に汚してしまうのが幼子だ。

おやおや、と柔らかな声が聞こえた。門の表に老婦人が立っている。

「今日は佐助ちゃんに先を越されてしまったようですね」

隣の屋敷に住む大奥さまである。息子が書物同心を務めているらしい。大奥さま自身、読書好きで物知りだ。旗本の子女に手習いを教えていたこともあるという。

あら、と気づいた旭が縁側から出てきた。こんにちは、今日は暖かいですねと、旭と大奥さまはにこやかにおしゃべりを始める。旭がおなかにそっと手を当てると、大奥さまも少し背を屈め、今日も元気かしらと、旭のおなかの子に話しかけた。

三年近く前、旭は夫と所帯を持つと、本所三笠町に越してきてすぐに身ごもり、つわりで寝込んでしまった。近所付き合いをする余裕もないまま一人で子育てをしていたが、二度目のつわりをきっかけに蛇杖院を頼ることになった。それが今年の正月五日である。

　宮島家に出入りする者が急に増えたのを見て、隣の大奥さまが、遅ればせながらとあいさつをしに来た。昼間は母子がひっそりと過ごしているはずの屋敷に何かよからぬ者が入り込んだのではないかと、初めは身構えていたらしい。

　旭の子育ての苦労や体のつらさを、大奥さまは察してくれた。それ以来、毎日のように旭と源弥を訪ねてくる。

　このあたりの長老格である大奥さまのおかげで、旭も近所付き合いが少しずつできるようになってきた。勘定所勤めの宮島家と同様、周囲には役方《やくかた》を務める御家人の屋敷が多い。

　渚が母屋から旭を呼んだ。旭は大奥さまに断りを入れ、ゆっくりした足取りで母屋のほうへ歩んでいった。

　おしゃべり好きな大奥さまは、今度は瑞之助をつかまえ、にこにこして話し始めた。

「源ちゃんは男の子なのに、よく言葉が出てくるのねえ」

「男の子はあまりしゃべらないのですか？」

「言葉が遅い子が多いといいますね。源ちゃんは、大人が使うのとは違う言葉ではあるけれど、ずっと何事かを語っているわ。おもしろい子」

「子供というものは不思議です。日に日に様子が変わっていく。あっという間に、次々と、いろんなことができるようになるのですね」

源弥は近頃、瑞之助が作ってやった匙を使えるようになってきた。少し前まで、匙は遊ぶための道具で、かじったり振り回したりしてばかりだった。食べるための道具だとわかっていなかったのだ。

それがこのところ、源弥は匙で雑炊や汁かけ飯をすくう。こぼさないよう、慎重に口に運ぶやり方もわかってきたらしい。ひと椀をきちんと自分で食べきることができたときは、瑞之助は胸がいっぱいになってしまった。

むろん、まだまだきれいに食べることはできない。味噌汁を自分で飲みたいと強情を張ったので、椀を持たせてみたら、全部ひっくり返した。手づかみで食べたくなるときもあるようで、いきなり匙を放り投げたりもする。

今日はどんな苦労があるだろうか。瑞之助は思い描いて、くすりと笑った。

「源ちゃんのお世話をしていると、すんなりうまくいくことのほうが少ないくらいです。何をするにも時がかかります。でも、楽しいですよね」

「瑞之助さんは本当に人柄が穏やかですね。三つの子供を相手にして、いらいらしている様子がまったくないんですもの。旭さんも感心していたわ」

「いえ、それは、私が母親とは違う立場だからですよ。四六時中そばにいて源ちゃんを見ているわけではなく、こうして昼間にちょっとお世話をするだけですから。旭さんの苦労とは比べてはいけませんよ。自分の子を育てるとなると、きっとまるっきり違いますよね。母親というものはすごいと、改めて感じています」

「夜泣きも好き嫌いもわがままも、そして病やけがも、子育ては本当に大変ですよ。でも、瑞之助さんの母上さまは幸せ者だわ。こんな優しい息子がいるだなんて」

「そんなことはありませんよ」

瑞之助は目を伏せた。

自分は親不孝者だと、瑞之助はよくわかっている。

相変わらず、母からは、読むだけでくたびれるような手紙が届く。瑞之助は返事を書くことすらしない。母も会いには来ない。どちらかが折れるまで、きっとこのままだ。

源弥は、すっくと立ち上がると、佐助の首に巻かれた布をいじり始めた。結び目を見つけたので、ほどいてやろうというのだ。

「ああ、源ちゃん。引っ張ってはいけないよ。佐助が苦しいからね」

瑞之助は声を掛けてみるが、源弥が耳に入れる様子はない。佐助に乱暴をするようなら止めねばと、はらはらしてしまう。

佐助が黒い目で瑞之助を見上げ、ぱたぱたと尻尾を振ってみせた。気にするな、とでも言わんばかりだ。

「源ちゃんは器用ねえ」

「ほんの少し前まで、こんなことはできなかったんですが。本当に、あっという間に育って、どんどん変わっていくんですね」

「そうね。その変わり方も、歩みの速さも、一人ひとり異なるのですよ。瑞之助さんはこれから、子供を診る医者になるのでしょう？　子供を型にはめてはいけませんよ。大人の思い込みなんか、子供はひょいと越えてしまうのだから」

「はい。そのお言葉、大事に覚えておきます」

瑞之助が大奥さまに答えたとき、源弥が嬉しそうに声を上げた。赤い布の結び目を無事にやっつけたのだ。

三

ひどい乗り心地の駕籠で運ばれ、初菜は気分が悪くなった。頰の内側の肉を嚙んでしまって、口の中に血の味がにじんでいる。

初菜は江戸の町にまだ不案内だ。小梅村を出た後、本所を突っ切って両国橋を渡り、広小路や米沢町に至るあたりまでは、ちゃんとわかった。だが、そこから先、千代田《ちよだ》のお城を左手に見ながら武家地を巡っていく道となると、まるっきり初めてだった。

ここはどこなのだろう？

立派な構えの屋敷が並んでいる。道を行く侍も皆、きちんとした身なりで、供回りを連れている。ちょうどお城へ登る刻限と重なっているようだ。にもかかわらず、道も譲らずにひた走る駕籠には好奇の目が向けられる。

咎められるたびに、駕籠かきは答えた。

「産婆でございｉ」

お産ならば仕方あるまいと、足止めを食うことはない。

医者とは呼んでもらえぬことに、初菜は忸怩《じくじ》たる思いがあった。産婆を見下すつもりはない。が、習わしを重んじるばかりの産婆のあり方は、初菜とは相容《あいい》れない。

初菜が医術を学ぶことを是とした祖母とさえ、仕事に関してぶつかることがあった。祖母は三十年来の産婆である。祖母が取り上げた子の数は、一千を上回るだろう。

生かすことができた子のほうが多い、と祖母は言った。七つを数えるかどうかで言っても、生きた子のほうが多いと。

初菜も、医者ではなく産婆と名乗っていれば、健やかなお産に立ち会えるのかもしれない。わたしは医者だと意地を張るから、次から次に難事に出くわしてしまう。

「着いたぞ」

初菜は勝手口で駕籠から降ろされた。大きな屋敷である。旗本の住まいだろうか。垣根が高いこともあって、屋敷の大きさがいかほどのものか、まったく見通せない。

駕籠かきは初菜を小突いた。

「じろじろ見るな。余計な口を利くんじゃねえぞ。探りを入れようなんておかしな真似をするなよ」

「どなたのお屋敷であるか、尋ねてはならないのですね」

「口を封じられたくなけりゃ黙ってろ」

凄む姿は、やくざ者さながらである。相方のほうは黙っているが、どこからともなく取り出した小刀をいじり始めた。

勝手口から屋敷に入ると、思いがけず、初菜を出迎えたのは女中や下男ではなかった。若い侍である。額《ひたい》に目立つ傷痕がある。

侍は低い声で短く名乗った。

「陣平。この屋敷の厄介者だ」

瑞之助と同じ年頃だろうと、初菜の頭にお人好しな医者見習いの顔が浮かんだ。あの人も確か旗本の次男坊で、もとは厄介者の身の上だったはずだ。かつてはこういう屋敷に住んでいたのだろう。

初菜はお辞儀をした。

「船津初菜と申します。産科の医者です」

「知っている。深川であんたの噂を聞いて、俺が呼びつけた」

「深川で？」

「馴染みの賭場《とば》があってな。調べてみれば、あんたは近頃、ちょいと目立っているそうじゃないか。あちこちで騒ぎを起こしている」

「騒ぎなど起こしたいわけではないのですが。ご用件は？」

「兄嫁が尋常じゃなく苦しんでいる。男の医者には幾人か相談したが、わからんと言って匙を投げた。産婆はまじないを、坊主は読経をしてみせるが、くだらない。霊験《れいげん》なんぞあるものか。それで、兄嫁の命があるうちにと、あんたを呼ぶことになった」

陣平は皮肉っぽく言い捨てた。襟元にちらりと彫り物がうかがえる。紅色をした花の意匠だ。やくざ者のような駕籠かきは陣平の取り巻きだろうか。

初菜は嫌な具合に胸が鳴るのを聞いた。

旗本の厄介者といえば、半端なやくざ者よりよほど面倒な手合いだと聞いたことがある。

武家では長男が家やお役を継ぐものだ。大身《たいしん》旗本とあっても、次男以下に生まれた厄介者は、出世を望むべくもない。一生、屋敷につながれた日陰者だ。そうした者が鬱屈《うっくつ》を抱えるあまり、ぐれてしまうこともある。

旗本の厄介者が罪を犯したとしても、町奉行所は手が出せない。武家の罪は目付が取り締まるものだが、そこそこの家柄ならば体面を気にして、袖の下によって内密にことを納める。

初菜がじきじきに顔を知っている旗本次男坊は、長山瑞之助だけだ。お坊ちゃん育ちの、まじめで人当たりのよい男である。

やはりあの人は変わり者なのだ、と初菜は感じた。

陣平は冷たい目をして初菜を見やり、きびすを返した。

「来い」

「承知しました」

初菜が速足で付き従うのを肩越しに確かめると、陣平は前を向いてぼそりと言った。

「貧乏くじを押しつけられたな」

ああまたか、と初菜は思った。

産屋は、母屋の裏手にこぢんまりと設けられていた。

しめ縄がぐるぐると巡らされ、お札がべたべたと貼られている。霊験というものがあるのなら、幾柱もの神と幾座もの如来《にょらい》や菩薩《ぼさつ》が鉢合わせし、困惑しているに違いない。

妊婦の苦しむ声が低く聞こえ続けている。妊婦を叱咤《しった》する、老いた女の声もする。

「気を確かに持ちなさい！　早く産んでしまうのです、さあ！」

初菜は深く息を吸って吐いた。

すでに古びて鉄っぽくなった血の匂いが、はっきりと感じられた。

「いつお産が始まったのです？」

「この朝で三日目だと聞いた」

「あなたの兄嫁さまとは、こちらのお屋敷の若奥さまですね？」

「そうだ。赤子は、腹の出っ張り方から見て男の子だろうと言われていた。兄が家督を継いだら、腹の子が嫡男になるんだと、家じゅうの者がはしゃいでいた」

陣平は産屋の中の様子を知るまい。だが、すべて察しているようだ。まるで終わったことであるかのように、淡々と言った。

初菜は唇を噛み、産屋の戸口に立った。

「医者でございます。呼ばれてまいりました」

たちどころに戸が開いた。血走った目をした五十いくつかの女が、自ら戸を開けたようだ。この屋敷の奥方であり、陣平の母であり、妊婦の姑《しゅうとめ》であろう。

奥方は名乗らなかった。産屋の奥を指差した。

「嫁と孫を何とかなさい、今すぐに！」

産婦のぐったりとした体は、紐で産椅に括りつけられている。天井から絹の帯が下がっており、それが力綱のようだが、自らつかまる力があるとは思われない。

血といろいろな体液で、床はすでに汚れている。

産婦は疲れ切っているが、気を失ってはいなかった。傍らに控える女中が、産婦の腕をぴしゃぴしゃと叩き、呼びかけ続けている。

初菜は、持参した焼酎で両手を清めた。奥方がその背中を、どんと突き飛ばした。

「何をぐずぐずしているのです?」

「申し訳ありません。お嫁さまのことをお尋ねしてもよろしいでしょうか」

「あなたのようなどこの馬の骨ともわからない者の前で、名は明かしませんよ」

「かまいません。孕《はら》んで幾月です?」

「産婆は八月と申しておりました。月足らずではありますが、嫁が腹に痛みを訴え、破水も起こったので、産婆を呼んだのです」

「それから二晩を越してしまったとうかがいました」

「ええ、そうよ。その間、わたくしも嫁も寝ずにここに詰めているのです。さあ、急いで！」

初菜は押し出されるまま、産婦のほうへ膝を進めた。

ぎりぎりまで疲れ果てた産婦は、それでも気丈だった。初菜に気づいて顔を上げ、会釈のような仕草さえしたのだ。

お産にあたってなお、産婦の腹を鎮帯がきつく締めつけている。

初菜は産婦にそっと問いかけた。

「おなかに痛みはありますか？」

かすかな声が答えた。

「はい」

「波のような痛みですか？」

「いいえ……もう、ただ、痛くて苦しゅうございます……」

初菜は、目の前が暗くなるような絶望に耐えた。泣き出したくなる気持ちを抑え、きっぱりとした声を出した。

「その痛みと苦しみを、なるたけ早く取り除きたいと思います。そのために、鎮帯を解かせてください」

奥方は目を剝《む》いた。

「何を言うのです？　鎮帯がどれほど大切なものか、あなた、おわかりでないの？」

「お願いします」

「なりません」

「胎児の様子を診るために、じかに腹に触れねばなりません。鎮帯があっては、診療に障りがあるのです」

奥方は黙り込んだ。初菜はそれを承知の合図ととらえ、さっと鎮帯を解いた。着物をはだければ、白い肌には、鎮帯による赤黒い痕がくっきりとついている。かぶれて湿疹ができたところもある。

初菜は手のひらで産婦の腹を按じた。

八月の胎児は、納まっているはずの位置からすでに外れていた。産道を下りかけたところで、引っ掛かって止まっている。

「さかさまだわ」

胎児は頭を下にするのではなく、足から生まれてこようとしていたのだ。足を下にした胎児は、いちばん大きな頭が子宮や産道に引っ掛かってしまい、難産になりやすい。

今、初菜の手には、覚悟したとおりの静けさが触れている。胎児の鼓動が一切感じられない。

初菜は心を殺し、冷静に告げた。

「若奥さま、この子はもう、自ら産道を進んでくる力がありません。このままではあなたのお命が危のうございます。この子をあなたのお体から除かねばなりません」

奥方は初菜に詰め寄った。

「子を除くですって？　何という言い草ですか！」

「はっきり申します。この子は亡くなっています。それも、亡くなってから時が経っていると思われます」

「何を言うの？　確かに陣痛が起こったのですよ！」

「ですが、もう時が経ちすぎています。生まれてくる途中で引っ掛かって止まったまま、疲れて力を失い、亡くなられたようです。このままでは若奥さまのお体に障ります」

　ああ、と産婦が泣いた。どこにそんな力が残っていたのかと驚くほどの勢いで産椅の上に体を起こし、奥方にすがった。

「ごめんなさい、ごめんなさい、義母上《はは》さま！　きっとわたくしの振る舞いがいけなかったのです。罰《ばち》が当たったのです、だから、子がまっすぐに生まれてこなかったの！　わたくしが駄目だったのよ！」

　初菜は産婦の体を押さえた。

「落ち着いてください。誰のせいでもありません。胎児がなぜ足を下にすることがあるのか、誰にも解き明かせないのです。だから、ご自分を責めないで」

　産婦は初菜の腕をつかみ、ぎゅっと力を込めた。凄まじいまなざしで初菜を見据えると、次の瞬間、ぐったりとして白目を剝いた。

　奥方が悲鳴を上げ、産婦の名を呼ぶ。産婦の喉《のど》が、ひゅう、と鳴った。ほとんど気を失いながらも、呼びかけに応じようとしたのだろうか。

　もはや一刻の猶予もない。

　初菜は薬箱から鋏《はさみ》を取り出すと、産婦をいましめる紐を切った。産婦の体を産椅から引き離し、横たえる。

産婦の膣《ちつ》に指を入れる。指先が胎児の小さな足に触れた。

足を下にした胎児で、早産だった。産椅と鎮帯によって産婦は体を損ねていた。胎児も産婦も苦しかったに違いないが、それでも何とかしてお産を成し遂げようと懸命に試みたけれど、それは達せられなかった。

これは難事だ。初菜は指先で産婦の膣の中を調べながら、ぞっとした。

胎児を強引に取り上げれば、産道が裂け、大いに出血するに違いない。産婦の命に関わるだろう。

だが、胎児をこのままにしていても、産婦は命を落とす。産婦の脈はすでに弱く、死へと向かいつつある。

「奥方さま、若奥さまに呼びかけ続けてください。せめて若奥さまだけでもお救いしなくてはなりません」

賀川流産科医術は、死産の妊婦の体を救う術に長じている。

医者からも産婆からも疎まれた玄悦は、手の施しようのない難産や死産を任されることが多かった。そんなとき、玄悦は、産婦だけでも生かすことを選んだ。

死んだ胎児を母の胎内から取り出すための道具も、鋳物の技に優れる玄悦が自ら考案し、制作した。

初菜は鉗子《かんし》を手に取った。

時をかけてはいられない。初菜は、産婦の膣に差し入れた鉗子で、動かない胎児の体をつかんだ。


胎児の首にはへその緒が巻きついていた。途中で引っ掛かって出てこられなくなったのは、そのせいだったのだろう。

へその緒を含む胞衣《えな》も、胎児と共に取り出すことができた。胞衣とは、胎児が子宮の中で過ごすとき、布団のように胎児を支え包むものだ。生み落とされた胞衣は、血の塊のように見える。

奥方は、産声を上げることのない小さな胎児を抱いて、放心している。

長丁場の難産だった割には、取り返しがつかないほどの出血ではなかった。産婦はぐったりとしている。女中が泣きながらあたりの血を拭い、産婦の着物を取り替えにかかっている。

初菜は産婦の脈を診て、薬箱から四物湯《しもつとう》を取り出した。

当帰《とうき》、川芎《せんきゅう》、芍薬《しゃくやく》、地黄《じおう》の四種から成る四物湯は、補血の薬として広く使われる。妊婦や産婦には処方する機会が多いので、初菜はいつも、調合した四物湯を油紙に包んで持ち歩いている。

もしも、と考えてみる。もしも初めからこのお産に呼ばれていたら、胎児を救えただろうか。

初菜はそっとかぶりを振った。

お産の初めから立ち会っていたとしても、望みは薄かっただろう。首にへその緒が巻きついていることは、腹を按ずるうちに気づけたかもしれない。だが、へその緒を直してやる手立てはない。

何と無力だろうかと、初菜は拳を握った。

そのときだった。

産屋の戸が乱暴に開かれた。

「子はどうなった？　お産は？」

きちんとした身なりの侍が、戸口に立っていた。肩で息をしている。押し殺された声に、激情がにじんでいる。

産婦の夫だろう、と察せられた。すなわち、この屋敷の若殿だろう。陣平とも奥方とも、どことなく面差しが似ている。

若殿は、ぎらついた目で産屋の中を睨んだ。

「私の子はどこだ？」

若殿の目が、奥方の抱く胎児の遺体の上にとまった。言葉にならない叫びが若殿の口からこぼれ出る。

初菜は若殿の前に進み出た。

「お子さまを亡くされたこと、大変残念です。若奥さまは一命を取り留められましたが、血を多く失い、疲れ果てておいでです。いくらかの薬をお出ししておきますが、幾月にもわたる療養が必要かと思います。ですので……」

差し出した薬をはたき落とされ、初菜は口を閉ざした。

ああ、まただ。

痛みを覚悟して体を強張《こわば》らせ、奥歯を食い縛る。初菜は胸倉《むなぐら》をつかまれ、突き倒された。転んだはずみで腰を打ちつける。痛みのあまり、じわりと涙がにじむ。

「出ていけ！　女の医者など、所詮は藪医者だ。いや、紛《まが》い物のまじない師だ、いかさま師だ！」

初菜は這っていって薬箱を手に取った。痛みをこらえ、強引に立ち上がる。戸口で一礼しようとすると、若殿に突き飛ばされ、産屋の外へ転がされた。

陣平がそこに立っていた。

若殿は陣平に冷たい目を向けた。

「穀潰《ごくつぶ》しめ。おまえが噂に聞いてきた名医は、このざまだ」

「産屋の外で話を聞いておりました。この女が来たときにはもう、子は死んでいたようですが」

陣平の口答えに、若殿は吐き捨てるように言った。

「その女をつまみ出せ。おまえも私の前から失せろ」

陣平は初菜の薬箱を手に取ると、初菜に顎をしゃくった。行くぞ、という意味だ。初菜は立ち上がり、産屋に一礼して歩き出した。

今は昼頃だろうか。

初菜はひどく疲れている。時の流れ方がおかしくなっているように感じる。渇きも飢えも感じない。鼻の中に血の匂いがこびりついている。

勝手口の表には、朝と同じ駕籠かきがいた。陣平は初菜に言った。

「麹町を出るところまで駕籠に乗せてやる。そこから先は自力で帰ってくれ。母や兄にそうしろと命じられている」

「ここは、麹町というところなのですか？」

「ああ。城の西側だ。小梅村は城の向こう側だな。女の足には遠い。途中で適当な駕籠を拾え」

初菜は頭を下げた。

「わかりました。ありがとうございます」

陣平は初菜に薬箱を渡しながら問うた。

「兄嫁はまた身ごもることができるだろうか」

「今は何ともわかりません。しっかり養生して健やかになられることを願っています」

「そうか。願ってくれるか」

「ええ。そんなことしかできませんが」

「兄は頑固で、兄嫁一筋でな。もしもあのまま兄嫁が死んでいたら、あんたは生きてこの屋敷から出られなかっただろう。あんたは兄嫁の命を救うことができた。腕がいいな」

初菜は驚いて顔を上げた。

「腕がいい？　わたしを誉めるのですか？」

「誉められたくないのか？　なぜそう訝しむんだ。おかしな女だな。ああ、あんたも顔に傷痕があるのか。俺とお揃いだ」

思いがけないことを立て続けに言われ、初菜は困惑した。ただ黙って頭を下げ、駕籠に乗り込む。

駕籠が動き出す前、初菜は陣平のほうを振り向いた。

陣平は暗く目を光らせた。

「もう二度と会わずに済むことを祈る。が、俺のような悪党の祈りなど、通じるはずもないな」

初菜は目を見張った。陣平の真意を問いたかった。

だが、乗り心地のよくない駕籠がすぐさま走り出してしまった。

初菜が蛇杖院に帰り着いたときは、あたりはすっかり暗くなっていた。

門の提灯《ちょうちん》には火がともされていた。その傍らに、朝と同じように桜丸がいた。

「そろそろ戻る頃かとは思っておりました。お帰りなさい」

「ずっと待っていてくれたのですか？」

「つい先ほどからです。わたくしは勘がよいものですから。初菜、ずいぶんひどい顔をしていますよ。着物も汚れておりますね。何があったのです?」

取り繕う気も起こらず、初菜は率直に答えた。

「死産に立ち会いました」

初菜は、陣平に言われたとおり、市ケ谷《いちがや》門のところで駕籠を降ろされた。そこからまっすぐ小梅村に向かったつもりだったが、途中で幾度も道がわからなくなった。迷いながら歩き続けて、ようやく蛇杖院に帰り着いたのだ。

駕籠かきに無体なことをされずに済んだことを、後になって、助かったと思った。駕籠かきの片方は、そのつもりがあったのかもしれない。が、小刀をいじっていたほうが言ったのだ。

「呪われたらどうするんだ。その女、産屋の穢《けが》れにまみれてんだろう?　髪も着物もひでえありさまじゃねえか。気味が悪い」

ずいぶん失礼な言いようだったが、おかげで身が守られたのだと思えば皮肉なことだ。

初菜はふらりとよろめいた。脚が棒のようで、うまく利かない。飲まず食わずでいたせいだろうか、がんがんと頭が痛む。

桜丸が初菜の体を支えた。

「初菜、あなた、体が冷え切っていますね。このままでは病みついてしまいますよ。さあ、早く中へ。風呂で体を温め、それから食事をなさい」

「気分が悪いんです。何も食べたくありません」

桜丸はいきなり、ぴしゃりと言った。

「いじけてんじゃねえよ。てめえが体を損ねてどうするんだ。おとなしく風呂に入んな。内湯を沸かしておいた」

初菜はぎょっとして、桜丸から体を離した。

「い、いじけてなんていないつもりですけど……」

「ふん、どうだか。突っ張るのも大概にしな。痛々しいばっかりだ」

桜丸の声を聞きつけたらしく、巴が長屋から出てきた。巴は初菜の顔を見るなり、眉をひそめた。

「やだ、どうしたの？　初菜さん、つらそうだよ」

「くたびれただけです」

桜丸が巴に告げた。

「何か温かいものを飲ませてから、湯殿に案内しておやりなさい。わたくしは真樹次郎に言って、滋養の薬を煎じてもらっておきます」

「わかりました。さあ、初菜さん、行こう」

巴は薬箱を預かると、初菜の背をそっと押して、湯殿のほうへ向かわせた。

江戸の家々には普通、内湯がない。敷地内に風呂を設けている蛇杖院は特別である。内湯は、療養する病者やけが人に使わせることもあるが、毎日使っているのは桜丸だ。

桜丸は、蛇杖院の外に出たがらない。人前で肌をさらすことになる湯屋など、もってのほかである。

江戸育ちではない初菜にはぴんとこないが、桜丸は拝み屋として人々に崇《あが》められているという。人並み外れた美しさと、浮世離れした立ち居振る舞いが、神か仏のように見えるのだろう。

ならば、桜丸はなぜ、嫌われ者ばかりの蛇杖院に住み着くことになったのだろうか。町に出て人々に慕われ、崇められて暮らすほうが、おもしろおかしく生きられるのではないだろうか。

初菜は温かい生姜湯《しょうがゆ》を飲み、風呂につかりながら、ぼんやりといろいろなことを考えた。

湯殿の表から巴の声が聞こえた。

「初菜さん、湯加減はどう？　熱くない？」

「ちょうどいいです」

「よかった。着替えはここに置いておくね」

ちゃきちゃきとした巴の話しぶりは、耳に心地よい。もっとおしゃべりを聞いていたい、と思ってしまう。

「巴さん」

「なぁに？」

「えっと、あの……ああ、そうだわ、切絵図。巴さん、切絵図を持っていませんか？　わたしはまだ江戸の町のことがわからなくて、今日は道に迷ってしまったんです」

「切絵図ねえ。あたしは持ってないけど、誰かの手元にはあると思うよ。今日はどこまで行ってきたの？　朝から駕籠が迎えに来たんでしょ？」

「麴町です。お城の西側で、武家のお屋敷が並んでいるところでした」

ああ、と応じた巴は、声の調子を変えていた。ぎゅっと顔をしかめていることだろう。

「瑞之助さんの家があるあたりね。あのへんはあたしもわかんないわ。初菜さん、また麴町に行く必要がある？　どうしてものときは、瑞之助さんに案内してもらえばいいんじゃないかしら」

「必要ありません。今日限りのことでしたから」

巴が言い終わるかどうかのところで、初菜は慌てて答えた。巴は、くすりと笑った。

「頼りないものね、瑞之助さんって。学問も剣術もできるくせにね。正月に初菜さんが初めてうちの男連中と会ったときのこと、登志蔵さんから聞いたんだけど、瑞之助さんに平手打ちしちゃったんだって？」

「あのときはちょっと、わたしも頭に血が上ってしまって。今思うと、やりすぎたかもしれません」

「瑞之助さんなら、きっと気にしてないわ。あの人、変わってるから。旗本の生まれなのに、次男坊は肩身が狭いもんなんだって言って、気が弱いというか腰が低すぎるというか」

「女の前で威張り散らす男よりは、いいかもしれませんけれど」

「ああ、それはそうね。うちの男連中はその点、みんなあっさりしてるわ。真樹次郎さんは意地っ張りで偏屈だけど、誰に対しても公平。登志蔵さんは案外、一人でいるのを好むから、人の上に立とうとしないのよ」

「わたしは岩慶さまにいろいろと助けていただきましたし、朝助さんや泰造さんも優しくて親切ですよね。もちろん、桜丸さんも」

「桜丸さまは特別よね。あたしにとって、桜丸さまは、神さまにも近いくらいの人なのよ。あんなに美しくて尊い桜丸さまが人の身を持ってこの世にいるなんて、ほんと、信じられないわ」

巴が蛇杖院に身を寄せた経緯は、巴自身の口から聞かされている。許婚に捨てられ、生きる気力を失いかけたとき、桜丸が救いの手を差し伸べてくれたという。

初菜の目にもむろん桜丸は美しく映るが、やはり生身の人には違いないとも思う。先ほど体が触れたとき、この人も男なのだと、改めて知らされた。

「わたし、美男の医者ばかりの診療所だと初めに聞いたときは、何だか嫌だと感じてしまったんです」

初菜がぽつりとこぼすと、巴は噴き出した。

「やだ、何その言い方。確かにみんなそれなりに美男だけど、ここで過ごしていたら、そんなのすっかり忘れっちまうわ。桜丸さまは格が違うからよしとして、ほかはみんな、見目のよさを台無しにするほどの変わり者ばっかりでしょ」

「……そうでしょうか」

「そうよ。少々顔がよくても、旦那さんにしたいと思える人がいる？　真樹次郎さんは金勘定がてんで駄目だし、登志蔵さんは子供っぽくて論外、岩慶さんも一筋縄じゃいかないし、瑞之助さんは甘ちゃんだし。いい旦那さんになりそうなのは、美男じゃない朝助さんだけね」

巴は威勢よく男たちを腐してのけた。とはいえ、その口ぶりに嫌悪の色はない。気兼ねをしない間柄なのだと、初菜は感じた。

「愉快な人たちですね」

「そうね、愉快ではあるかも。うちの医者連中、人と違う振る舞いをしても平気みたいなのよね。色恋の道より医の道のほうが断然好きなんだから。まあ、あたしも似たようなもんだけど。お嫁になんか行かなくったって、ここでずっと暮らしていけたら幸せよ」

さばさばとした巴の口ぶりに、初菜は、はっとした。

「人と違う振る舞いが、ここでは許されるのですね。二十をとうに越した女が、嫁がずに働いていても、許される」

「もちろんよ。行き遅れや出戻りが何だっていうのさ。あたしは、今ここで働いて暮らしていることが楽しいんだもの。ねえ、初菜さんも楽しくやりましょ」

初菜は唇を噛んだ。

「そうですね」

絞り出すようにそれだけ言って、あとは声を呑み込む。心がひどく揺れている。何気ない会話が胸に刺さった。これ以上、何かを語ろうとすれば、嗚咽《おえつ》をごまかせなくなりそうだ。

沈黙が落ちた。

少しして、巴は初菜に告げた。

「それじゃあ、あたし、初菜さんのぶんの夕餉の支度に行くわ。ゆっくり温まってきてね」

「ええ。ありがとうございます」

巴は鼻唄を歌いながら遠ざかっていった。

初菜は、ほっと息をついた。その吐息が喉に引っかかった。たちまちしゃくり上げそうになり、慌てて天井を仰ぐ。

泣くまい。

湯気にかすむ天井を、涙の気配が去っていくまで、初菜はじっと睨んでいた。

四

初菜に産科の教授を断られ、男三人で学ぶことを決めた、その翌日のことだ。

夕方になり、蛇杖院を訪れる者が帰ってしまうと、真樹次郎が瑞之助を誘いに来る。二人で連れ立って湯屋に行くのだ。うまく時が合えば、泰造が一緒に来ることもある。

この日は、瑞之助と真樹次郎と泰造の三人だった。登志蔵は朝からどこかへ出掛けてしまい、姿が見えなかった。あざのある顔を気にしている朝助は、夜すっかり暗くなってから、一人でひっそりと湯屋に行く。

今日はいくらか暇があったので、本所長崎《ながさき》町にある湯屋、望月湯まで足を延ばした。源弥の友達である犬の佐助は、この望月湯で飼われている。源弥の住む本所三笠町は目と鼻の先だ。

少しずつ日が長くなっているのを感じる。湯屋でのんびりしてきても、帰り道はまだ薄明るかった。

真樹次郎は目が近く、ものを見るときに顔をしかめていることもある。明るいとも暗いともいえないこの刻限は、真樹次郎の目にはつらいらしい。

「逢魔《おうま》が時とはよく言ったものだ。見えるようで、よく見えん。おかしな見間違いをして、化け物が出たと言ってしまうのも、わかる気がするな」

「意外ですね。真樹次郎さんは化け物や幽霊なんて笑い飛ばすんじゃないかと思っていました」

真樹次郎はふんと笑った。

「理で以て解き明かせるものがすべてではない。人という二本足の獣がいくらか賢いとはいえ、所詮は浅知恵だ。どれほど考えても学んでも、正しく解することができる事柄は、わずかひと握り。その外側に何があるのか何もないのか、拠り所もなくえらそうなことなど言えんだろう」

泰造は、ふぅん、と歌うような声を出した。

蛇杖院に来た頃は読み書きが十分ではなかった泰造に、瑞之助がいろはを教えている。七つのおうたも一緒に学んでいるから、負けてはいられないと泰造は必死だ。そのせいなのか、もともと賢いのか、瑞之助が驚くほど泰造は呑み込みが早い。

と、泰造が暗がりの前方を指差した。

「初菜さんだ。またこんなに遅くなるまで一人で出歩いてたんだな。昨日もすっかり暗くなってから帰り着いてただろ」

瑞之助はうなずいた。

「桜丸さんがひどく心配していたよね。初菜さんのことを案じてやってほしいと、わざわざ私にも言いに来たよ」

「俺、先に行って、荷物を持つのを手伝うよ。初菜さんの薬箱、小さいように見えて、女が持つにはちょっと重いからさ」

真樹次郎は目を細めた。

「初菜嬢の薬箱は、金物の道具を入れているぶん、重いんだろう。どうせなら一緒に帰るか。初菜嬢の身辺を見てやってほしいと、俺も今朝方、桜丸に言われた」

「真樹次郎さんも言われたんですか？　もしかして桜丸さん、何かよくない兆《きざ》しでも感じ取っているんでしょうか」

瑞之助たちは顔を見合わせた。何となく不吉な感じがした。

測ったように、まさにその瞬間だった。

わらわらと物陰から男たちが現れて、たちまち初菜を取り囲んだ。初菜が声を上げかける。男の一人が初菜に腕を伸ばし、口を押さえ込もうとする。

何だ、これは？　どういうことだ？

瑞之助は一瞬、動きが止まってしまった。

大声で叫んだのは泰造だった。

「初菜さん！　おまえら、初菜さんから離れろ！」

泰造は、湯屋帰りの着替えも手ぬぐいも放って、勢いよく走り出す。

真樹次郎が瑞之助の背中を叩いた。

「おまえの出番だ、瑞之助。丸腰の泰造を行かせるな。おまえの腰の刀は飾りじゃないだろう！」

「はい！」

瑞之助は駆け出した。すぐに泰造を追い越す。あっという間に男たちのほうへ迫る。

初菜を囲んだのは、ならず者と呼べそうな風体の男たちだった。五人いる。ぞろりとした着流しの腰に、安っぽく派手な拵の刀を差している。

瑞之助は男たちを押しのけ、掻き分けて、初菜のところにたどり着いた。伸ばされる手を振り払い、初菜を背に庇う。瑞之助は男たちを睨んだ。

「乱暴はやめてください。何が狙いですか」

瑞之助は刀の柄に手を掛けた。抜きたくはない。だが、敵は五人。一人で相手できる人数ではない。せめて刀を抜かねば、何ひとつ守れない。

男たちは鼻で笑った。

「ひよっこのくせに勇ましいなあ。その疫病神を庇って闘うってのかい」

瑞之助は眉をひそめた。

「疫病神？」

「その女、医者を名乗りながら、赤子を死なせて平然としていやがったそうだ。血も涙もないんだろう。まあ、蛇杖院には似合いの疫病神だな」

にやにや笑いが男たちの間に広がる。

瑞之助の背後で初菜が吐息を震わせた。怯えているのか、泣いているのか。振り返ることのできない瑞之助には、初菜がどんな顔をしているのかわからない。

男たちを睨んだまま、瑞之助は刀の鯉口を切った。

「手を出すつもりがあるのなら、こちらも容赦はできませんよ」

ほんの少しの間、男たちは息を呑み、笑いを凍りつかせた。が、またすぐに笑い出した。今度はげらげらと、品のない大声だ。

「おお、怖い怖い。むきになるなよ」

男たちは笑いながら、あっさりと引き下がった。詰め寄っていた輪を崩し、ばらばらと去っていく。

最後に残った一人が、瑞之助の間合いへと無造作に入ってきて、顔を近づけて告げた。

「うちの頭《かしら》に、まずはあいさつして来いと命じられたんでな。今日のところは顔合わせだ。うちの頭のことをよろしく頼むぜ、長山瑞之助さんよ」

「なぜ私の名を知っているんです？」

「さあね」

最後の一人の男も、背を向けて去っていった。

瑞之助は、男たち全員が十分に遠ざかるまで、刀の柄から手を離さなかった。

泰造は、初菜が取り落とした薬箱を拾った。

「初菜さん、怖かっただろ？　けがはないか？」

「ええ……」

真樹次郎が瑞之助と泰造の荷物を拾い集めて合流した。

初菜はほとんど放心していた。日頃から疲れ切っている上に、今の一件である。初めて会ったときの威勢のよさなど、すっかり失せてしまっている。この暗がりでは顔色がわからないが、青ざめているに違いない。

真樹次郎が言った。

「帰って玉石さんに相談しよう。初菜嬢、あんたは明日から一人で出歩かないほうがいい。用心棒をつけるなり何なり、策を立てるんだ」

初菜はうつむき、かすれた声でつぶやいた。

「結局、力ずくで何とかしようとする。だから男の人は苦手なのです」

玉石は沈鬱《ちんうつ》な顔で初菜に問うた。

「心当たりはあるんだろう？」

洋灯をともした書庫には、初菜と瑞之助と真樹次郎が詰めている。玉石の手の上で、日和丸が賢そうな黒い目をくりくりさせていた。

初菜は考えを巡らせるように、部屋の隅の暗がりを見やった。それから、玉石に告げた。

「川崎宿でわたしを襲った男たちではありませんでした。ですが、わたしに恨みを持つあの人が、江戸で新たな刺客を雇ったとも考えられます。これだけ人が多い町なら隠れてしまえると思ったのに」

「その話は聞いた。ほかに心当たりは？」

真樹次郎が口を挟んだ。

「待ってくれ。俺は何の話も聞いていない。瑞之助もだ。何があって初菜嬢が江戸へ出てきたのか教えてもらわんことには、これから先、どう動いていいかわからん」

初菜は眉間から左頰へと走る傷痕に触れると、淡々と答えた。

「去年の夏のことです。川崎宿でも指折りの裕福な商家の若おかみさんが身ごもられたのですが、大変な難産でした。わたしが呼ばれたときにはもう、胎児が助かる見込みはなく、若おかみさんの命も危うくなっていました。わたしは、若おかみさんを救う道を選びました。若おかみさんは助かりましたが、わたしは赤子を見殺しにした藪医者と呼ばれ、疎《うと》まれました」

瑞之助は顔をしかめた。

「初菜さんが呼ばれたときには手遅れだったのに、ですか？」

「よくあることです。川崎宿では、安産のときに初めからわたしが呼ばれることなどありませんでした」

「なぜです？」

「わたしは女で、医者です。それも産科の医者です。縄張り争いのようなもので、産婆からも男の医者からも蔑まれ、嫌われてきました。難産にあたって産婆も医者も皆が匙を投げてから、初めてわたしのところに声が掛かる。わたしは胎児の死を確かめ、産婦の命だけをどうにか救おうとする。それがわたしの役割であるかのようです」

真樹次郎がぽつりとこぼした。

「あんたは、まるで賀川玄悦その人みたいだな」

「賀川流産科の祖をご存じですか」

「今、瑞之助や登志蔵と共に、玄悦の『産論』を改めて学び始めたところだ」

「そうでしたか」

「玄悦は、弟子を多く抱えるようになってからでさえ、まわりに疎まれていたようだな。産婆とは似て非なる仕事をしていた。医者らしい出自ではなく、字を書くことすら得意ではなかった。産婆も医者も玄悦を認めようとしなかったが、玄悦は手指の技で多くの妊婦や産婦、赤子を救った」

初菜はうなずき、また淡々と言った。

「生まれてくるはずだった赤子を失った親や家族がわたしを憎むのなら、仕方がないことと受け止めています。悲しみをどうにかするには、何かを憎まずにはいられないのでしょう。住まいを荒らされ、わたし自身も刃物を向けられて顔に傷を負わされ、わたしは川崎宿を離れました。郷里に隠れていましたが、そこにも追手が来たので、江戸へ逃げてきました。こたびこそ、江戸ではうまくやりたいと、祈るような気持ちでした」

玉石が後を引き継いだ。

「初菜の果たすべき大願は、はっきりしている。妊婦や産婦、胎児や赤子を、一人でも多く救いたい。お産というものは、悪しき習わしに縛られている。そのせいで、人死にがあまりに多い」

「江戸では学問が進んでいると聞いていました。活気があって、人々は新しいものや奇抜なものが好きだとも聞きました。それならば、もしかしたら、わたしのような者も受け入れてもらえるのではないかと期待していました」

「残念ながら、江戸も同じだ。江戸に出てきてから二月余りで、初菜も身を以て思い知らされているだろう?」

「ええ」

「江戸で診た者たちの中に、ならず者を動かしそうな者はいたか？　それとも、先ほどの者たちは、やはり川崎宿での因縁だと思うか？」

初菜は黙り込んだ。唇を噛んでいる。

瑞之助は初菜の横顔を見つめながら、息苦しさを覚えた。

「差し出がましいようですが、私が用心棒になりましょうか？　登志蔵さんほどではありませんが、私もそれなりに剣が使えますから」

初菜は顔を強張らせたまま、瑞之助のほうを見ずに言った。

「ごめんなさい。男の人とずっと一緒にいたくありません。わたしの顔にこの傷を負わせた人や、力を振るって害を加えてきた人は皆、男でした。命じた人の中には女もいたでしょう。わたしを嫌った人たちの半分は女でした。それでもわたしは、男の人のほうが怖いんです」

「ですが、初菜さんを一人にはできません。私の姿を目に入れなくていいんです。話をしなくていい。ただ、そばについて守ることを許してもらえませんか？」

初菜は絞り出すような声でささやいた。

「わたしは、本当は、人というものが憎いのかもしれない。でも、それを認めてしまえば、わたしは医者でいられなくなります。わたしがわたしでいられなくなるんです。だから、男が憎い、男が怖いと言っておきたい」

「なぜそんなに苦しんでまで医者であろうとするんですか？　なぜそこまでできるんです？」

瑞之助の問いに、初菜は答えた。

「母はわたしを産んですぐに命を落としたそうです。産婆である祖母も、医者である父も、母を救えませんでした。産婆の多くは医術を学びません。医者の多くは産科の術を学びません。だから、お産でたくさんの命が失われてしまう。わたしの母のように。わたしは、女のわたしが産科の医者であり続けることで、一人でも多くの人の命を救いたいのです」

その言葉は、人に聞かせるためというよりも、初菜自身に説き聞かせているように、瑞之助には感じられた。

玉石はため息をついた。そして初菜に告げた。

「巴についていてもらおう。初菜の目に触れないところから、町方の手の者たちに見張らせる。それでよいか？」

初菜は頭を下げた。

「ご配慮、痛み入ります。町方というのは？」

「町奉行所の定町廻り同心と親しくしているのだ。まだ三十そこそこだが、腕利きだ。信用していい」

「そのかたは、大沢さまでしょうか？」

初菜が口にした名に、瑞之助も真樹次郎も玉石も、えっと声を上げた。

瑞之助にとって、大沢振十郎は天敵のようなものだ。町方としての役目に関してはきちんとしていることを先日知った。だが、蛇杖院への当たりが厳しすぎる。以前、衆目の中で責められたことさえある。

玉石は曖昧な笑みを浮かべた。

「大沢どのも知己《ちき》だ。頼めば、便宜を図ってくれるかもしれんが。初菜は大沢どのと顔見知りだったか」

「先日、助けていただきました」

「なるほど。ならば、また力を貸してくれるかもしれんな」

玉石が初めに挙げた定町廻り同心とは、むろん広木のことだ。脚のけがはずいぶん快復していると聞く。

しかし、初菜が大沢に信を置いているのなら、そちらに話を持っていくのもよいかもしれない。

玉石は思案する目になった。そろそろ潮時と見て、瑞之助と真樹次郎は目配せをし、書庫を出た。


その晩、初菜はうまく眠れなかった。少しうとうとしても、嫌な夢を見て、はっと目が覚めてしまう。朝がずいぶん遠かった。

起き上がりたくない。一日を始めるのがつらい。

「なぜこんなにうまくいかないのかしら」

声に出してつぶやいてから、自嘲の笑みを浮かべた。わかりきったことを、わたしはなぜ言葉になどするのだろう。そらぞらしい。

くじかれてばかりなのは、うまくいくはずのないことをやっているからだ。人の厚意をはねつけながら、意地を張り続けている。

昨日、逢魔が時に見知らぬ男たちに取り囲まれ、恐ろしくて足がすくんだ。すぐさま助けが入ったときには、安堵のあまり涙が出そうだった。

瑞之助はどこまでお人好しなのか、と思う。初菜は瑞之助を邪険にしてばかりなのに、瑞之助は初菜を救うために何のためらいも見せなかった。

胸が苦しい。心が痛い。

長屋は九尺二間のありふれた広さだが、天井が高く、中二階がある。岩慶も同じ並びの部屋を使っているから、高い天井はそのためかもしれない。

ものの少ない初菜の部屋は、がらんとして寒々しい。行灯で手元を明るくしてみても、天井には闇がわだかまっている。

今日は天気が崩れるのだろうか。遠雷が聞こえる。

おけいや朝助は、すでに起き出しているらしい。水場のほうから二人の声がする。じきに巴や満江やおとらがそこに加わるだろう。それから、瑞之助と泰造を起こす声が響いてくるのだ。

初菜は掛布にくるまって丸くなった。

不意に、戸を叩く音がした。

「初菜、起きていますか？」

歌うように麗しく艶のある声は、桜丸である。初菜は身を起こした。

「起きています。何でしょう？」

「呼び出しですよ。深川佐賀町にある小間物屋、織姫屋の若おかみから内密の使いであると、はしっこそうな小僧が飛んできました」

初菜は慌てて着物を引っ掛け、前を掻き合わせて寝巻を隠し、戸を開けた。桜丸の傍らには、お仕着せの着物をまとった十かそこらの小僧が立っていた。息を上げたままの小僧は訴えた。

「若おかみが、急に腹が痛くなったって。でも、陣痛ってやつとは違うみたいで、おかみさんも慌ててる。若おかみはおかみさんに内緒で初菜先生を呼んできてほしいって、おいらに頼んだんだ。初菜先生、あんたが頼りなんです。若おかみを助けてください！」

小僧はぺこりと頭を下げた。深川から小梅村まで、一里を超す道のりを走り通してきたのだろう。朝のうちはまだ肌寒いのに、小僧の足元にはぽたぽたと汗が落ちている。

初菜の体の奥から震えが走った。

「わたしを頼ってくれるのですか？」

小僧は面《おもて》を上げた。利発そうな顔が、泣き出しそうに歪んでいる。

「どんなに手を尽くしても若おかみは苦しそうで、もう見てらんないんだ。若おかみはね、店のみんなに優しくて、すごくいい人だよ。だから、店のみんなが赤ん坊を待ち望んでる。なのに、このまんまじゃ若おかみが死んじまう。お願いだよ。助けてよ！」

小僧は洟《はな》をすすった。高い声がか細く揺れて裏返る。

一体何の騒ぎかと、蛇杖院の皆が集まってきている。桜丸が無言のまま、まなざしだけで初菜に問うた。

初菜は答えた。

「行きます。支度をするので、少し待っていてください」

巴が頼もしげに胸を叩いた。

「あたしもついていくよ。荷物持ちは任せて」

「ありがとうございます。けれど、危ないかもしれませんよ」

「平気よ。あたし、そんじょそこらの男より力が強いもの。何なら薙刀《なぎなた》を担いでいくわ。昔、父に習ったの。結構な腕前なんだから」

小僧は巴を見上げて、目をぱちくりさせた。

桜丸はくすりと笑うと、宣言した。

「わたくしも共にまいりましょう。拝み屋桜丸の力と名声で、手助けいたしますよ。さあ、初菜。急いで着替えなさい。今はわずかな時も惜しゅうございます」

深川佐賀町の小間物屋、織姫屋の裏手に回り、勝手口から入った途端、まずおかみの叱責が飛んできた。

「一松《いちまつ》、どこに行っていたんです！　仕事を放り出して、あんた……」

おかみは、皆まで言えずに口を閉ざした。初菜の顔と薬箱を見て、あっと驚いた顔をする。その顔が再び怒りに満ちかけたところで、桜丸がするりと前に出て、涼やかな声を上げた。

「この奥から不浄の気を感じます。ですが、今ならまだ取り返しがつくやもしれませぬ。産屋はどちらです？　案内なさい」

声を張り上げたわけではない。しかし、静寂の中で鳴らされた鈴の音《ね》のように、桜丸の声は店じゅうに届いた。店で働く誰もがはっと動きを止め、息を呑んだ。

桜丸は、仰天のあまり白い顔になったおかみに、まっすぐ向き直った。

「人の命が懸かっております。失いとうはあらぬのでしょう？　嫁に厳しゅう接するのも、まじめに家と店を守ってきたおかみの矜持《きょうじ》あればこそ。しかし、それゆえに今、あなたの心は揺れておりますね。その迷いも悩みもわたくしが晴らしますゆえ、わたくしの言葉に従いなさい」

紅い唇から滔々と紡がれる言葉は、あまりに美しく響いた。胸中を見抜かれたおかみが、ああ、と声を漏らす。おかみの両目からはらはらと涙が落ちた。

「拝み屋さま、桜丸さま、お助けくださいまし。教えてくださいまし。あたくしがおつねにしてやったことは、おつねの体を害するだけの、愚かなまやかしに過ぎなかったんでしょうか？　あたくしがおつねの命を危うくしているのですか？」

おかみは桜丸の前に膝をつき、手を合わせた。働き者の乾いた手だ。骨と血脈が浮いて、迫りくる老いを感じさせる。おつねが心配で眠れずにいるのだろう。おかみはすっかり面やつれしている。

おかみと同じ年頃の女中がまろび出て、初菜と桜丸に告げた。

「若おかみの産屋はこちらです。産み月までまだずいぶん日があるというのに、若おかみは昨晩から、腹が痛い、腹が張ってつらいと言っています。見ていられないくらいに苦しそうなんです」

おかみは女中に続いて訴えた。

「実は、つらい、苦しいとおつねが言う日が続いておりました。あたくしは、おつねのわがままをたしなめるばかりでした。けれども、あれはもはや、わがままなどではございません。昨夜は、それをはっきりと感じさせるほど、様子が違ったのです」

女中が手招きした。桜丸が初菜の背を押した。初菜が足を進め、桜丸と巴が続く。

店の最奥の部屋を産屋として整えてあるらしい。

角を曲がって産屋の障子が見えたところで、桜丸が怯えるような息をついた。初菜は思わず振り向いた。

「どうしました?」

曇り空から朝日がのぞき、庭のほうから光が差し込んできている。明るいところで見る桜丸の顔は、青ざめていた。

桜丸は、いつしか真っ白になっていた唇で微笑んだ。初菜にだけ聞こえるよう、耳元でささやく。

「恐ろしゅうございますね。生き死にの双方の相が混沌《こんとん》と渦巻いております。ほんのわずかに物事を違《たが》えてしまえば、死の相へと、すべてがたやすく塗り替えられてしまいましょう」

「ええ。それが産屋というところです」

「凄まじいありさまです。わたくしは、話に聞くだけでわかったつもりになっておりました。思い描くだけとはまったく違う。恐ろしゅうございます」

怯えてまつげを震わせる桜丸は、年相応に若く、あるいは幼くさえ見えた。

初菜は桜丸を励まして微笑んだ。

「まいりましょう。わたしを助けてくださいね」

桜丸はしっかりとうなずいた。

「あい」

産屋の障子を開けた。

火鉢によるぬくもりが室内からこぼれ出た。おつねは産椅にぐったりともたれかかっている。腹や乳は、孕んで六月《むつき》の妊婦らしくふっくらしている。だが、頬や首筋などを見れば、ずいぶんやつれている。

初菜はさっとおつねの傍らに膝を進めた。巴が薬箱を持って初菜に付き従う。

初菜はおつねの首筋に触れて熱を測り、脈を診た。

「おつねさん」

呼びかけると、おつねは呻きながら目を開けた。

桜丸は一歩、産屋に踏み込んだ。険しい顔をして、もう一歩。桜丸はぐるりと産屋を見回した。おつねのほうへ視線を向け、初菜に告げた。

「初菜、あなたの言葉のとおりのようですね。産椅と鎮帯が妊婦の体に呪いを呼び込んでしまっております。ああ、恐ろしい。誰か、あれらを今すぐ除きなさい。さもなくば、あまりに恐ろしくて、わたくしは祈禱《きとう》をおこなうことすらかないませぬ」

ひっ、と、おかみは喉を鳴らした。

「わかりました。桜丸さま、少しだけお待ちください、今すぐに取り払いますから、どうか、どうかお見捨てなく……！」

ふらついたおかみを、女中が慌てて支えた。

巴がおつねの鎮帯を解いた。初菜は巴と呼吸を合わせ、二人がかりでおつねの体を支えて、ゆっくりと畳に横たえた。

初菜は巴に告げた。

「左を下にするのです。おつねさんの体にはむくみが表れています。血の流れが滞りがちになっているせいでしょう。血の巡りがよくなれば、楽になるはずです」

　おかみは震え声で問うた。

「妊婦が横たわれば、頭に血が上ってしまい、胎児にも害が出るといいます。産椅を除いて、本当に大丈夫でしょうか。ああ、そんなふうに横になって、本当に、おつねの体はよくなるのですか？」

「大丈夫です。大丈夫ですから」

　初菜は答えながら、おつねの腹を按じた。

　胎動を感じる。胎児の形を確かめながら手のひらをゆっくり動かすと、胎児がそれに答えるように、どん、と勢いよく暴れた。おつねが息を詰まらせる。

「おなかの赤ちゃん、元気のよい子ですね」

　ええ、と、おつねは目を閉じたままうなずいた。眉間にしわを寄せている。息が浅い。

「苦しいですか？　動悸がしますか？　めまいがありますか？」

　初菜の問いに、おつねは一つずつうなずいた。暖めた部屋の中にいてなお、おつねの指先はひんやりしている。むくんでしまった足も、氷のように冷えている。

「巴さん」

「何、初菜さん。あたしにできることがある？」

「巴さんの手は温かいでしょう。おつねさんの足をさすって温めてあげてくださ
い」

「わかった。そういうのは得意よ。こんなにむくんでちゃ、つらいわよね」

初菜はおつねの腰や背中を按摩して血の巡りを促した。初菜と巴の二人がかりで手当てをするうちに、苦しげだったおつねの息はだんだんと和らいでいった。やがてそれが寝息に変わる。

桜丸は、おろおろするおかみの顔をのぞき込んだ。

「わたくしを信じなさい。初菜の告げるとおりにし、おつねをしっかりと休ませるのです」

「でも、でも桜丸さま、あたくしはおつねのためを思って……なのに、おつねはあんなに苦しんじまって」

「落ち着きなさい。あなたの心根はまっすぐで、決して悪などではございませぬ。この産屋は清く保たれ、病を引き起こす穢れは見事に祓《はら》われております。これを見れば、あなたの思いは、手に取るようにわかります。おつねとその腹の子を大切に思うているのですね」

「桜丸さま、あたくしはただ、心配で心配でならないんです。産椅も鎮帯も姑にできる精いっぱいのことでした。けれども、それによっておつねが体を損ねていると言われちまうと、もう何をどうしていいか、怖くて怖くてたまりません」

桜丸はおかみの手を取った。にっこりと、花がほころぶように微笑んでみせる。

「習わしを破ることは恐ろしゅうございましょう。けれども、その習わしは誤っているのです。破らねばなりませぬ。あなたは心を強くお持ちなさい。古く誤った習わしのご利益にすがらずとも、この桜丸と初菜がおつねとその腹の子を守りますから」

桜丸に見つめられれば、まなざしをそらすことができない。そのしっとりと美しい声で語りかけられれば、耳を傾けずにはいられない。

心を搦《から》め捕られたおかみの顔に、血色が戻ってきた。おかみはおずおずと初菜に向き直り、頭を下げた。

「この間はひどいことを言ってしまい、申し訳ありませんでした」

初菜はおかみをなだめた。

「顔をお上げください。どうぞお気になさらず」

「ありがとうございます」

「おつねさんの体の具合を整える薬をお出しします。これからおつねさんはおなかが大きくなるにつれ、息切れがしたり、体がむくんだり、腰が痛くなったりと、不調を訴える日が出てくるかと思います。そのときはどうか、おかみさんがおつねさんを支えてあげてください。薬の煎じ方はわかりますか？」

おかみは答えた。

「道具を持ってまいります。一度こちらで煎じて、教えていただければと思います。おつねの体のために、もう決して誤りとうございませんから」

背筋を伸ばして一礼したおかみは、吹っ切れたようにきびきびとしていた。女中もまた晴れやかな顔になって、布団を取りにいくため産屋を出た。

人目がなくなると、桜丸はへなへなと座り込んでしまった。

「大丈夫ですか？」

初菜の問いに、桜丸は泣き笑いのような顔をした。

「わたくし、はったりがなかなか上手だったでしょう？　本当は、あれほど強く言い切ることなどできぬものですよ。胎児や赤子は、心の目を凝らして見れば、生き死にの境があまりに曖昧で、恐ろしゅうてならぬのです。これ、この手が震えております」

　桜丸さま、と巴が感極まったようにつぶやいた。桜丸は自分で自分を抱きしめるようにして、深い呼吸を繰り返している。

　初菜は、眠るおつねの腹にそっと手を添えた。小さな命の躍動が感じられる。

「一緒に闘ってくれてありがとうございます、桜丸さん。生き死にの曖昧な胎児や赤子も、命懸けで赤子を産む女も、一人でも多く救ってあげたい。わたしはそのために医者になったのです。わたしに任せてください。あなたの目に映る恐れを一つずつ減らしていきますから」

　桜丸は目を閉じてうなずき、目を開けると、静かな足取りでやって来た。ひざまずいて、初菜に問う。

「わたくしにできることはありますか？　今ここで手を動かして、おつねと腹の子のためにできることは」

「でも、桜丸さん。そんな下働きのような、女中のようなことをあなたにさせてしまうなんて」

　巴が初菜の背をぽんぽんと叩いた。

「初菜さんは外に出てばかりだから知らないんだね。蛇杖院で幾人もの病者を預かって面倒を見るときは、桜丸さまが先頭に立って、自ら手を動かしてくださるの」

桜丸はくすりと笑った。

「わたくしのような者が人に世話を焼くこと、おかしゅうございますか？」

「おかしくはありませんが、びっくりしてしまって。だって、今までわたしが出会ってきた男の人は、妊婦や病者のお世話なんてまったくできないような人ばかりでしたから。蛇杖院の男の人たちには驚かされてばかりです」

「蛇杖院の男は、あまのじゃくなのですよ。とりわけ初菜、あなたがどのような目に遭ってきたかを聞けばこそです。ありふれた男どもは、医術に優れるあなたを疎んじ蔑みました。何とくだらない。あまのじゃくのわたくしたちは、喜んであなたと共に歩みますよ」

「わたしは嫌われ者です。わたしなんかと一緒にいては、桜丸さんの人望や人気に傷がついてしまうかもしれません」

「ご安心なさい。このくらいで陰るような人気ではございませぬ。初菜、あなたはもっと、したたかになりなさい。蛇杖院の男たちをうまく使うのです」

初菜は目を丸くした。桜丸はいたずらっぽく微笑んでいる。

「うまく使うとは、どういうことです？」

「俗信を奉じるあまりあなたの言葉に耳を貸さぬ者は、わたくしの言葉ならば、ありがたがって受け入れるでしょう。あなたが女であることを取り沙汰する者は、男の真樹次郎の診療ならば不満を言いますまい。わたくしや真樹次郎は役者に徹し、あなたが用意した筋書きのとおりに動くのです」

「でも、そんなこと、本当はわたしが一人でなすべきことでしょう？」

「いいえ。蛇杖院に身を置くからには、あなたは一人ではありませぬ。賢く、したたかにおなりなさい。わたくしたちの力を信じ、自在に使ってごらんなさい」

桜丸に見つめられると気おくれする、と思っていた。あまりに美しいそのまなざしから逃れたくてたまらなかった。

今、初菜は桜丸とまっすぐに向き合っている。目をそらしたいとも思わない。ぬくもりに包まれるような心地がした。

「ありがとうございます」

初菜はおのずと微笑んでいた。

五

桜丸や巴が朝から外に出てしまったぶん、瑞之助は慌ただしく働いていた。病者の訪れは多くはなかった。すっきり晴れているわけではないが、今日も暖かい。洗濯物もよく乾くだろう。

広木の下に属する下っ引きが訪れて、初菜の護衛の件について知らせていった。深川木場《きば》の近くに店を構える目明かし、古着屋の充兵衛が、今日は陰ながら初菜の護衛についているそうだ。

昼八つ頃のことだ。

そろそろ源弥は昼寝から起きただろうか。瑞之助は洗濯物を取り入れながら、そんなことを考えていた。近頃は旭が元気になってきたし、近所の人も源弥を見てくれるから、瑞之助が宮島家に行くのは三日に一度だ。

突然、急場が出来《しゅったい》した。

渚が血相を変え、蛇杖院に駆け込んできたのだ。

「源弥が来ていませんか？　いえ、誰か、源弥をどこかで見ませんでした？」

瑞之助は、抱えていたものを取り落とした。ざあっと音がしたように感じた。血の気が引く音だ。

「源ちゃんがいなくなったんですか？」

「ちょっと目を離した隙に……わたしと旭で屋敷の中は捜したんです。お隣の大奥さまにも手伝っていただいて、近くも見て回って。でも、いないんです！」

渚のただならぬ声に、近くで働いていた皆が集まってきた。

しかし今は、知恵が回る登志蔵も、目と耳が異様に鋭い桜丸も、顔が広い岩慶も出掛けている。目端《めはし》の利く泰造も、玉石のお使いで日本橋瀬戸物町の烏丸屋へ行っている。

おうたが真っ先に飛び出していこうとした。

「うた、源ちゃん捜してくる！」

瑞之助は慌てて引き留めた。

「駄目だよ。おうたちゃんが一人で外をうろうろするのもよくない」

「でも、心配だもん」

「聞き分けておくれよ。本所には、怖い人たちが出入りする屋敷もあるんだ。おうたちゃんはここにいて。源ちゃんが来るかもしれないから、そのときはつかまえておくんだよ」

おうたはしぶしぶうなずいた。

瑞之助と真樹次郎、満江とおとらが、源弥を捜しに行くと手を挙げた。朝助は番所へ走り、広木に渡りをつける役目を買って出た。

玉石が顔を曇らせて、門のところで皆を見送った。

勇んで飛び出したはいいものの、瑞之助は途方に暮れた。駆けながら考える。

「どうしよう。源ちゃんがいそうなところは、どこだ？　源ちゃんが好きなものは……」

源弥は花が好きだ。野に咲く花を見つけると、「なな」と呼んでにこにこする。頭上に咲いた花は、抱えたり指差してやったりしないと気づかない。

源弥は虫も好きだ。蟻《あり》の行列に出くわすと、じっと見物する。ひらひらと舞う蝶を追うのは、うまく目がついていかないようで、ちょっと苦手だ。

ついこの間は、水の中に魚を見つけて歓声を上げていた。江戸は水場が多い。川もあれば堀もある。小梅村には池も沼もある。

「まさか……」

恐ろしい光景が瑞之助の頭によぎった。もしも源弥が堀にでも落ちたら？

瑞之助はかぶりを振った。余計なことを考えて足をすくませている場合ではない。とにかくまずは本所三笠町の宮島家へ向かうのだ。

真樹次郎は息を乱しながらも、走ってついてきている。

「旭の体も心配だ。心労で倒れたりなどしなければいいが。俺は屋敷にとどまっておく。何かあれば知らせに来い」

「わかりました」

「悪いことは考えるなよ。無茶はするな」

瑞之助はうなずいた。

幼子の世話をするとは、こういうことなのだ。ちょっと目を離した隙に、恐ろしいことが起こってしまう。

瑞之助は、叫び出したい衝動をこらえ、黙って先を急いだ。

おつねの様子は、昼前には落ち着いた。穏やかな寝息を聞きながら、初菜は明日のぶんまでの薬を処方し、いつ飲ませるかをおかみに伝えた。具合が変わって何らかの証が表れたら薬を飲ませず、すぐ蛇杖院に知らせに来てほしいとも告げた。

織姫屋で昼餉を馳走になってから、初菜たちは深川を後にした。

「帰り着くのは昼八つ半といったところかしら」

巴は疲れ知らずである。初菜は、ほっとしたせいだろうか、いくらか気が抜けてしまった。歩みが遅れがちになり、そのたびに巴が少し立ち止まって待ってくれる。

桜丸はどこへ行っても顔を知られていた。ひそひそと噂話を交わす声が耳に届くが、当の桜丸は涼しい顔をしている。

「いちいち耳を傾けてなどいられませぬ。言いたい者には好きなように言わせておけばよいのですよ」

途中で一度休みを入れつつ、深川から小梅村まで、一里余りの道のりを歩いた。

ようやく蛇杖院に帰り着くと、様子がおかしかった。

ほとんどの者は出払っていた。留守を守っているのは玉石と、女中頭のおけいと、幼い姉妹のおふうとおうただ。診療の要である真樹次郎まで蛇杖院を空けているなど、普段ならばあり得ない。

今にも泣き出しそうなおうたが、まだ荷も降ろさぬ初菜たちに問うた。

「ねえ、源ちゃんを見なかった？」

すがるような口ぶりに、初菜は何が起こっているのかを察した。

「源ちゃんというのは、あの三つの幼子ですね。いなくなったのですか？」

おうたはうなずいた。

「大人はみんなで源ちゃんを捜してるの。うた、行っちゃ駄目って言われた」

巴は血相を変えている。

「みんな本所三笠町のあたりを捜してるってことね。あたし、今すぐ行って、捜すのを手伝うから！」

止める間もなく、巴は駆け出していく。

桜丸が蒼白な顔で巴の後ろ姿を見送った。

「巴も瑞之助と共に、熱心にあの子の面倒を見ていましたから、気掛かりでならぬのでしょう。ああ、何と……けがなどしていなければよいのですが」

おうたが桜丸にすがった。

「桜丸さまでも、源ちゃんがどこにいるかわからないの？」

「わたくしの目に映るのは、よからぬものばかりです。病をもたらす穢れであるとか、この世との縁が弱り切って今にも飛んでいきそうな魂であるとか……わたくしが何かを察することがあれば、それは、源弥の身に恐ろしいことが降りかかるときでしょう」

「やだ、怖い！」

「わたくしは、このようなときには役に立ちませぬ。悪しき兆しに怯えて足をすくませるばかりで、巴のように健やかに駆けていくことなど、わたくしには……」

桜丸は今にも倒れそうだ。

幼子は生き死にの境が曖昧で恐ろしい、と桜丸は言う。赤子や乳飲み子よりはいくぶん大きくなった、三つの源弥もまた、桜丸の目には危ういものとして映るのだろう。

初菜は桜丸に薬箱を押しつけた。

「わたしも行ってきますから、薬箱を預かっておいてください。暗くなる前に、あの子を見つけてあげないといけませんね」

江戸は広く、人が多い。ひとたび迷子になると、親のもとに戻るのは難しいと聞く。迷子札をつけていても、神隠しに遭ったかのように、子がふといなくなる。市中の迷子石には、子を捜す親と親を捜す子についての貼り紙が絶えないという。

言葉も話せない幼子の源弥が、親の目の届くところからいなくなった。よい人に見つけてもらえればよいが、悪い人にとらわれたらと思うと、恐ろしくてならない。

もし一人でいるのだとしても危うい。空腹に任せて、おかしなものを口に入れてしまうかもしれない。朝晩はまだ冷え込む。夜露に濡れては無事では済むまい。

初菜は、巴が向かったであろう方角へと急いだ。業平橋を渡り、南へ行く。南《みなみ》割下水《わりげすい》に行き着いたら、そのすぐ近くに、源弥が両親と住む屋敷があると聞いている。

頭の隅でちらりと、打ち鳴らされる半鐘を聞くような思いがした。一人で動いてはならないと言われていたではないか。初菜は何者かに追われ、狙われているかもしれないのだから。

初菜は足を速めた。一人でいるのが危ういなら、早く誰かと落ち合えばいい。

喉元過ぎれば熱さを忘れる、というものだろう。昨日は己の身の危うさに震えが止まらなかったが、今日は幼子が迷子になったことのほうがずっと怖い。

じっとしてなどいられなかった。

真樹次郎が心配したとおり、旭は半ば取り乱していた。隣の大奥さまが旭をなだめている。それでどうにかじっと座っているのだが、さもなくば、外へ飛び出してしまうに違いない。

瑞之助は真樹次郎に旭を任せ、駆け足で通りを行く。

源弥が庭で遊ぶことに飽きると、瑞之助は源弥を連れて散歩に出掛ける。近くの稲荷《いなり》に行くことが多い。どんぐりの稲荷と呼んでいる。冬を越してもまだどんぐりが落ちていて、源弥はいつもそれを拾って遊ぶのだ。

瑞之助は源弥の名を呼びながら、どんぐりの稲荷へと走った。

その途中、渚たちと会った。瑞之助が通った道から一筋外れて、じっくり捜しながら来たらしい。

「源ちゃんは？」

「そっちにもいないんですね」

強張った顔を見交わして、手短に行き先を告げる。暮れ六つの捨鐘が鳴ったら宮島家に集まることを約束して、瑞之助は渚たちと別れた。

どんぐりの稲荷は静かなものだった。社《やしろ》の周囲はきれいに掃き清められている。晴れていれば木漏れ日の降り注ぐ境内は、薄曇りの今日はどんよりと暗い。

焦る瑞之助の足の下で、どんぐりが、ぴしりと音を立てて割れた。

「いない。ここじゃないのかな。いちばんよく来るのはここなんだけど」

二月の初午《はつうま》の稲荷詣ででも、どんぐりの稲荷を訪れた。

普段ひっそりとしているこの稲荷も、その日ばかりはにぎわっていた。幟《のぼり》が立ち、屋台が出て、囃子《はやし》が鳴らされていた。一張羅を着た子供たちは、太鼓を打ってはしゃいでいた。

源弥も行灯《あんどん》袴《ばかま》を身につけ、旭と渚に付き添われて、初午の稲荷詣でを楽しんだ。源弥の晴れ着姿を見せたいからと、瑞之助と巴も呼んでもらった。

あの日の源弥はすっかり興奮して、きゃあきゃあと声を上げていた。このまま連れて帰っても昼寝などできないからと、瑞之助が源弥を預かって、もう一つ離れた稲荷まで散歩をした。

「あっちも行ってみるか」

瑞之助はまた駆け出した。

おもしろいことに、瑞之助が源弥を連れていても、父子《おやこ》かと問われることはほとんどない。お坊ちゃんと付き人にしか見えないというのだ。

　儒者髷の瑞之助が、汚れてもよい下働きの格好のまま、形ばかり刀を差している。そんなちぐはぐな姿でいるせいだろう。

　源弥に何をされても叱らず、苦笑いで済ませる。そんな瑞之助の様子が、親らしくないと人に思わせるせいでもあるだろう。

　瑞之助は父と連れ立って歩いたことなどなく、男親がどのようにして子にかまうのかを知らない。父は、瑞之助が物心つく前に他界してしまった。

「源ちゃん、どこにいるんだろう……」

　今は付き人でも下男でもかまわない。できることなら、もう少し大きくなった源弥と、年の離れた友のように言葉を交わしたい。医者として源弥の体を診ることなど、本当は、ないほうがいい。

　先々のことを思い描くと、かえって焦りが募ってしまう。

　瑞之助は歯を食い縛り、駆ける足を速めた。

　江戸には町ごとに稲荷があるといわれる。本所の外れのこのあたりも、例に違《たが》わない。

かつて源弥と行った稲荷が見えてきた。

こちらの稲荷は、どんぐりのほうと違って、昼間から何となく薄暗い。

周囲には大きな構えの屋敷が並んでいるが、中間《ちゅうげん》長屋や離れを賭場として使っているという噂がある。気をつけておけよと、あの登志蔵から忠告を受けた。

見知った姿が、向こうの通りの角から、ぱっと現れた。

「初菜さん」

瑞之助は気づいたが、初菜は顔を上げない。源弥を捜してくれているのだろう。低いところへと目を向け、きょろきょろしている。

初菜は稲荷の前で足を止めた。一つ肩で息をすると、粗末な鳥居をくぐった。

「あれ？」

瑞之助は思わず声を上げた。

ほとんど間髪をいれず、浪人らしき姿の男が三人、初菜の後を追うようにして現れたのだ。男たちは、稲荷へと足を踏み入れた。

瑞之助の首筋のうぶげが逆立った。

「まずい……！」

初菜を昨日襲った者と同じ手合いだろう。

考える間もなく、瑞之助は走った。蛇杖院を出るとき、長年の習わしで、何も考えないうちに刀を差していた。丸腰でないことは心強い。

鳥居をくぐった瑞之助は、鬱蒼《うっそう》とした杜《もり》を突っ切った。境内に初菜の姿が見えた。

初菜は振り向いたところだった。

「だ、誰です？」

近寄ってくる三人の男に、初菜はびくりと身を固くする。

瑞之助は声を上げた。

「待て！」

男たちは足を止め、振り向いた。

瑞之助は抜刀し、そのまま駆けた。誰も襲ってはこない。瑞之助は初菜に駆け寄った。すかさず向き直り、男たちへと身構える。

正眼の切っ先を下げて、視野を広くとる。気息を整える。

初菜がか細くつぶやいた。

「ああ、やはり……そうですよね。胎児の死を告げたのは、わたしでしたもの」

瑞之助の左側に立つ男が、いきなり斬りかかってきた。

踏み込みが速い。

とっさに体が動いた。襲いくる斬撃《ざんげき》を刀で迎え撃つ。

鋼《はがね》が打ち交わされる。

甲高い音。ずしりと重い一撃。

はじき返すつもりが、刃を搦め捕られた。鍔迫《つばぜ》り合いに持ち込まれ、力任せに押される。負けじと押し返す。

男と目が合った。

瑞之助は愕然とした。

「まさか……」

鍔迫り合いの均衡が崩れ、瑞之助は押し切られた。刀をはねのけられ、ふらついて後ずさる。

男はにやりと笑った。額の傷は見知らぬものだ。が、傷さえなければ、その顔を瑞之助はよく見知っている。

かつて毎日親しく笑い合っていた、懐かしい顔だ。

「陣平さん、なぜここに？」

坂本陣平は、口元に笑みを貼りつけたまま、冷たい目で瑞之助を見やった。

「噂を小耳に挟んではいたが、まことだったんだな。あの秀才の長山瑞之助が、嫌われ者の蛇の巣窟で、下男に身を落として働いていると」

地を這うように低い声だ。昔とはまるで別人のような口ぶりだった。子供の頃からずっと、朗《ほが》らかに弾《はず》む調子でしゃべる男だったのに。

陣平はだらりと切っ先を下げている。手の内は崩れていない。いつでも攻撃を繰り出せる構えのまま、瑞之助をうかがっている。

「けががひどくて会えないと聞かされていた。陣平さん、もうどこも痛みはしないのか？」

「いつの話だよ。ああ、三年ほど前か。それ以来、あんたは俺を訪ねてこなかった。友と言いつつ、薄情だよな」

「……そのとおりだ」

「ひどいけがだったのは本当だ。傷痕はあちこちに残ったが、動きに障りはない。あの頃より、俺は腕を上げたぞ。これが俺の役目なんでな」

「役目？　刀を振るうことが？」

「そう。刀を与えられたんだ。出世頭の兄に言われたよ。穀潰しの次男坊のおまえを屋敷に置いてやっているんだ、家の役に立ってみせろ、ならず者のおまえにしかできん仕事を与えてやろう、とな」

陣平は、すたすたと瑞之助に近寄ってきた。目を見張る瑞之助の前で、無造作に刀を振り上げる。

「待て、陣平さん」

ひゅっ、と風が鳴った。

何の気負いもない様子で、陣平は刀を振った。

瑞之助は斬撃を刀で受けた。

異様なほどに澄んだ音がした。刀に響いた手応えもまた、異様だった。

陣平は、はねのけられた己の刀を、おもしろそうに掲げてみせた。

「業物《わざもの》に傷が入ってしまった。磨《す》り上げられて無銘になっているが、相州広光《そうしゅうひろみつ》と極《きわ》められている業物だぞ。美しさも強さも一級の、穀潰しにはもったいない刀がなあ」

冷笑が瑞之助の手元に向けられる。

ああ、と瑞之助は嘆息した。

瑞之助の刀は、半ばから折れていた。陣平の刀と違って、名だたる業物などではない。身だしなみのための数打物《かずうちもの》だ。

　だが、元服したときから身につけている大切な刀だった。

　どれほどこの一振を頼りにしていたのか、折られて初めて気がついた。手に馴《な》染《じ》んだこの刀がなくては、背に庇った初菜どころか、己の身を守ることすら危うい。

　いや、折れた刀でも脇差《わきざし》でもいいから、手元にあるもので闘わねばならない。しっかりしろ、と己を叱咤する。

　思いと体は裏腹だった。

　瑞之助は呆然としたまま動けない。

　陣平は、すっと笑みを消した。抜き身の刀を肩に担ぐ。

「不甲斐ないな、瑞之助。棒立ちになってんじゃねえよ。ああ、興が醒めたぜ。つまらねえ。くだらねえ。気分が悪い。俺は帰る」

　陣平が連れてきた男たちが、えっ、と声を漏らす。いいんですかい、と問うた男に、陣平は石を蹴ってぶつけた。

　初菜が陣平の背中に問いかけた。

「お待ちください。わたしを害するようにと命じられたのでは？　何もせずに帰っては、あなたがお兄さまから叱責されるのではありませんか？」

陣平は肩越しに振り向いた。

「あんた、自分がどうにかして必ず人の役に立たなければならないと、そう思い詰めるのはよせ。むろん、あんたの首を手土産にすれば、兄や母の一時の鬱憤は晴らせるだろう。が、あんたは命を張ってまで、そんな役目を背負うべきではない」

「あの子を救えなかったことは、心からお悔やみ申し上げます。でも、このまま帰って、あなたは大丈夫なのですか？」

「兄の軟弱な拳で殴られる程度だろう。ひどいことにはならんさ。これでも家の役には立ってるんでな。あんたも誰かを消したくなったら、俺に相談しろよ。俺は腕がいいから、苦しませやしねえぞ」

言い捨てて、陣平は前を向いた。手下たちを引き連れ、去っていく。

瑞之助は、何と声を掛けていいかわからなかった。もっときちんと話したいのに、言葉が出てこない。

まなざしの鋭さ、斬撃の重み、沈鬱な声音。どれをとっても、かつての陣平とはまるで違った。額に傷痕があり、襟元から紅い花の彫り物がのぞいていた。

陣平の足音がすっかり遠ざかってから、初菜が瑞之助に問うた。

「ご友人でしたか」

「幼馴染みです。私にとってただ一人の親友でした。でも、気づいたときにはすっかり仲違いしていて、それっきりになっていました」

「気づいたときには？」

「おかしな言い草だと思うでしょう？　自分の愚かさが情けなくなります。私が陣平さんの心を追い詰めてしまったようなんです。陣平さんは私を避けるようになり、ひどく荒れて……それから何があったのか、私は知りません。知らせてもらえませんでした」

坂本家がこの二年ほどのうちに出世を遂げたことは、母からの手紙に記されていた。もしやその裏に陣平の働きがあったのだろうか。人に刀を向けるようになった、陣平の働きが。

瑞之助は、心が沈みそうになるのを無理やり押しとどめた。声を明るく取り繕う。

「初菜さんも源ちゃんを捜しに来てくれたのでしょう？　よろしければ一緒に行きましょう。このあたりには賭場があって、一人で歩くのは危ないんですよ」

「ですが……ええ、そうですね。わたし、勝手に動き回って、また迷惑をかけてしまいました」

「迷惑だなんて。気にしないでください。初菜さんがけがをしなくてよかった」

「でも、あなたの刀が……」

瑞之助は軽くなってしまった刀を鞘に納めた。折れた先は、手ぬぐいで包んで胸に抱える。

「ひとまず宮島家の屋敷へ行きましょう。この稲荷は、やはり源ちゃんが一人で来るには遠すぎますから」

初菜は黙ってうなずいた。顔に疲れがにじんでいた。

六

「見つかった？　源ちゃんが見つかったんですか？」

宮島家の門の表で待ち構えていた真樹次郎に知らされ、瑞之助は目を見張った。慌てて門をくぐる。

庭では、源弥がきゃっきゃっと声を上げて笑っていた。そのそばには犬の佐助がいて、顔をぐりぐりと押し当ててくる源弥に、おとなしく耐えている。

源弥は瑞之助の姿に気づくと、「みゆん」と名を呼んだ。蛇杖院の女たちは汗を拭いながらお茶を飲み、微笑み合っている。

真樹次郎は肩をすくめた。

「佐助のお手柄だ。源弥が二つ隣の屋敷の生け垣に潜り込んで一人遊びをしているところを、鼻の利く佐助が見つけたんだ」

「ああ、なるほど」

「湯屋の親父がかつて目明かしだったことを思い出して、相談に行ったんだ。そうしたら佐助を貸してくれて、そこからはあっという間だ。源弥はあちこちに擦《す》り傷をこしらえていたが、大事に至るものは一つもない。飴湯を飲ませたら、ああしてご機嫌で遊んでいる」

瑞之助は力が抜けた。

「心底ほっとしました。よかった」

「そっちは初菜嬢と落ち合ったのか。これで全員だな。一息ついたら、蛇杖院に無事を知らせに行こう。ところで、それは何だ？」

真樹次郎が指差したのは、瑞之助が抱えた細長い布包みである。

瑞之助は布包みを開いてみせた。

「刀が折れました」

真樹次郎は切れ長な目を丸くした。

「金継ぎで直るものではないんだろう？　どうするんだ？　いや、そもそも何があった？」

「昨日から初菜さんを狙っていた者とひと悶着ありました。それだけのことです。この件については、おそらく、これっきりになるとは思いますが」

硬い口ぶりになってしまった。

そうか、と真樹次郎は応じた。瑞之助の顔にただならぬ様子を見て取ったかもしれないが、追及してはこなかった。

瑞之助と初菜も縁側の談笑の輪に加わって、茶をもらった。やりかけだった仕事のことなどを笑いながら話していたら、また急場が出来《しゅったい》した。

蛇杖院に戻っていたらしい泰造が、息せき切って走ってきたのだ。泰造は庭の源弥を見て、おおっと声を上げると、顔を引き締めて初菜に告げた。

「日本橋米沢町の大黒屋っていう質屋から使いが来た。赤子が生まれそうだから、初菜さんに立ち会ってほしいって！」

泰造は初菜の薬箱を抱えてきていた。

初菜は、手にしていた茶を勢いよく飲み干し、きりりとした顔で答えた。

「すぐに行きます」

瑞之助は慌てて応じた。

「私も一緒に行きます。万一のこともありますから。真樹次郎さん、折れた刀のこと、登志蔵さんに相談しておいてもらえますか？」

「かまわんが。今は脇差だけ差していくということだろう。それで大丈夫なのか？」

「どうにかなりますよ」

瑞之助は、折れた刀を真樹次郎に預けると、初菜と共に門を出た。急ぎ足で西へと向かう。

初菜は瑞之助の同行をあえて拒まなかったが、言いにくそうに忠告した。

「男の人は産屋に入れてもらえないと思いますよ。あなたはまだ医者とも名乗れないでしょう」

「かまいません。何も知らない私が活躍できるなどと、うぬぼれたことを考えているわけではありませんから。学びの機があると目論んでいるわけでもないんです」

「では、なぜわたしについてくると手を挙げたのです？　あの人たちはもう襲ってきそうにありませんから、わたしひとりでもよかったのに」

「陣平さんが言っていたことが気になったからです。思い詰めるのはよせ、と初菜さんに言っていたでしょう？　私も陣平さんと同じ考えです。行く先々で傷つくことや、それを一人で背負うことを、当たり前だと思わないでほしいんです」

出すぎたことを言っているかもしれない。瑞之助は、そっと初菜の横顔をうかがった。初菜は少し顔を背けて、瑞之助の視線を断ち切った。薬箱を持ちましょうかと申し出ると、初菜は頑なに首を振った。

両国橋が近くなると、あたりはにぎわいに満ちてくる。道を行く人々は遠慮がない。

橋の上で人混みに呑まれて転びかけた初菜を庇って、瑞之助は初菜の肩を抱いて支えた。

「失礼」

短く謝り、ぱっと体を離したが、いまだ江戸を歩くことに不慣れな初菜は危なっかしい。瑞之助は、己の体を盾にして、初菜を人混みから守った。

きっとこんなのは旗本の子息らしい振る舞いではない。

また陣平のことが瑞之助の頭をよぎった。

陣平は、蛇杖院で働く今の瑞之助を、身を落とした、と言い表した。瑞之助も陣平の今を、身を落とした、と見て取った。

実のところはどうなのだろう。

行きたい道を行っているのだと、瑞之助は陣平に伝えたい。次にいつ会えるのか、訪ねていけば会ってくれるのか、まるでわからない。顔を合わせれば刀を交えることになるのではないか、と思わないでもない。

渦巻く思いを呑み込んで、瑞之助は歩を進める。瑞之助のすぐ後ろ、触れるほどに近いところを、初菜がついてくる。


米沢町で質の商いを営む大黒屋は、奥はもちろん店先まで、皆がそわそわしていた。

手代は初菜の姿を認めるなり奥へ飛んでいった。すぐさま若旦那が転がり出てきて、自ら初菜を奥へと案内した。

産屋に駆けつけた初菜は、泣きべそ顔のお江に問うた。

「お絹さんの様子はいかがです?」

「痛みの波が来るんだって。だんだん間が狭まってきているの。これって陣痛でしょう？」

「ええ、おそらく。水や血は出てきていない？」

「大丈夫。いちばん苦しくない格好で横になって、おっかさんがお姉ちゃんの腰をさすってあげてる」

「産婆さんは何とおっしゃっていますか？」

お江は目を丸くした。

「産婆は呼んでいないわ。初菜先生が何もかも診てくれるでしょう？　お姉ちゃんもおっかさんも、初菜先生がいてくれるから心強いって言っているもの」

初菜は、襷《たすき》掛けしようと袂から出した紐を取り落とした。慌てて拾う手が震えている。

「わたしだけを、初めから？」

「もちろんです！　初菜先生、お願いします。お姉ちゃんが元気な子を産めるように、手を貸してください！」

初菜は手早く襷を掛けた。

「わかりました。お江さんも手伝ってくださいね」

「はい！」

初菜は、産屋の表までついてきた瑞之助と若旦那に言い放った。

「お産が無事に済むまで、厨でお湯を沸かし続けてください。桜丸さんの言葉を借りれば、お産では多くの血が流れるため、病をもたらす穢れに触れる恐れがあります。この恐れを除くには、産婦の体、医者や介添えの者の手、産屋で用いる道具の数々を、洗い清める必要があります。ゆえに、一度沸かして冷ました水がたくさんいるのです」

嚙み砕いて説けば、瑞之助はすぐに心得てうなずいた。

お江は瑞之助の袖を引いた。

「厨はこっちです。今使うぶんの湯冷ましはあるんじゃないかしら。取ってきましょう」

瑞之助は迷いも見せずに駆けていった。若旦那もふらつきながらついていく。

初菜は産屋の戸を開けた。

せわしない吐息が聞こえてくる。お絹は首を曲げて初菜のほうを見やり、苦しそうな口元を微笑ませた。お絹の母のお徳と姑のおみつは、前掛けと襷掛けに鉢巻まで締めて、お絹の傍らで拳を握っている。

おみつが、揃いの前掛けを差し出した。

「初菜先生も使ってください。しっかり洗ってお天道さまの光を浴びた、うちの屋号の入った前掛けですから」

初菜は素直に前掛けを受け取り、着物の上につけた。

お絹は脂汗を流しながら、笑ってみせた。

「間に合いましたね、初菜先生。あたし、せっかちだから、初菜先生が来るより前に産んじまうんじゃないかと心配してたの」

威勢のよいことを言ったその途端、痛みが来たらしい。お絹は押し殺した呻き声を上げた。乱れた髪が頰に落ちる。

初菜はお絹の腹に手を当てた。胎児の姿と位置を探る。

「生まれるための支度を始めていますね。おなかの赤ちゃん、元気ですよ。もうじきです。今晩のうちに、きっと赤ちゃんに会えます」

お絹は歯を食い縛ってうなずいた。

初菜は、お絹のお産はきっと今晩中に終わると瑞之助に告げた。安産だろうかと瑞之助が問えば、初菜は白い顔をしてうなずいた。

たとえ安産であっても、産婦が健やかな体の持ち主であったとしても、子を産むことは過酷だ。賀川玄悦の『産論』を読み解けば、お産が命懸けの難事であることを痛感せずにはいられない。

産屋の表に控えた瑞之助は、あれこれと仕事を言いつけられた。熱いままの湯を持ってきてほしい。湯冷ましを持ってきてほしい。これこれの薬種を買ってきてほしい。夕刻になって急に冷えてきたから、湯たんぽと布団を持ってきてほしい。

初めて訪れた店の奥で、初めて携わる仕事を任されて、内心では戸惑っている。だが、甘えてなどいられない。

産屋の中で何が起こっているか、瑞之助が見ることは許されない。お江や若旦那でさえ入ってはならないと言われている。

薄暗くなると、庭の石灯籠に火が入れられた。普段は用心のために、庭で火など使わないという。今宵だけは特別だと若旦那は言った。

「明かりをともしておいたら、赤ん坊が迷わずこの家に来てくれるんじゃないかって、そんな気がしましてね。女房が命を懸けているってのに、男は待ってることしかできない。待つだけってのは、情けないですね」

　産屋のほうが気になっても、若旦那には店の仕事がある。帳場に戻ったり庭に出てきたり蔵に呼ばれたりと、落ち着く間もなく動き回っている。

　お江は厨の手伝いをしていた。若旦那と同じく、たびたび産屋の様子を見に来ては、瑞之助に声を掛けていく。

「瑞之助さんは用心棒みたいですね。刀を持って、じっと瞑想しながら、気を研ぎ澄ませているんでしょ」

「儒者髷に小さ刀の用心棒では、格好がつきませんよ」

「そうかしら。毎日、剣術の稽古をしているんでしょう？　手がごつごつしているもの。それに、やっぱりお侍さんって肩ががっしりしているんですね」

　おませな様子で、お江は瑞之助の肩をちょんとつついた。

「がっしりしていますか？　自分のことはよくわかりませんよ」

「もったいないですね。瑞之助さんは格好いいのに、自分ではちっとも気づいてないんだわ。ねえ、瑞之助さん。あたしたち、実は前に一度、会ったことがあるんですよ」

「会ったこと、ありました？」

「ありました。正月に両国広小路で変な男たちに絡まれたとき、まず初菜先生が助けてくれて、その後、瑞之助さんたちが止めに入ってくれたでしょ」

「ああ、あのときの娘さんは、お江さんだったんですか」

目を見張った瑞之助に、お江は唇を尖らせた。

「せっかく晴れ着でめかし込んでたのに、覚えてもらってなかったんだ。傷ついちゃうなあ。でも、助けてもらったし、あのときの瑞之助さんは格好よかったから、お礼言います。助けてくれて、ありがとうございました」

お江はぺこりと頭を下げた。凝った形の簪が、常夜灯の明かりを受けて、きらりと光った。

「どういたしまして。一度会ったのにわからなかったのは、あの日のお江さんが怯えた様子だったからですよ。面差しがまるで違います。日頃のお江さんは、明るくてしっかり者なんでしょう?」

「言い訳が上手なんだから。まあいいわ。話したいと思ってたことを話せたもの。さて、瑞之助さん。そろそろおなかがすいたでしょ。厨から何か持ってきますね」

「しかし、先ほどおやつをいただきました。私ばかり食事をもらっていいんでしょうか?」

瑞之助は肩越しに産屋のほうを指してみせた。お絹はお産を終えねば飲み食いもできないだろう。初菜やお徳やおみつも、ものも食べずに産屋に詰めたままだ。

お江は腰に手を当てた。

「瑞之助さんは食べていいんですよ。だって、お産を見守る人が元気でなくてどうするんですか。食べて力をつけてください。お姉ちゃんのお産に立ち会ったからぶっ倒れたなんてことになったら、大黒屋の名がすたります」

「まさにそのとおりですね」

「おむすびを持ってきます。食べている間は、あたしもここにいるから、仕事を言いつかっても大丈夫ですよ」

「ありがとうございます。よろしくお願いしますね」

お江は厨へ飛んでいった。

夜が訪れて、すっかり肌寒くなった。瑞之助は両手をこすり合わせた。空を仰ぐと、上弦の月が輝いている。うっすらとした雲が月の光に照らされている。

時折、産屋から呻き声が漏れてくる。

産みの痛みがどれほどであれ、女は声を上げないものだ、という習わしがあるそうだ。『産論』の読み解きをしたとき、真樹次郎がそう言っていた。痛いなら痛いと叫べばよいのに、女はじっと耐えて子を産むのだという。

女が子を身ごもるのはめでたいことで、子が生まれるのは家を挙げて祝うべきことだ。

だが、産屋に入る前の初菜の青ざめた顔を見て、それが難治の病者に相対する医者の顔と同じであると気づいて、瑞之助は胸が苦しくなった。

「どうか無事に……」

瑞之助には祈ることしかできない。

人の生き死にの境など、瑞之助の目には見えないが、きっとそれが今ここにあるのだろう。

瑞之助は、ただ祈って待った。


産声が聞こえたのは夜明けが近づいた頃だった。

瑞之助は、冷え切った体で、はっと立ち上がった。綿入れにくるまって膝を抱えていた若旦那が、浅い眠りから頭を持ち上げた。

泣き声にも似た女たちの歓声が産屋から響いた。

瑞之助は若旦那と目を見合わせた。若旦那は、ぽかんとした顔だった。

「生まれたんですかね……」

確かめる声はかすれていた。

産屋の戸が開いて、初菜が顔を見せた。

「おめでとうございます。生まれましたよ。元気な男の子です」

若旦那はそれを聞いた途端、腰を抜かしてへたり込んだ。声にならない声を上げ、泣き笑いの顔をしている。

瑞之助は若旦那に祝いの言葉を述べると、初菜に問うた。

「入り用のものがありますか？」

「熱い湯と、湯たんぽがあればそれも。汚れ物がたくさん出てしまったので、それらを入れておける盥《たらい》を都合してもらってください」

「汚れ物ですか」

「血で汚れてしまったものが、いろいろと。ですが、命に関わるような出血ではありません。幸いなことに胞衣《えな》もあっという間に出てくれましたし、お絹さんは体が丈夫です。安静に寝て、きちんと養生すれば、体の内側で裂けてしまった傷もじきにふさがります」

「わかりました。あの、初菜さんも着替えたほうがよいのでは？」

前掛けをしてはいるものの、初菜の着物も濡れて汚れている。血の染みも見て取れる。

「いいえ、わたしのことは後です。今は早く産屋を清めなくてはいけません。瑞之助さん、急いでください」

瑞之助は、こんなときだというのに、どきりとした。初菜に名を呼ばれたのは初めてだ。

汗をかき、髪が崩れ、眼下に隈をこしらえた初菜の顔は、しかし輝いて見える。

瑞之助は初菜から目をそらした。

「わかりました。急ぎます」

厨にはお江と女中が詰めている。交代で眠りながら火の番をして、お湯を絶やさないようにしているはずだ。

瑞之助が厨へ向かうのと同時に、若旦那がふらふらしながら母屋へ走っていった。

「う、生まれたぞ！　皆、生まれたぞぉ！」

まだ明けやらぬ町に喜びの声が響いた。

朝五つ頃になって、瑞之助と初菜は大黒屋を辞した。

お絹も赤子も元気だ。乳付親は若旦那の姉で、朝一番にすっ飛んできた。祝いの言葉が店じゅうに満ちていた。お産を無事に導いた初菜への感謝の言葉も尽きなかった。

初菜は真新しい着物をまとっている。引き締まった紺色の地に、大柄の丸紋があしらわれている。お絹が仕立てたものの、妊娠がわかったために袖を通すことがなかった着物だ。

むろん初菜は恐縮し、お絹の申し出を断ろうとした。しかし結局、お江とお徳とおみつの三人がかりで、初菜の装いをすっかり取り替えてしまった。

大胆な大柄の着物をまとい、結い直した髪には、お江が見立てた簪を差している。お江はまた、たちまちのうちに初菜の顔に化粧を施すと、満足そうに笑った。

「ほら、見てください。初菜先生って、ほんのちょっとお化粧するだけで、こんなにきれいになるんですよ。もとがいいんですもの。ねえ、瑞之助さんも誉めてあげて」

「見る目のない男にそんな大役を振らないでください。でも、化粧をすると、顔が明るく見えるんですね。似合っていると思います」

初菜の眉間から頬にかけて走る傷痕も、化粧でうまく隠れている。そのことに気づいて、瑞之助は、何とはなしにほっとした。

困惑する初菜の手を、お江は握った。

「いつ何があるかわからないから、お医者さまとしての初菜先生はお化粧なんて悠長なことをしない。そんなきりっとした素顔もすてきですよ。でも、たまには錦絵みたいなおしゃれ姿になってみるのもいいじゃないですか」

「わたしがこんな格好をするなんて、おかしくないかしら？」

「大丈夫です。だから、にっこり笑ってくださいね。初菜先生のおかげで、お姉ちゃん、安心して赤ちゃんを産めたんです。初菜先生のお手柄なんだから、今日くらいは難しい顔を忘れて、笑って」

お江は言いながら感極まってしまったようで、声を震わせた。

両国橋は、この刻限らしい活気に満ちていた。

仕事へ向かう職人や棒手振《ぼてふ》り、手習所へ駆けていく子供たち、深酒のまま夜を明かしたとおぼしき酔っ払い。いろんな人がそれぞれ前を向いて橋を渡っていく。

本所に至り、回向院《えこういん》の北を通って、榛《はんのき》稲荷のそばを過ぎようとしたときだ。不意に、初菜が足を止めた。

「梅の香りがする」

暖かな春風に誘われて仰げば、遅咲きの梅が一本、榛稲荷の参道に立っている。紅色の、幾重もの花びらを持つ梅だ。

「きれいですね」

「ええ。わたし、久しぶりに顔を上げて歩いたかもしれません。梅の花が咲いていることにも気づかなかった。もう梅は盛りを過ぎてしまいましたね」

「いえ、大丈夫ですよ。遅咲きのものなら、まだ見られます。この木だけじゃありません。小梅村に戻れば、あちこちに、遅咲きの梅が咲いています。紅いものも、白いものも」

初菜は、そうでしたか、とつぶやいた。梅の木に近づき、じっと見上げる。八重に咲いた梅の花と同じ紅色を差した唇が、言った。

「わたし、梅の花が満開の頃に生まれたそうです。梅は初名草《はつなぐさ》とも呼ばれるでしょう。春の初めに咲く花ですから。初菜という名の響きは初名草にちなんだのだと、父に幾度も聞かされました」

「きれいな名ですね。由来を聞いて、なおさらきれいだと感じました」

「名だけです。花が咲いていることにさえ気づかないくらい心の狭い者が、花にちなんだきれいな名を持っているだなんて、おかしな話だわ」

梅の花を見上げて、初菜は、どこかが痛むような顔をした。

本当に痛いのだろうと、瑞之助は感じた。胸の奥のどこでもないところが、しくしくと、きりきりと、確かに痛いのだ。初菜はよくそんな顔をしている。一人で痛みに耐えている。

瑞之助はたまらなくなって、初菜に告げた。

「昨日も同じようなことを言いましたが、改めて言葉にさせてください。一人で背負ってほしくない。だから、手伝わせてもらえませんか？」

初菜は瑞之助のほうに顔を向け、首をかしげた。

「手伝うとは、何をです？」

「初菜さんがたった一人で抱え込んだ、果たすべき大願です。一人でも多くの妊婦や産婦、赤子を救いたいという願い、私も微力ながら、叶えるために働きたいんです。私は何も知りません。だから、私に『産論』を教えてください。できることをやらせてもらいたい。そのためにはまず、学んで知ることだと思います」

春風がふわりと膨らんだかのようだった。ぬくもりが瑞之助に触れた。

それは、初菜が微笑んだせいだった。

「わかりました。わたしからもお願いします。力を貸してください」

この人はこんなふうに笑うのかと、瑞之助は思った。つい見惚《みと》れてしまった。

新しい着物を着ているからでも、化粧をしているからでもない。ほんの少しではあっても、心を開いて微笑んでくれた。その顔が、とてもきれいだった。

胸に熱が宿るのを感じた。頰が熱くなるのも感じた。

何も感じていないふりをして、瑞之助は笑ってみせた。

「よかった。どうぞよろしくお願いします」

「こちらこそ。あの、それから、言わないといけないことがあって」

「はい」

「頰を叩いてしまって、申し訳ありませんでした」

何のことかと考えを巡らせ、思い出した。初めて初菜と会った日のことだ。

「ああ、かまいません。気にしないでください」

「ほかにも、何度も親切を無下にしてしまって、申し訳ありませんでした」

「いえ、本当に気にしないでください。私のほうこそ、うっかり失礼なことをしているんじゃないかと、びくびくしてばかりです。私がまた不甲斐なかったり間違ったりしたときは、どうぞ遠慮なく、厳しくしてください」

「厳しく、ですか？」

初菜は目をぱちくりさせた。瑞之助は、かゆくもない頭を掻いた。

「お手柔らかにしてもらえるほうが、もちろんありがたいんですが」

遅咲きの梅の花が、ふわりと香る。

春を告げる鶯《うぐいす》が、初々しい唄を歌っていた。

解説——自由な発想で、新風を呼ぶ

細谷《ほそや》正充《まさみつ》（文芸評論家）

医者を主人公にした最初の時代小説が何か、はっきりとは分からない。しかし、エポックになった作品は確定している。山本周五郎《やまもとしゅうごろう》の『赤《あか》ひげ診療譚《しんりょうたん》』だ。長崎遊学から帰ってきた保本登《やすもとのぼる》が、小石川《こいしかわ》療養所の医員見習いとなる。〝赤ひげ〟と呼ばれる医長の新出去定《にいできょじょう》に反発しながら、さまざまな騒動を通じて、医療を巡る厳しい現実を知り成長していく。素晴らしい小説であり、さらにこれを原作にした黒澤明《くろさわあきら》監督の映画『赤ひげ』も傑作であった。ひと昔前までは仁医のことを〝赤ひげ先生〟などと呼んだものである。

そのような作品であるだけに、以後の作家に与えた影響は大きい。宮本武蔵《みやもとむさし》を描こうとしたとき、吉川英治《よしかわえいじ》の『宮本武蔵』を意識しないではいられない。新選《しんせん》組《ぐみ》を描こうとしたとき、司馬遼太郎《しばりょうたろう》の『新選組血風録《けっぷうろく》』『燃えよ剣』を意識せずにはいられない。それと同じように、医者を主人公とした時代小説は、『赤ひげ診療譚』を、後に続く作家は意識せずにはいられないのである。まさにエポックな作品であった。

だが、だからこそというべきだろう。医者物の時代小説を書こうとする作家たちは、いかに『赤ひげ診療譚』との違いを出すかを考え、結果としてバラエティ豊かな物語が生まれることになった。その最新の成果が、新鋭・馳月《はせつき》基矢《もとや》の「蛇《じゃ》杖院《じょういん》かけだし診療録」シリーズなのである。

馳月基矢は、一九八五年、長崎県の五島列島に生まれる。京都大学文学部卒。同大学院修士課程修了。二〇一九年、小学館の第一回日本おいしい小説大賞に氷《ひ》月《づき》あや名義で投じた『ハッコイ・ウェーブ！』が最終選考に残り、デビューが決まった。ちなみに、おいしい小説大賞は、ジャンルを問わず、古今東西の「食」をテーマとする、エンターテインメント小説を対象にした新人賞である。

そして二〇二〇年、時代小説『姉上は麗《うるわ》しの名医』を小学館文庫から書き下ろしで刊行し、作家デビューを果たした。以後、大正時代を舞台にした伝奇小説『帝都の用心棒　血刀数珠丸《じゅずまる》』、手習い師匠の青年とその妹を中心に、若者たちが躍動する「拙者《せつしゃ》、妹がおりまして」シリーズなどを、次々と上梓。二〇二一年十一月には、祥伝社文庫から文庫書き下ろしで『伏竜《ふくりよう》　蛇杖院かけだし診療録』を刊行した。本書『萌《もゆる》　蛇杖院かけだし診療録』は、そのシリーズ第二弾だ。

内容に触れる前に、シリーズのアウトラインを記しておこう。主人公の長山瑞《ながやまみず》之助《のすけ》は、旗本の次男坊。「ダンホウかぜ」で生死の境をさ迷い、いろいろあって悪名高い診療所「蛇杖院」に担ぎ込まれた。そこで漢方医の堀川真樹次郎《ほりかわまきじろう》たちの賢明な治療に感銘を受け、自分も医者になることを決意。蛇杖院の下働き兼医者見習いとなり、さまざまな事態や騒動にぶつかっていくのだった。

シリーズ第一弾を読み始めて、まず驚いたのが、蛇杖院の設定だ。日本橋瀬戸《にほんばしせと》物町《ものちょう》にある唐物《からもの》問屋の大店《おおだな》「烏丸屋《からすまや》」の娘・玉石《ぎょくせき》が経営している蛇杖院は、幾人かの医者を囲う診療所である。しかも旅籠《はたご》のような役割も果たしており、病者を寝泊まりさせ、癒《い》えるまで治療を行っている。要は、民間の総合病院なのだ。今まで多くの医者物の時代小説を読んできたが、民間の総合病院という設定はなかったと思う。この手があったかと、感心してしまった。

しかも、蛇杖院のメンバーが興味深い。真樹次郎だけでなく、蘭方《らんぽう》医の鶴谷登《つるやと》志蔵《しぞう》、拝み屋の桜丸《さくらまる》と、誰もが個性的なのだ。時に瑞之助を見守り、時には強く存在を主張する、彼らの魅力も見逃せない読みどころなのである。馳月作品には青春群像ドラマが多いが、本シリーズも、その空気が濃厚だ。

さらに蛇杖院という診療所の名前にも注目したい。なんと、古代ギリシャ由来なのだ。名前を不思議に思った瑞之助に玉石は、「自分の蘭癖のせいだよ」といい、

「神代の昔、ギリシャには名医アスクレピオスがいた。アスクレピオスは後に神の座に就いたため、医者の守護神と呼ばれている。かの神像は必ず、蛇が巻きついた杖を持った姿で描かれるんだ」

と説明するのである。なんと、アスクレピオスか！　ちょっと無茶な設定かなと思うのは、こちらの頭が固いのだろう。自由な発想で、面白いと感じたものを躊躇《ちゅうちょ》なく取り入れる作者の若さが、時代小説の世界に新風を呼ぶのである。

さて、アウトラインはこれくらいにしておきたい。前作は、主要登場人物を紹介しながら、医者の道を歩みはじめた瑞之助の成長を爽《さわ》やかに描いていた。併《あわ》せて、現在のコロナ禍を意識した江戸のパンデミックを扱い、若き医者たちの奮闘を通じて、読む者の心を奮《ふる》い立たせてくれた。では第二弾となる本書で、作者は何を描いたのか。出産と子育と女性の社会進出である。

物語は、破落戸《ごろつき》たちに絡まれた女性を、瑞之助が助ける場面から始まる。しかし瑞之助の行動が乱暴に見えたのか、助けたにもかかわらず頬を叩かれた。その女性こそ、曲折を経て蛇杖院の一員になる船津初菜《ふなつはつな》である。川崎宿《かわさきしゅく》で産科の医者をしていた初菜だが、女医ということでトラブルが絶えず、江戸に出てきたのだ。だが江戸でも上手くいかず困っていたところ、旅から帰ってきた蛇杖院の医者で僧の岩慶《がんけい》（前作には出てこず、本書でようやく登場）と再会。岩慶に勧められ蛇杖院の医者となり、さまざまな偏見《へんけん》や迷信《めいしん》に苦しめられ、時には命を落とす妊婦を救うため奮闘するのだ。

一方、蛇杖院の通い女中の渚《なぎさ》は、悪阻《つわり》で苦しむ妹・旭《あさひ》の面倒を見るため仕事を休んでいた。そのことを知った玉石は、旭の三歳になる息子の世話をさせるため、瑞之助や女中の巴《ともえ》たちを派遣。慣れない幼子の世話を通じて瑞之助は、妊娠・出産・子育ての苦労を理解していくのだった。

男性が積極的に育児に参加することが推奨される現代でも、出産や子育てに関する女性の苦労は多い。作者は、瑞之助の困惑や無理解な言葉によって、そうした女性を苦しめる原因を露わにしていく。もちろん男性だけではなく、同性でも無理解な人がいることは、後半で初菜が遭遇するエピソードを見れば明らかだ。

現在でもある諸問題を、作者は時代エンターテインメントの枠組みの中で、巧みに表現しているのである。

さらに女医というだけで、いわれのない偏見にさらされる初菜の姿から、女性の社会進出を阻《はば》む壁の厚さが伝わってくる。このような状況に置かれて傷つきながら、それでも理想を追う初菜が、依怙地《いこじ》な性格になったのはしかたがないだろう。だが、蛇杖院の人々との出会いが、彼女を変えていく。医者としては未熟もいいところだが、真っすぐな瑞之助の言動も、初菜によき影響を与える。本書は初菜が、本当の意味で蛇杖院の一員となるまでの物語でもあるのだ。

その他、窃盗症の男が絡んだエピソードなど、読者の関心を引くフックを巧みに配置していること。あるいは、蛇杖院を憎む同心や、かつての瑞之助の親友などを絡めてくるなど、読ませる工夫が随所にある。おそらく本書で、蛇杖院のメンバーが揃ったと思う。さらに充実した民間総合病院に、これから何が起こるのか。まだまだ未熟な瑞之助が、どう成長していくのか。読み終わった瞬間から、シリーズの続きが気になってならないのである。

一〇〇字書評

萌

切り取り線

購買動機（新聞、雑誌名を記入するか、あるいは○をつけてください）

□（　　　　　　　　　　　　　　　　　）の広告を見て
□（　　　　　　　　　　　　　　　　　）の書評を見て
□ 知人のすすめで　　□ タイトルに惹かれて
□ カバーが良かったから　　□ 内容が面白そうだから
□ 好きな作家だから　　□ 好きな分野の本だから

・最近、最も感銘を受けた作品名をお書き下さい

・あなたのお好きな作家名をお書き下さい

・その他、ご要望がありましたらお書き下さい

住所	〒				
氏名		職業		年齢	
Eメール	※携帯には配信できません	新刊情報等のメール配信を 希望する・しない			

この本の感想を、編集部までお寄せいただけたらありがたく存じます。今後の企画の参考にさせていただきます。Eメールでも結構です。

いただいた「一〇〇字書評」は、新聞・雑誌等に紹介させていただくことがあります。その場合はお礼として特製図書カードを差し上げます。

前ページの原稿用紙に書評をお書きの上、切り取り、左記までお送り下さい。宛先の住所は不要です。

なお、ご記入いただいたお名前、ご住所等は、書評紹介の事前了解、謝礼のお届けのためだけに利用し、そのほかの目的のために利用することはありません。

〒一〇一-八七〇一
祥伝社文庫編集長　清水寿明
電話　〇三（三二六五）二〇八〇

祥伝社ホームページの「ブックレビュー」からも、書き込めます。
www.shodensha.co.jp/bookreview

祥伝社文庫

萌《もゆる》　蛇杖院《じゃじょういん》かけだし診療録

令和 4 年 3 月 20 日　初版第 1 刷発行

著　者　馳月基矢《はせつきもとや》
発行者　辻　浩明
発行所　祥伝社《しょうでんしゃ》
東京都千代田区神田神保町 3-3
〒 101-8701
電話　03（3265）2081（販売部）
電話　03（3265）2080（編集部）
電話　03（3265）3622（業務部）
www.shodensha.co.jp

印刷所　堀内印刷
製本所　ナショナル製本
カバーフォーマットデザイン　中原達治

 ISBN978-4-396-34797-0 C0193